www.tredition.de

AF197440

Steffi Krumbiegel

Nadja

Erben der alten Welt

www.tredition.de

Verlag: tredition GmbH, Hamburg

ISBN
Paperback: 978-3-7345-6156-6
Hardcover: 978-3-7345-6157-3
e-Book: 978-3-7345-6158-0

Printed in Germany

Vorwort

Nachdem der erste Teil von Nadja erschien, lernte ich viele tolle Menschen kennen. Junge Personen, welche hinter dem Projekt stehen und diesen möchte ich den Roman widmen. Erst einmal den vielen Buchbloggern da draußen, die oft zu wenig Anerkennung erhalten. Sie unterstützen Autoren mit Werbung und vielen liebevollen Rezensionen. Unter ihnen fand ich zwei begnadete junge Damen. Jacqueline Kley mit dem Traumberuf Lektorin und Krisi Schöllkopf, welche zu gerne einmal ein Buch übersetzen wollte. Mit beiden freundete ich mich an und wir beschlossen das Projekt Nadja gemeinsam zu meistern. Der erste Teil bekam schon einige Fans, Jacky kümmerte sich um eine Neuauflage, bemühte sich um den zweiten Teil, während sich Krisi voller Leidenschaft der Übersetzung widmete. Der erste Teil Nadja erschien im Oktober in Englisch und nun dürfen Leser weltweit meine Geschichten lesen. Wir lieben und leben für diese Reihe und können es kaum erwarten, wo die Reise hingehen wird. Gespannt verfolgen wir die Beurteilungen, schreiben mit Lesebegeisterten, tauschen uns untereinander aus. Mein Traum als Autorin nimmt immer mehr seinen Lauf. Täglich schreibe ich mich mit Leuten, die sich für meine Bücher begeistern. Auch mit kleinen Kritiken oder skeptischen Fragen setze ich mich auseinander. Ich liebe es und lebe meinen eigenen Traum. Es ist fantastisch zu sehen, wie sich alles entwickelt. Es gibt da draußen so viele Menschen, die an mich glauben und mit meinen Geschichten mitfiebern.
Besonderen Dank möchte ich Thomas Dreger und DarkXperience aussprechen, da die beiden mir bei den Reimen und den zukünftigen Teilen viel Unterstützung boten.

Band II

Für alle, die Nadja lieben.

Wächtertagebuch

Kristine von Schönfeld

Geboren in den letzten Zügen der Industrialisierung 1893. Zur Jahrhundertwende fürchteten sich meine Eltern vor den politischen Umstürzen. Die Menschen schafften den Adel ab, verabscheuten uns. Im Jahre 1903 entschloss sich meine Familie, das Land zu verlassen. Ich liebte die Burg bei Prag, den Zauber, welchen sie versprühte, die Geschichten meines Vaters, die alten Rituale. Doch all das ließen wir zurück. Mein Vater bestand darauf, dass wir dies alles vergessen sollten und niemals zurückblicken durften. Er beschwor uns auf der Überfahrt nach Amerika. Auf dem kalten Schiffsdeck zog er meinen Bruder und mich zur Seite. Er sprach auf uns ein, flehte uns an, dass wir nie wieder über Magie reden sollten. Nur eines gab er uns mit. Einen alten Zauber, damit unsere Kinder nie die Welt der Geister erblicken würden.

Wirklich, es funktionierte. Ich fand einen Mann, brachte zwei zauberhafte Kinder zur Welt. Gelegentlich entdeckte ich Geister, doch sprechen tat ich nie darüber. Manchmal aber erwischten sie mich, wie ich mit einem Toten diskutierte, aber sie taten es als eine Absonderheit ab. Erst meiner Enkeltochter erzählte ich die alten Geschichten. Womöglich lag es an meinem hohen Alter, meinem Erlebten, den Verlust meines Erbes. Denn mein Mann erkrankte an Krebs, die Kosten überschlugen sich, nur das Haus konnte ich halten. Auch meine Tochter starb noch vor mir. Meine Enkelin wurde zu meinem Lebensinhalt. Sie kümmerte sich um alles, bis sie selbst einen Mann traf und mit ihm drei Kinder zur Welt brachte.

Um eines der Kinder sorge ich mich. Denn seine Augen zeigen mir die alte Magie, sie erinnern mich an meinen Vater, welcher einst stolz hinter seinem Schreibtisch saß. Ich vergötterte meinen Vater, seine Geduld, sein Wissen, seine Intelligenz, seine Zauber. Er wirkte immer so stark, so unbeugsam. Aber als der Tot auch ihn heimsuchte, war davon nichts mehr geblieben. Wir verloren unsere Vergangenheit, unser Wissen, unsere Kraft. Das Letzte was er zu mir sagte:

„Krisi – es wird eine Zeit kommen, in der die Magie wieder auferstehen wird." Anschließend schloss er seine Augen und ließ mich weinend zurück.

Dies hier ist mein letzter und einziger Eintrag. Das Buch werde ich anschließend dem Feuer übergeben. Meine Hoffnung beruht auf meinem mittleren Ur-Enkel. Er ist es, der die Magie noch nicht verloren hat und er wird stark sein, denn er konnte meinen Fluch umgehen. Keine Ahnung, wie er es schaffte, dennoch scheint er eine unglaubliche Kraft zu besitzen. Wenn ich aufblicke, sehe ich ihn lauern, den Tod, er empfängt mich und ich freue mich darauf, die Verlorenen wiederzusehen. Nur um meinen Ur-Enkel trauere ich.

Aron, die Zukunft der Menschen liegt in deiner Hand.

***

Kristine von Schönfeld verstarb im hohen Alter von fünfundneunzig Jahren. Der Name Von Schönfeld entstammt einem böhmischen Adelsgeschlecht, die Burg bei Prag fiel durch die langanhaltende russische Besatzung an den Staat. Da liegt sie nun im Verborgenen und wartet. Nie wieder konnte sie betreten werden, denn ein seltsamer Zauber lag auf ihr. Sobald man nur in ihre Nähe kam, spürte man eine merkwürdige Energie und wenn man sie berührte, glich es einem Stromschlag. So erzählten sich die Menschen die gruseligsten Geschichten. Aber was wartet an diesem Ort? Könnte man dieses Bauwerk von seinem Fluch befreien? Oder würde sie den Naturgewalten zum Opfer fallen und auf ewig vor sich hin vegetieren, bis sie endgültig zerfällt?

Nadja

Erben der alten Welt

Kapitel 1

Vor fast einem Jahr zogen Vater und ich mich zurück. Wir verließen Dresden, unsere Vergangenheit und versuchten unsere verlorene Zeit nachzuholen. Ganz so, wie wir uns das vorgestellt hatten, funktionierte es dann doch nicht. Trotz kleiner Reibereien wurde es das schönste Jahr meines Lebens.

Wir renovierten zusammen das Bauerngut an der polnischen Grenze. Wir organisierten Baufirmen, die uns dabei unterstützten. Das Schloss, welches wir gekauft hatten, beherbergte ein paar weitere unglaubliche Schätze. Wir fanden in einem unterirdischen Bereich und in einem alten Lagerraum weitere Kostbarkeiten. Dort musste man, während der zweite Weltkrieg wütete, alles versteckt haben. Es gehörte uns und wir machten damit ein weiteres kleines Vermögen. Durch unsere Glückstreffer wurden wir als moderne Schatzjäger und Kunsthändler bekannt. Man wunderte sich oft wegen der Ähnlichkeit zwischen uns. Aber dazu äußerten wir uns einfach nicht. In der Öffentlichkeit traten wir als Geschäftspartner auf. Man munkelte von Beziehungen, bis hin zu seltsamen Abenteuern, alles. Die Presse sorgte für reichlich Gesprächsstoff über uns.

Auch die brachte Geld ein, welches wir für wohltätige Zwecke hergaben, da wir mit dem Geld der Presse einige

Waisenhäuser unterstützten. Wir galten als zuverlässig, fleißig, großzügig, aber auch als seltsam. Da man uns nur zusammen sah und nie jemand einen anderen Partner hatte.

Dafür blieben Vater und ich ein unzertrennliches Team. Wir vertrauten einander, fanden zusammen und er verwöhnte mich, indem er mir ständig irgendwelche Geschenke machte. Nur wenn er mich trainierte, eckten wir gelegentlich aneinander. Aber unsere Zusammenarbeit war einfach das Beste an der ganzen Geschichte.

Das Schloss wurde zu einem weiteren Hotel umgebaut. Spukgeschichten gab es darüber und schon lief es hervorragend. Wir verpachteten es, was uns weiteres Geld einbrachte. Ich lernte sehr viel über Kunst und Sanierungen alter Gebäude. Das Herrenhaus war zwar kein Reinfall, aber dieses mussten wir erst von einem Geist befreien. Anschließend wurde es saniert und mit einem kleinen Gewinn wieder verkauft. Nach einem halben Jahr wurde es uns langweilig. Vater fand den Winter zu kalt und wir reisten nach Italien. Wir ließen sein Kindheitshaus renovieren, in welchem wir lebten und fanden vor Ort zwei weitere Projekte. Ich verliebte mich in die italienische Landschaft, das milde Klima, die alten Burgen der Toskana und vor allem in die Vegetation. Hohe Zypressen boten dem Herrenhaus sowie dem Grundstück Schutz. Die Ruhe, die ich dort fand, half mir meine alten Wunden heilen zu lassen und zu meinem Vater ein tiefes Vertrauen aufzubauen.

Unser größter Schatz blieb dieses erotische Bild, welches wir gemeinsam in dem polnischen Bauerngut gefunden hatten. Man riss sich um dieses Bild. Vor allem wollte man bereits einen Millionenbetrag dafür zahlen. Aber dieses Bild gaben wir einfach nicht her, da der emotionale Wert einfach unbezahlbar blieb.

Doch irgendwann mussten wir wieder auf eigenen Beinen stehen.

Deshalb stand ich nun am Flughafen in München und brachte mein Folterbild persönlich in die Staaten. Ian und Markus hatten die Dame der Dresdner Galerie so lange genervt, bis sie mich anflehte, es zu verkaufen. Zwar gab es auch viele andere Interessenten, aber nachdem ich es ihnen damals aus persönlichen Gründen nicht verkaufen konnte, bekamen sie nun den Vorzug. Vor einem Jahr erfuhr ich von meinem Erbe und traute mich einfach nicht, eine solche Kostbarkeit weiterzugeben. Zu diesem Zeitpunkt hatte ich weder Ahnung von Kunst, Immobilien oder meinen Aufgaben als Wächterin. Aber der Kontakt zu den beiden Amerikanern blieb irgendwie bestehen.

Vater drückte mich liebevoll. „Deine erste Reise ohne mich." „Unser Jahr ist fast um." Der Abschied fiel uns beiden schwer. Auch wenn es sich nur um ein paar Tage handelte, war es unsere erste Trennung, seitdem wir uns gefunden hatten. „Es war das schönste Jahr meines Lebens." Wir drückten uns noch einmal. „Ich hab dich lieb", sprachen wir gleichzeitig und lächelten uns vertraut an. Ich löste mich von ihm und zog meinen Koffer über den Boden des Flughafens, dem Herrn am Schalter reichte ich meine Papiere. Anschließend passierte ich den Bereich für die Passagiere der ersten Klasse. Vater winkte mir noch hinter der hohen Glasabsperrung zu, was ich natürlich erwiderte.

Von David, Daniel und Adrian hörten wir nur, dass es ihnen gut ging. Unsere Geschäfte lösten wir aus ihren heraus oder wir zahlten uns gegenseitig aus. Ich trauerte David einige Monate nach, aber das brachte einfach nichts. Sie lebten in ihrer Welt und das war nicht unsere. Von Manteuffel und Noah landeten im Gefängnis. Nicht wegen unserer Geschichte. Jedoch hatte die Staatsanwaltschaft angefangen, wegen dieser zu recherchieren. Dabei stießen sie auf Ungereimtheiten. Laut der Medienberichte, mussten sie in dubiose Geschäfte involviert gewesen sein. Betrug, Unterschlagung, Urkundenfälschung und einige andere Sachen warf man ihnen vor. Damit waren sie erst einmal weg vom Fenster. Von den Jägern hörten wir nichts mehr und die restlichen dunklen Wächter schienen auch irgendwo untergetaucht zu sein, da wir keinem mehr begegneten oder etwas von ihnen erfuhren.

Um die Gespenster, welche wir hin und wieder fanden, kümmerten wir uns selbst. Auch tauchte diese eine dunkle Gestalt nicht mehr auf. Was ich seltsam, aber auch beruhigend fand.

Mein Flug wurde aufgerufen und unterbrach meine Gedanken. Ich lief los. Noch einmal drehte ich mich um, schmunzelte, da Vater noch immer an der Glasscheibe stand und mir nachsah. Ja, wir waren ein Jahr lang unzertrennlich gewesen. Ich hauchte ihm einen Handkuss zu. „Ist das Ihr Freund?", kam von einem Herrn. „Nein", lachte ich freundlich und lief zu dem Gate. Der Herr blieb an meiner Seite. Ich musterte ihn verwirrt. „Ich kenne Sie irgendwoher." Ich zuckte mit meinen Schultern, zog meine Papiere aus der Tasche, welche ich dem Bordpersonal reichte. Ich vergewisserte mich ohne Umschweife bei der Stewardess, ob mit meiner wertvollen Fracht alles passte. Was sie mir bestätigte. Man führte mich in einen gesonderten Bereich. Ich begutachtete das verpackte Bild und gelassen lief zurück in die erste Klasse.

Dort setzte ich mich in diesen bequemen Sitz. Klar, war es dekadent. Aber ich hatte gelernt, unsere Arbeit und den dazu gehörigen Reichtum zu schätzen. Der Herr saß auf der anderen Seite und blätterte in einem Magazin. Er schaute auf ein Bild, drehte sich neugierig zu mir um. „Christine von Hoym?" Ich zwinkerte diesem freundlich zu, steckte mir Kopfhörer in die Ohren, zog meinen Laptop aus der Tasche und schaltete ihn an. Nachdem die Maschine ihre Ziel-Höhe erreichte, konnte ich mich wieder auf meinem Blog einloggen. Nadia-von-Hoym lautete meine Blogspot-Adresse. Nadia musste ich wählen, da man im englisch-sprachigen Raum mit dem „J" nicht agierte. Manchmal schickten mir Menschen Fotos von Kunstwerken, welche sie geerbt hatten oder zu Hause fanden. Dafür legte ich mir einen Blog zu, um solche Anfragen bearbeiten zu können. Einfach meine eigene, kleine, wohltätige Sache, wobei es mir persönlich mehr um die Bilder, als um die Familien dahinter ging. Bisher fanden sich nur vier Kostbarkeiten unter den Anfragen. Die meisten Bilder empfand ich ein-fach nur als schön, obwohl sich viele Schätze oder Reich-tümer erhofften. Dabei versuchte ich, nur den gezeichneten Schätzen gerecht zu werden. Lauter Trance erklang in mei-nen Ohren, während ich meiner Leidenschaft nachging. Ich eignete mir auch ein wenig Fachwissen über alten Schmuck an. Aber die alten Gemälde blieben meine Lei-denschaft. Vater mochte eher Möbel und Geschirr. Er fing an, diese selbst zu restaurieren. Er besaß wirklich ein glückliches Händchen dafür.

Meine Ausbildung zur Wächterin war ebenfalls abge-schlossen. Ich lernte Kampfsport und vieles aus Vaters al-ten Büchern. Er trainierte mich hart. Doch seine lieben Worte ließen alles erträglich werden. Vater nahm mir jeden

Monat Blut ab, sodass wir mittlerweile so viel Jungfrauenblut besaßen, dass es für alle Flüche der Welt reichen könnte. Von der Kirche bekamen wir auch hin und wieder den Auftrag, eine Seele einzufangen, was wir gerne mit unserer Arbeit verbanden. Aber dies blieb unser Geheimnis, auch wenn ein paar Gerüchte in der Presse kursierten, dass wir Geister austreiben könnten oder übersinnliche Fähigkeiten besäßen. Wir gingen einfach nicht darauf ein, da unsere Wächtergeschichte geheim bleiben musste. Nur ein paar Menschen wussten davon. Das waren die Jäger sowie die kirchlichen Oberhäupter.

Das Bild für Ian und Markus war nicht mein einziger Auftrag in den Staaten. Ein Kardinal fragte an, ob ich mir nicht eine Villa in Boston ansehen könne. Was ich ihm zugesagt hatte. Doch dies konnte noch ein paar Tage warten. Vor allem hielt ich noch einen Vortrag über Kunstepochen in Harvard. Dadurch konnte ich die beiden Projekte miteinander verbinden. Trotzdem freute ich mich erst einmal auf die Jungs aus New York, die mir unbedingt die Stadt und ihren Klub zeigen wollten.

Man brachte mir etwas zu trinken und auch ein leichtes Mittagessen, welches ich umgehend einnahm. Der Mann, der auf der anderen Seite saß, beobachtete mich. Ich schaute rüber und zog meine Kopfhörer aus den Ohren. „Was haben Sie auf dem Herzen?", lächelte ich ihn freundlich an. „Es ist nur so unglaublich. Man könnte meinen, Sie seien ein Geist. Ständig liest man über Sie, aber keiner scheint Sie zu kennen." „Was machen Sie denn?" Dabei blieb ich höflich. „Musikproduzent." Ich lachte auf. Irgendwie wirkte er eher wie ein Politiker. Er schmunzelte mich an, was ihn sympathisch wirken ließ. „Ich kann aber nicht singen." „So schlecht wie das, was ich mir oft anhören muss, können Sie nicht sein." Ich schüttelte belustigt meinen Kopf. „Es tut mir leid, wenn ich Sie angestarrt habe. Aber Sie sind einfach hinreißend." Entschuldigend lächelte er mich an. „Danke ... Was schreibt denn die Presse über mich?" Ich deutete auf sein Magazin. „Dass Sie wieder einige Schätze gefunden haben." Ich nickte bestätigend. Wir arbeiteten vor drei Wochen in Sankt Petersburg und sollten zwei alte Villen besichtigen. Dort fanden wir ein paar Bilder. Sie kamen aus dem Besitz der Zarenfamilie. Die Erben der Immobilien wollten eigentlich nur Sanierungsvorschläge. Doch durch den Fund der Bilder wurde unser Honorar wesentlich höher. „Sankt Petersburg", murmelte ich. Er nickte mir zu. „Das liegt nur daran, dass sich einfach niemand in die Keller traut." „Sie haben es ausgegraben", kam neugierig von dem Herrn. Gelassen zuckte ich mit meinen Schultern. „Wir fanden alte Aufzeichnungen der Immobilien und dazu gehörten Kellerräume. Eigentlich haben wir uns nur verlaufen", erklärte ich verschwörerisch leise.

Sein Lachen klang ehrlich und angenehm. „Sie wollen mir doch nicht erzählen, dass sich Ihr Erfolg auf Glück aufbaut?" „Manchmal ist es ebenso ... Ein wenig Glück gehört doch immer dazu." Eine Dame vor mir drehte sich um. Sie riss staunend ihre Augen auf. „Bekomme ich ein Autogramm?" Ich kramte schweigend eine Karte aus meiner Handtasche und unterschrieb darauf. Wir mussten Autogrammkarten anfertigen lassen, da mein Name einfach zu lang war und Leute immer wieder Fotos oder Unterschriften wollten. Ich reichte ihr die Karte. Sie seufzte glücklich auf. „Darf ich?" Sie deutete auf den freien Platz neben mir. Bestätigend nickte ich ihr zu. Schon rutschte sie herum und setzte sich zu uns. „Ist der hübsche Mann, der immer bei

Ihnen ist, Ihr Freund?" „Nein!", spie ich entsetzt aus. Da mich diese Frage noch immer störte. „Er ist eher wie ein Vater." „Ich finde ihn total heiß", stellte die Dame zufrieden fest. Sie musste irgendein Model sein. Zumindest wirkte sie so. Zumal sie sehr groß erschien und ein sehr schlankes, gepflegtes Äußeres besaß.

„Sie haben nie Beziehungen. Warum?" Ich kam mir allmählich vor wie bei einem Interview. „Den Richtigen traf ich eben noch nicht." Unweigerlich dachte ich an David. Wäre er es gewesen? Ich würde es wohl nie herausfinden. Schnell schob ich den Gedanken beiseite. „Ach, das wird schon. Was machen Sie in den Staaten?", kam erneut neugierig von der Dame. „Ich gebe ein Bild ab und halte einen Vortrag in Harvard." Die beiden staunten nicht schlecht. „Sie sind gerade einmal … zweiundzwanzig?", murmelte der Herr und schaute noch einmal prüfend in die Zeitschrift. Ich nickte verlegen. Eigentlich würde ich erst in ein paar Tagen zweiundzwanzig werden, aber das musste ich ihnen nicht detailliert erklären.

„Sind Sie schon einmal einem Geist begegnet?", flüsterte die Dame verschwörerisch. „Ich glaube schon." „Wo?" „Das verrate ich nicht." Ich begegnete im letzten Jahr so einigen Gespenstern, doch der Kampf gegen meine eigenen Dämonen war der schwerste gewesen. Meine Vergangenheit und dann die Entdeckung meiner Familie waren einfach zu viel gewesen. Vaters Nähe und unsere Gespräche bewirkten wirklich Wunder. Auch das Wissen, dass Noah und Manteuffel ins Gefängnis kamen, half mir darüber hinweg. Auch über mein Leben in den Heimen wurde in der Presse geschrieben. Die Misshandlungen, welche ich erleben musste, erreichten ebenfalls die Öffentlichkeit, was meinem Erfolg jedoch nie im Weg stand. Trotzdem fiel es mir schwer, dass man mich einige Zeit immer wieder mit

Fragen bombardierte. Obwohl ich versuchte, meine Vergangenheit zu verarbeiten, konfrontierte mich die Presse damit. Das Ganze ging zwei Monate, bis sie ihr Interesse daran verloren. Für mich fühlte, sich diese Phase schrecklich an, nur Vater half mir während der Zeit. Seine sanften Worte, die vielen Gespräche und gelegentliche Shoppingtouren ließen es erträglich werden. Das Wissen, dass ich einen Vater besaß, der einfach toll war, tröstete mich ungemein.

Der Herr sah mich an, als hätte er soeben meine Gedanken gelesen. Er nickte mir schweigend zu und setzte sich Kopfhörer auf die Ohren. Die Dame löcherte mich weiter über meinen Vater. Sie wollte ihn unbedingt kennenlernen. Doch er wollte keine Beziehung mehr in seinem Leben haben, deshalb wiegelte ich ab. Immerhin ließ mich die Dame anschließend in Ruhe.

Ich erinnerte mich an eine Affäre, die Vater im letzten Jahr hatte. Klar wünschte ich ihm den Spaß, aber diese eine Frau ließ ihn einen Monat lang nicht in Ruhe. Ständige Anrufe, Briefe, bis sie die Presse einschaltete und sich als Freundin meines Vaters vorstellte. Als er dies dementierte, kam das Gerücht auf, dass er in mich verliebt sei. Darüber verdrehte ich nur meine Augen, aber Vater ließ sich davon aus der Ruhe bringen.

Die Stewardess unterbrach meine Gedanken, reichte mir ein Kopfkissen sowie eine Decke. Ich stellte meinen Laptop weg und beschloss, bis zur Landung zu schlafen. Immerhin konnte ich überall meinen Schlaf finden. Womöglich würde mich nicht einmal ein Geist wecken können.

Kapitel 2

Ich holte mithilfe eines Flugbegleiters mein Bild und recht-
fertigte meine Einreise bei einem der Sicherheitsleute, welcher mich mit nervtötenden Fragen nervte. Vor allem
musste ich genauestens meine Aufenthaltsorte angeben sowie den Verkauf meiner Ware belegen. Außerdem klärte
ich die Zollbestimmungen für meine Kunstwerke ab. Nach
einer Stunde Quälerei entließen sie mich endgültig aus dem
Sicherheitsbereich des Flughafens.

Für mein Bild gab es eine Vorrichtung, mit der ich es durch
die Gegend schieben konnte. Meinen Koffer musste ich
notdürftig befestigen und betete, dass man mir diesen nicht
klaute. Markus wartete bereits auf mich. Strahlend kam er
auf mich zu und wollte mich umarmen. Ich schüttelte meinen Kopf, da ich das noch immer nicht mochte. Zwar waren meine Berührungsängste weitestgehend unter Kon-
trolle, trotzdem musste ich nicht von jedem geknuddelt
werden. „Oh mein Gott, ich glaube es nicht, dass wir es
wirklich bekommen!", rief er strahlend aus. „Na, ihr habt
es doch bereits bezahlt." Markus freute sich riesig auf das
Bild. Sie hatten sogar ihren Klub neu renovieren lassen. Ich
verstand diesen Hype um das Bild sowie meine Person einfach nicht. Er half mir mit dem Rollwagen und ich konnte
mich wieder meinem Koffer widmen. „Ähm, die Presse hat
Wind von deiner Ankunft bekommen", informierte er mich
entschuldigend. Ich verdrehte genervt meine Augen. „Na
super."

Kaum traten wir aus dem Flughafengebäude heraus, pras-
selte ein Blitzlichtgewitter auf mich ein. Sicherheitsleute
kamen und halfen mir zu einer großen Limousine. So viele

Journalisten auf einem Haufen hatte ich auch noch nicht erlebt. „Aus kleinen Dingen macht ihr euch nichts", bemerkte ich, da die Limousine wirklich riesig war. Markus lachte zufrieden auf. Irgendwie wirkte er, trotz der Freude über das Bild, ein wenig angespannt. Mithilfe seines Fahrers verlud er vorsichtig das Bild, während ich in dem langgezogenen Wagen Platz nahm. Hauptsächlich, um den vielen Fotografen aus dem Weg zu gehen. Aus meiner Handtasche kramte ich mein Telefon, um Vater anzuschreiben.

Nadja: Bin gut angekommen. Sitze in einer XXXXXXXXL Limousine und wurde von 100.000 Fotografen empfangen.

Vater: Dann bin ich ja beruhigt.

Nadja: Ein Model hat mich über dich im Flieger ausgequetscht. Hab ihr deine Nummer gegeben.

Vater: Gut zu wissen. Der letzte Priester wollte deine.

Nadja: Wehe!

Vater: Wie du mir, so ich dir.

Nadja: Deine Reime waren schon einmal besser.

Vater: Hat der alte Hexenmeister sich nun einmal wegbegeben, denn nun sollen seine Geister, auch nach meinem Willen leben.

Nadja: Wer reitet so spät durch Nacht und Wind. Es ist der Vater mit seinem Kind.

Vater: Ich liebe dich und wünsche dir viel Spaß.

Nadja: Ich dich auch.

Ich kicherte zufrieden vor mich hin, dabei schob ich mein Telefon wieder in meine Handtasche.

Markus setzte sich zu mir. „War dein Flug angenehm?" Ich nickte ihm lächelnd zu. Der Fahrer fuhr los und ich bestaunte die imposanten Hochhäuser der Stadt. „Das ist krass!" Alles wirkte noch beeindruckender als im Fernsehen. Allein der Straßenverkehr war absoluter Wahnsinn. Diese Autobahnen, welche sich übereinander zu stapeln schienen. Der Trubel, das Wirrwarr der Stadt, diese vielen Menschen, die einem Ziel folgten. Staunend nahm ich alles in mir auf. Markus beobachtete mich nachdenklich. „Hast du einen Freund?" Ich runzelte meine Augenbrauen bei seiner direkten Frage. „Nein, warum?" Er hob entschuldigend seine Hände. „Ich mag keine Frauen." OK, auch eine Information, die ich nicht zwingend brauchte. „Ich auch nicht", versuchte ich zu witzeln. „Würdest du das andere Bild auch an uns verkaufen?" Er sprach von meinem ersten Fund mit Vater. Die Presse hatte sich darüber ausgelassen, nachdem wir es in der Gemäldegalerie ausstellen ließen und wir uns weigerten, dieses Bild zu verkaufen, da wir es in dem polnischen Bauerngut fanden. Deshalb erfanden Journalisten aufregende Geschichten um dieses Bild, den Fund und uns beiden. Was es noch wertvoller machte.

„Oh nein. Das erotische werden wir nie verkaufen!", gab ich entschlossen ab. Markus schmollte ein wenig. „Das hilft nicht. Nein, dieses Bild ist unbezahlbar." „Warum hast du uns dieses Bild für den ursprünglichen Preis verkauft? Andere boten dir das Doppelte", erkundigte er sich neugierig und wechselte damit das Thema. Ich hatte ihnen bereits bei den ersten Verhandlungen diesen Preis zugesichert, wobei er geheim bleiben musste. Ich atmete tief durch. „Ihr habt damals einen echt miesen Zeitpunkt erwischt. Ich bekam vier Wochen zuvor mein Erbe und war vollkommen überfordert mit meiner Situation. Ich brauchte einfach die Zeit für mich. Das ist auch das erste und einzige Bild, welches ich derzeit aus meinem Erbe verkaufe." Markus lauschte beeindruckt meinen Worten. Alle anderen Bilder, welche wir verkauften, fanden wir erst im letzten Jahr. Deswegen wurde auch um dieses Kunstwerk so ein Aufriss gemacht. „Das Erotikbild ist aber auch nicht aus deinem Erbe", grinste er frech und versuchte es damit erneut zu verhandeln. „Aber dieses Bild ist das erste, das ich mit Chris fand und deshalb bleibt es unbezahlbar." Markus schien vorerst das Thema aufzugeben.

Meinen Vater nannte ich Chris in der Öffentlichkeit. Die Presse gab uns die Spitznamen Chris und Chrissi, was wir gerne annahmen. Niemals durfte die Öffentlichkeit erfahren, dass Vater wieder am Leben war, da wir es nicht logisch erklären konnten. Es gab bereits zu viele Geschichten über uns, somit brauchten wir keine Wiederauferstehungs-Story über meinen Vater.

„Ian freut sich sehr auf dich", unterbrach mich Markus. „Warum? Warum ist er nicht dabei?" Er zuckte mit seinen Schultern. „Manchmal fühlt er sich krank." Ich kniff meine Augen prüfend zusammen. „Ist er denn krank?" Markus schüttelte besorgt seinen Kopf. „Es geschehen Dinge." Ich befürchtete, dass er mir solche Sachen eigentlich nicht erzählen sollte und beschloss, lieber nicht weiterzufragen. Markus musterte mich prüfend. „Man schreibt viel über dich und deinen Partner." „Ich weiß." Erneut schien er mich eingehend zu beobachten. Auch solche Fragen war ich bereits gewohnt, trotzdem drehte ich mein Gesicht weg, schaute gedankenverloren aus dem Wagenfenster. „Kannst du Geister sehen? Ich glaube nämlich, dass Ian heimgesucht wird." Ich hielt meinen Blick starr aus dem Fenster gerichtet. „Warum glaubst du so etwas?" War ich nicht gerade erst in New York gelandet? Einer gigantischen Weltstadt und verkaufte professionell ein Bild? Wie viele andere Kunsthändler auch? Markus aber ließ sich nicht abbringen, angespannt fuhr er fort. „Manchmal passieren seltsame Dinge. Es fing vor über einem Jahr an. Erst verschwanden Kleinigkeiten. Ich dachte, er sei schusselig. Dann hörten wir Geräusche ... Er kommt oft verletzt oder total verstört zur Arbeit. Ian ist sehr klug, musst du wissen ... Aber etwas macht ihn unglaublich fertig." Markus schien sich wirklich Sorgen um seinen Freund zu machen. Doch Ians Probleme konnten viele Ursachen haben. „Ha! Du willst, dass ich eine Nacht in seiner Wohnung verbringe!", versuchte ich zu witzeln. Doch der ging scheinbar daneben. Markus schüttelte seinen Kopf und schaute traurig nach draußen. „Ich hätte es dir nicht erzählen dürfen." Ich blickte ebenfalls zu den Hochhäusern und machte mir so meine Gedanken. Ich zog mein Handy raus und überlegte, ob ich Vater schreiben konnte. Aber eigentlich brauchte ich es nicht. Ja, ich wusste, dass es Geister gab, welche sich an Menschen hängten. Bisher blieb mir diese Erfahrung erspart, nur Vater erzählte mir Geschichten darüber.

Etwas abgelegen vom Stadtzentrum erreichten wir ein größeres Ziegelsteingebäude. Das Gebäude wirkte schön, es besaß eine noble Note und irgendwie spürte man, dass es ein Geheimtipp für Feierlustige sein musste. Nicht eine dieser Prunkdiskotheken mitten in der Stadt. Sondern eher eine, in welcher man ungesehen feiern konnte.

Ich mochte das Gebäude, auch wenn ich bereits davor eine Präsenz spürte, die dort nicht hingehörte. „Wohnt ihr da drin?" „Ian ja … ich nicht", erklärte Markus geistesabwesend. Der Fahrer parkte den langen Wagen, stieg aus und hielt mir zuvorkommend die Tür auf. Zögernd begab ich mich aus dem Fahrzeug und kramte meine Münze aus meiner Handtasche. Markus schien nichts davon zu bemerken, da er all seine Aufmerksamkeit dem Bild widmete. Der Fahrer und er trugen es vorsichtig hinein. Vorsichtig und achtsam folgte ich ihnen.

Ian tauchte auf, um mich zu begrüßen. Er wirkte wirklich vollkommen ausgelaugt. Dunkle Augenringe zierten sein Gesicht, er hatte viel Gewicht verloren und sah kraftlos aus. Er war nicht mehr der junge, erfolgreiche Mann, welcher damals in der Gemäldegalerie stand. Damals flehte er mich an, ob er Christine von Hoym kennenlernen dürfe. Am Ende fand er heraus, dass ich es war und bekniete mich wegen des Bildes. Ich schaute mich zögernd um. „Hallo", selbst die Begrüßung schien ihm unglaublich viel Kraft zu kosten. Ich atmete tief durch und reichte ihm meine Hand. „Du schaust wirklich erschöpft aus." Er nickte entschuldigend. „So schaffst du die Party nicht." Er zuckte mit seinen dünnen Schultern. Irgendwie enttäuschte mich die Situation. Eigentlich erhoffte ich mir, dass zwischen uns etwas laufen könnte. Immerhin wollte ich meinem Jungfrauendasein endlich ein Ende bereiten. Zumal wir am Telefon immer wieder ein wenig flirteten. Nun hätte ich endlich die Chance gehabt, da ich weit genug weg von allem war. Aber nein, diese blöden Geister ließen mir, selbst am anderen Ende der Welt, meinen Frieden nicht.

Hinter Ian tauchte ein durchsichtiges Mädchen auf. „HÖR MIR ZU!" Ich hob überrascht meine Augenbrauen. Das ging ja mal schnell. „REDE MIT MIR!" Ihre Stimme klang verzweifelt. Ich schaute zu Markus. Dieser versuchte gerade das Bild in Sicherheit zu bringen, auch wenn er von alledem nichts mitbekam. Ich zog meine dünne Jacke aus und schlich zu Markus. „Können wir uns einen kurzen Moment lang unterhalten?" Das Mädchen schrie noch immer hinter Ian. Markus sah mich fragend an. Ich griff nach seiner Hand und zog diesen nach draußen. Verwirrt betrachtete er mich. „Du, das Bild und dein Fahrer. Ihr verschwindet hier. Du überlässt mir Ian und wir reden darüber nie wieder oder ich gehe sofort!" Markus schnappte nach Luft. Ich aber schüttelte langsam meinen Kopf, damit er seine Fragen nicht aussprach und bewarf ihn zusätzlich mit finsteren Blicken. „Ähm ja ... Also ..." Er drehte sich weg und rannte zu seinem Fahrer. Gelassen stapfte ich zu Ian. „Das klären wir jetzt." Ian runzelte verwirrt seine Stirn. „Was? Nimmst du das Bild wieder mit?" „Nein. Aber wir lösen dein Problem." Ich rannte raus, weil ich meinen Koffer brauchte. Außerdem musste ich vorher meinem Vater schreiben.

Nadja: Brauche Nachschub, da ein kleines Monster dazwischen gekommen ist.

Vater: Schon unterwegs. Das ging ja schnell.

Nadja: Ian hat ein winziges Problem.

Vater: Schon gelöst?

Nadja: Noch nicht.

Vater: Pass auf dich auf!

Ich schob mein Telefon wieder ein und wartete, bis die beiden anderen aus dem Haus waren.

„Ian, setz dich." Der Hauptraum der Diskothek bestand aus vielen Ledermöbeln und einer gläsernen Bar. Bei Tageslicht sahen Diskotheken echt merkwürdig aus, stellte ich fest. Ian ließ sich verzweifelt auf einen Sessel nieder. „Entschuldige bitte meinen schlechten Zustand." Er klang wirklich sehr erschöpft, sogar das Sprechen musste ihm sämtliche Energiereserven kosten.

„Schau mich an!", gab ich ernst ab. Er blickte müde in meine Richtung. „Wir beide machen einen Ausflug. Zwielicht nennt man die Ebene zwischen Leben und Tod. Dann unterhältst du dich mit der kleinen Blondine und anschließend fange ich sie ein ... Ob du willst oder nicht. Danach schicken wir sie in den Himmel. Hast du mich verstanden?" Ian runzelte seine Stirn. „Hope ist das?" „Wer ist … Ach egal ..." Ich öffnete meine Hand und brachte die Münze auf dem kleinen Tisch zum Drehen. Mit der anderen Hand griff ich nach Ian, damit er mir folgen konnte. Schon stand dieses Mädchen, auch sichtbar für ihn, neben uns. Selbst die Kleine starrte mich schockiert an. „Ihr habt weniger als fünf Minuten", schnaubte ich und ließ Ians Hand los. Auch wenn das Zwielicht praktisch war, mochte ich diesen grauen Dunst einfach nicht. Außerdem fühlte sich mein Magen anschließend noch immer etwas flau an.

Das Mädchen fing an zu weinen. Ian blinzelte, rieb sich erstaunt über die Augen. Mechanisch zog er das Mädchen in seine Arme. Trotzdem spürte ich seine Verwunderung, vermutlich fühlte er sich zu erschöpft, um in Panik zu geraten. Denn normalerweise würden Menschen sicherlich vom Glauben abfallen, wenn sie zum ersten Mal einen solchen Zauber erleben. „Es war nicht deine Schuld. Ich war dumm", hörte ich sie. „Ich hätte auf dich aufpassen müssen", flüsterte Ian erstaunlich sanft. „Nein, Vater ist schuld. Du warst vierzehn." Die beiden weinten und hielten sich dabei fest. Leise sprachen sie über sich und wie sehr sie einander vermissten. In meiner Brust stach es ein wenig. Mir taten die beiden leid, doch daran konnte ich einfach nichts ändern. Ich beobachtete die Münze und wusste, dass ich Ian nicht die Wahrheit über den Himmel gesagt hatte. Aber vielleicht half ihm der Glaube daran. Die Münze wurde langsamer. „Hope? Bist du bereit?", fragte ich sie. Sie schüttelte ihren Kopf. „Bitte ... Für Ian", versuchte ich sanft. Sie sah mich verzweifelt an und nickte mir zögernd zu. Auch wenn sie mir leidtat, mussten wir da irgendwie durch. „Wenn der Schleier verschwindet, gehst du freiwillig in die Kugel." Sie hob ihre Hand zum Schwur. Ian schluchzte laut auf. Wo war eigentlich mein Hotel?

Die Münze kippte mit einem angenehmen Klingeln um. Schon wurde alles um uns herum schärfer. Die Welt bekam ihre Konturen zurück. Ich kramte meine kleine Kugel heraus, öffnete diese und schaute bittend zu Ians Schwester. „Hope?" Sie strich ihrem Bruder noch einmal zärtlich über sein Gesicht. „Was passiert jetzt?" Ich lächelte sie lieb an. „Du überlegst dir ganz fest, wie dein nächstes Leben werden soll. Dann wirst du wiedergeboren." Hope schloss ihre Augen, schien loszulassen und die Kugel sog ihren Geist auf. Andächtig verschloss ich diese. Ian strich ich tröstend über die Hand. Dieser blickte erschöpft in meine Richtung, gelassen lehnte ich mich zurück.

Eigentlich brauchte ich dringend eine frische Dusche, vor allem nagte der lange Flug an mir. Die Kugel ließ ich in meine Tasche gleiten. „Du solltest jetzt ein wenig schlafen." Ian musterte mich. „Wo bringst du sie hin?" „In die nächste größere Kirche, damit sie wiedergeboren werden kann." Langsam stand ich auf und überlegte, dass ich lieber doch nicht zu der Eröffnungsfeier gehen sollte. „Was ist mit dir?" Ian stand kraftlos auf. Ich zuckte mit meinen Schultern. „Was soll mit mir sein? ... Tu mir nur zwei Gefallen. Schlaf dich aus und erzähl es keinem." Ich griff nach meinem Koffer und meiner Handtasche. Noch einmal drehte ich mich um. „Eigentlich hatte ich mich auf meinen ersten Diskoabend gefreut." Ich zwinkerte ihm zu und begab mich langsam nach draußen.

Tja, blöd aber auch. Wie, verdammt noch mal, bekam man in dieser Stadt ein Taxi? Laut pfeifen konnte ich nicht und wo befand sich mein Hotel? Ich schnaubte genervt, zog mein Handy und schrieb meinen Vater an.

Nadja: Geist ist in der Kugel. Suche verzweifelt ein Taxi!

Das Gute an Großstädten waren Taxizentralen. Vater schickte mir meine Hoteldaten sowie die Nummer für eine Hotline. Ich seufzte dankbar auf, rief in der Zentrale an und bestellte mir ein Taxi zu der Diskothek. Die große Limousine vom Flughafen kam angerollt. Markus stieg aus und rannte auf mich zu. „Du kannst hier nicht herumsitzen!" Ich schaute mich um. „Wer hindert mich daran?" „Mensch ... Die Stadt ist gefährlich. Jetzt komm, wir fahren dich. Ian hat mir geschrieben, er versucht erst einmal zu schlafen." Ich schüttelte meinen Kopf. „Habe mir schon ein Taxi bestellt." „Verschwindest du jetzt einfach so?" Wehmütig

28

blickte ich zu Markus auf, mein Geheimnis musste ein Geheimnis bleiben, auch wenn es ihm scheinbar nicht gefiel. Er musterte mich streng. „OK. Du machst hier einen auf einsame Superheldin? Das ist echt mies! ... Bestimmt ging gerade in deinem Köpfchen herum, dass du nicht zu der Party kommen willst." Ich fand den Titel, einsame Superheldin, wirklich witzig. Mein Taxi rollte bereits an. Ich winkte dem Fahrer zu. „Markus ... eure Lieferung ist eingetroffen." Dabei stand ich auf und schlüpfte zum Taxi. „Das war es jetzt? Du kannst nicht davonlaufen!" „Ich laufe nicht davon. Was ist, wenn das da die Welt erfährt?" Ich deutete verzweifelt auf das Haus und rutschte auf die Rücksitzbank des Taxis. Dem Fahrer reichte ich die Hoteladresse, welcher umgehend das Fahrzeug in Bewegung setzte. Markus starrte mir noch hinterher, aber ich konnte das nicht. Ich wollte sie da nicht mit hineinziehen oder riskieren, dass sie doch etwas verrieten. Nur ein kleines unsichtbares Geschenk hatte ich ihnen hinterlassen. An der Wand des Hauses stand ein kleiner Schutzzauber, welcher sie vor Dämonen und weiteren Geistern bewahrte.

Wir brauchten eine Stunde, bis wir an einem hübschen Hotel am Stadtrand ankamen. Ich hatte mir bei der Reiseplanung extra etwas Gemütliches und nicht etwas Ultramodernes gesucht.

Vater schickte mir bereits Informationen, dass es in der Nähe eine Kirche gab. Vorher checkte ich in der Lobby ein. Die Dame an der Rezeption hieß mich herzlich willkommen, obwohl sie mich neugierig betrachtete. Sicherlich wunderte sie sich darüber, was ein junges Mädchen alleine an diesem Ort suchte.

Man brachte mir meinen Koffer nach oben. Dort prüfte ich schnell meine Mails, duschte ausgiebig und zog mir etwas Bequemeres an. Nachdenklich blickte ich auf meinen Rechner, da ich etwas Ablenkung brauchte. Die Mail mit dem Exposé des Gebäudes in Boston ließ mich nicht los. Das Haus, in welchem ich die Geister vertreiben sollte, gefiel mir auf Anhieb. Spontan schickte ich Vater eine Nachricht, ob wir es vielleicht doch kaufen sollten. Der Preis lag weit unter den normalen, ortsüblichen Preisen. Um dieses Gebäude kursierten die gruseligsten Geistergeschichten. Es sah wie eine wunderschöne Villa der New England Staaten aus. Ich mochte diesen Baustil und allmählich verliebte ich mich in dieses Objekt. Wenn ich schon keinen Freund bekäme, dann vielleicht einen idyllischen Rückzugsort für mich selbst.

Mein Handy klingelte. Ich steckte mir die Kopfhörer ein. „Hallo Papa." „Du willst es kaufen?" „Ich mag es irgendwie." Vater saß gerade im Wagen, da die Fahrgeräusche aus dem Hintergrund zu hören waren. „Allein die Rendite wäre fantastisch." „Ich sehe es ja in zwei Tagen. Dann entscheide ich." „Mmh … es wäre schlauer, es gleich zu kaufen. Wenn sie dein Interesse bemerken, könnte der Preis schnell nach oben gehen." „OK, wir kaufen es!" Ich freute mich wirklich sehr über den Entschluss. „Ich ruf Orlovski Junior an. Viel Spaß heute Abend." „Nein, ich gehe nicht hin", gab ich entschlossen ab und zog mir meine Sommerjacke an. „Das solltest du aber." Während wir telefonierten, machte ich mich auf den Weg nach unten und verließ das Hotel, um die Kirche zu finden. Die Kugel mit Hope befand sich in meiner Tasche. Gegenüber entdeckte ich ein italienisches Restaurant. Ich lächelte, da Vater sich gerade in Italien befand. „Nein, sie kennen jetzt mein Geheimnis", seufzte ich angespannt. Mein Weg führte an einigen Stadt-häusern vorbei. „Und? Mensch, Naddi, ich will, dass du glücklich bist." „Ich bin doch glücklich. Du bist alles was ich habe und brauche." „Aber ich bin dein Vater!"

Ich ging um eine Hausecke herum. Dabei stieß ich gegen etwas und quiekte erschrocken auf. Ich verlor mein Gleich-gewicht, etwas griff unglaublich schnell nach meinem Arm und verhinderte meinen Sturz. „Alles OK?!", rief Vater be-sorgt. Ich schaute hinauf und entdeckte einen riesigen Mann. „Ähm ja. Bin gerade gegen etwas … jemanden ge-laufen … Ich leg mal auf", keuchte ich hastig und beendete das Gespräch. Ich zog meine Kopfhörer raus. Doch nun klingelte das Handy des Mannes. Er schaute darauf. „Geht es Ihnen gut?" Ich nickte verlegen. Der Typ war wirklich heiß.

Er schaute auf sein Telefon und nahm den Anruf entgegen. Mein Herz beruhigte sich langsam wieder. Seine Stimme klang angenehm tief. Ich schluckte. Dunkelbraune Augen, sonnengebräunte Haut und dann dieses kurze tiefschwarze Haar, welches fast wie meins schimmerte. Er musste be-stimmt zwei Meter groß sein und man konnte durch sein Shirt jeden Muskel genau erkennen. Noch einmal schluckte ich. Doch er zwinkerte mir zu, schrie Befehle in sein Handy und rannte weg. Ich schaute ihm nach und er-wischte mich dabei, wie ich seinen Hintern begutachtete. Starr blickte ich ihm nach, ich musste vollkommen ver-zweifelt sein, wenn mich ein Kerl so umhauen konnte. Ent-setzt über mich selbst, schüttelte ich meinen Kopf.

Dabei erinnerte ich mich, dass ich zu der Kirche wollte. Ich atmete tief durch und setzte meinen Weg fort. So ein Mann hatte bestimmt zehn Freundinnen an einer Hand. Wenn nicht sogar mehr. Ein Schnaufen entrann meiner Kehle. In meinen Liebesromanen hätte sie jetzt schon ein Date gehabt. Vor allem waren diese Mädchen ja auch keine totalen Freaks. Mehrfach drehte ich mich um, aber der Typ war längst verschwunden. So einen tollen Mann hatte ich noch nie bemerkt. Der sah aus wie aus einem der Hochglanzmagazine. Gott war das peinlich. Ich fühlte mich, als würde ich ein Poster von einem Musiker anschmachten.

Ich entdeckte die kleine alte Kirche, welche mich in meine Realität zurückholte. Davor stand ein Wagen mit weißen Blumen geschmückt. Genervt verdrehte ich meine Augen, da ich mitten in eine Trauung hineinplatzen würde. Ich zog meinen unsichtbaren Umhang aus meiner Tasche und legte ihn um.

Schon verschwand ich vollkommen und kein Mensch konnte mich sehen. Das Dumme war nur, dass ich irgendwie unbemerkt zum Altar gelangen musste. Immerhin stand die Kirchentür offen, somit kam ich schon einmal unbemerkt hinein. Zwar machte mich der Umhang unsichtbar, aber durch Türen konnte ich damit nicht gehen. Die Trauung war im vollen Gange. Die Braut trug ein wunderschönes trägerloses Kleid, mit einem weiten, fließenden Rock. Sie lächelte glücklich ihren Liebsten an. Ein kleiner Junge hielt ein Kissen zwischen den beiden nach oben, auf dem zwei hübsche Goldringe lagen. Das Brautpaar sah sich verliebt an.

Ich seufzte leise und schlich um den Priester herum, welcher gerade das Brautpaar segnete. Damit ich in das Zwielicht kam, suchte ich meine Münze heraus. Noch immer verknotete mir es den Magen, sobald ich diese Ebene erreichte. Schwungvoll ließ ich die Münze rotieren. Ein Tropfen meines Blutes reichte, mechanisch rutschte der

Altar zur Seite, durch das Zwielicht bemerkte es niemand. Ich kletterte hinunter, lief eilig den dunklen, engen Gang entlang und fand einen alten Stein in der Mauer vor. Diesen schob ich zur Seite und öffnete die Kugel. Ein Leuchten entstand. Im nächsten Augenblick sog die Öffnung die Seele auf. Ich sah noch, wie Hope mich ängstlich anblickte. Aber da konnte ich wirklich nicht helfen. „Alles wird gut", hauchte ich leise und schon verschwand sie in dem finsteren Loch. Ich schob den Stein zurück. Meine Zeit war gleich um, in letzter Sekunde schaffte ich es zurück in die Kirche. Die Münze kippte, als der Altar seine ursprüngliche Position einnahm. Hastig griff ich nach der Münze, ein paar Besucher schienen noch das letzte Kratzen mitbekommen zu haben, denn sie sahen sich verwirrt um.

Vor lauter Anspannung brauchte ich einen Moment für mich. Im hinteren Bereich der Kirche nahm ich Platz, betrachtete die hohe Decke und erinnerte mich an meine erste Altarverschiebung.

Vater und ich kamen gerade aus Tschechien zurück. Dort kauften wir zuvor ein altes, nahezu vollkommen zerstörtes Herrenhaus, welches mitten in einem Waldgebiet lag. Das Dach wies Löcher auf, das obere Stockwerk konnte man nur unter größter Vorsicht betreten. Sogar in den Decken gab es Öffnungen. Ein kleiner Junge spukte in diesem Haus. Nach meinem Vater und der Gräfin Cosel wurde er zu meinem ersten richtigen Geist. Dieser Junge wollte sich nicht so leicht wie Hope einsperren lassen. Denn er wartete noch immer auf seine Großeltern. Wir fanden heraus, dass er in Zeiten des Ersten Weltkriegs mit seiner Familie dort Unterschlupf fand. Sie alle starben, nur der Geist des Jungen gab keine Ruhe. Ich versuchte mit ihm zu reden, aber er griff mich an. Vater lachte darüber und ich bekam meine erste richtige Lektion zum Thema Geisterjagd. Letztendlich verfrachtete ich den Jungen in die Kugel, bis auf ein paar Schürfwunden, blaue Flecken und einem angeknacksten Ego, genoss ich meinen ersten kleinen Erfolg. Nachdem wir in dem Gebäude weitere Bilder fanden, beschlossen wir, diese nach Dresden zu bringen. Während der Fahrt lag die Kugel warm in meinen Händen.

Nach einer Nacht in unserer geliebten Burg, fuhr Vater mit mir nach Dresden. Die Bilder brachten wir in die Gemäldegalerie, in der ich zum ersten Mal sah, wie diese restauriert wurden. Dabei schimpften die Angestellten und boten an, dass sie in Zukunft solche Kunstwerke abholen würden. Da sie fanden, dass sie im Kofferraum eines Wagens nichts zu suchen hätten. Ich erfuhr, wie man diese Schätze richtig transportierte und durch die Restauratoren entbrannte meine Leidenschaft zu diesen Kunstwerken.

Anschließend mussten wir den Geist wegbringen. Die ganze Zeit fragte ich mich, was mit ihm geschehen würde. Vater führte mich in die Hofkirche. Ich bestaunte die Silbermannorgel, betrachtete ein paar Nonnen, welche sich als sehr hilfreich erwiesen. Sie scheuchten die Touristen hinaus und verschafften uns die benötigte Stille. Im Hall der Kirche erklärte Vater mir die Geschichte mit den Altären. Nur Wächter und Jäger könnten diese mit ihrem Blut verschieben. Ein winziger Tropfen reiche aus, damit sich die Pforte zur Unterwelt öffnet. Priester sämtlicher Religionen wussten davon, sie konnten diese mit einem alten Schlüssel nutzen, aber das durften nur die höheren Ämter übernehmen. Nicht jeder Pfaffe bekam einen dieser heiligen Schlüssel. Dabei erläuterte Vater, dass wirklich alle Religionen solche Möglichkeiten hatten. In den Moscheen, den Synagogen, den orthodoxen, katholischen sowie evangelischen Kirchen gab es diese Öffnungen.

Die Gäste der Trauzeremonie rissen mich aus meinen Erinnerungen. Im Schutze meines Umhangs beobachtete ich, wie sie glücklich aus dem Gebäude traten, nur der Priester betrachtete prüfend seinen Altar. Er runzelte seine Stirn, beugte sich, schien nach Spuren zu suchen. Er rieb sich nachdenklich über sein Kinn und begab sich in einen anderen Raum. Erst nachdem ich mich allein in der Kirche wusste, löste ich meinen Umhang und machte mich auf den Weg zurück zum Hotel.

„Wo warst du?" Ian lehnte an der Hotelwand. Erschrocken zuckte ich zusammen. „Hab deine Schwester weggebracht." Er stieß sich gelassen von der Mauer ab. Immerhin sah er etwas erholter aus. Er musste geschlafen haben. Noch immer wirkte er wie ein Schatten seiner selbst, aber besser. Verwirrt schaute ich auf meine Uhr und stellte fest, dass bereits Stunden vergangen waren. „Sie fehlt mir. Jetzt wo ich weiß, dass sie es war." „Dafür kannst du jetzt dein Leben in Ruhe führen." Ian musterte mich besorgt. „Hast du schon gegessen?" Ich schüttelte meinen Kopf. Er griff entschlossen nach meiner Hand und zog mich über die Straße zu dem italienischen Restaurant. „Ich zahle!", legte er entschlossen fest, dabei führte er mich an einen Tisch, selbst den Stuhl schob er mir hin. Ein wenig verwirrt, setzte ich mich. Das Restaurant schien sehr weitläufig zu sein. Nischen sorgten für Privatsphäre, Pflanzen machten es noch gemütlicher und die dunklen Holzmöbel verliehen diesem das gewisse Etwas. Ein großer Steinofen befand sich neben der Theke, in dem man beobachten konnte, wie die Pizzen buken. Während ich das Restaurant betrachtete, musterte mich Ian neugierig.

„Erzähl mir etwas von dir", fing Ian an. Irgendwie empfand ich ihn als sehr angenehm, aber ich war wohl einfach nicht für nette Typen gemacht. „Erzähl mir doch lieber deine Geschichte." Eine Kellnerin kam. Ich bestellte bei der Bedienung einen Salat, dabei empfahl ich Ian mit etwas Leichtem anzufangen, damit sein Magen das verkraftete. Er sah wirklich sehr dünn aus und sollte langsam anfangen, wieder zu essen oder vielleicht auch zu leben.

Verlegen schaute ich aus dem Fenster, beobachtete die vielen Fahrzeuge, welche sich in den Feierabendverkehr einreihten. Durch den Flug und die Zeitverschiebung verlor ich jegliches Zeitgefühl. Ian schien mich noch immer zu betrachten. „Du wirkst noch immer so einsam." „Wie war das mit deiner Schwester?", versuchte ich vom Thema abzulenken. Ian atmete tief durch. „Nicht einmal Markus kennt meine ganze Geschichte." Neugierig lauschte ich seinen Worten. Er erzählte, wie er vor vielen Jahren seine Schwester verlor. Er stritt sich mit seinem strengen Vater, welcher ein richtiger Arsch gewesen sein musste. Während seines Studiums lebte Ian in einem Studentenwohnheim und genoss die Distanz zu seinem Vater. Seine Schwester Hope wurde krank und er war nicht da. Ian erfuhr zwar von seiner Schwester, dass es ihr nicht gut ging, doch er wollte einfach nicht zu seinem tyrannischen Vater zurück. Dieser verschwieg ihm, dass Hope keine einfache Grippe, sondern Leukämie hatte. Erst zu spät fand er heraus, dass er sie mit seinem Blut hätte retten können. Obwohl der Vater ihm nie davon erzählte und er keine Ahnung vom Zustand seiner

Schwester hatte, warf er sich vor, dass er die Schuld an ihrem Tod trug. Ich fand, dass der Stolz und die Verbohrtheit seines Vaters für den Tod seiner Schwester sorgten. Ian unterbrach seine Geschichte für einen Moment und fuhr erneut fort.

Vor fünf Jahren traf er dann Markus. Die beiden fingen mit ihrem ersten Klub an. Schnell wurden sie erfolgreich damit. Dann, vor zwei Jahren verstarb sein Vater. Er bekam das Haus und auch darin entstand einer ihrer Klubs. Ich erfuhr, dass sie bereits drei besaßen. Um sich die teure Miete zu sparen, ließ er das obere Stockwerk modernisieren und zog ein. Nur dass eben dieses Haus ihn krank machte. Er konnte nicht mehr schlafen. Seine Konzentration ließ nach. Er bekam kein Essen mehr hinunter, selbst Markus glaubte irgendwann an einen Fluch. Er wollte Ian überreden auszuziehen, aber er brachte es einfach nicht fertig, obwohl er es nicht begründen konnte. Nun kannten wir den Grund dafür und er fand gut, was geschehen war. Endlich konnte er mit seiner Schwester abschließen. Auch wenn er noch etwas Zeit dafür brauchen würde, um das Erlebte zu verarbeiten.

Immerhin beobachtete ich, wie er nun genüsslich seine Suppe aß. Gespannt lauschte ich seinen Worten. Ich erinnerte mich, wie es damals mit Vater war. Zwar konnte ich ihn bereits sehen, aber auch er hatte mir die Luft zum Atmen genommen. Es waren nur ein paar Tage, doch damals stresste er mich unglaublich. Ich überlegte, ob es an der Tatsache lag, dass Geister einfach kräfteraubend waren. Oder entzogen sie sogar die Energie der Lebenden? Ich fand die Idee gar nicht dumm, dass Geister auf lange Sicht unsere Lebensenergie nahmen. Denn auch sie brauchten eine Art Nahrung. Ich beschloss, dies einmal mit meinem Vater durchzusprechen. „Kommst du heute Abend mit?" Ich hob meine Augenbrauen. „Weiß nicht?" Dabei rührte ich in meinem Kaffee die Milch um, gerne trank ich einen Kaffee nach dem Essen. „Bitte. Wir freuen uns wirklich, dass du hier bist. Diese Geschichte bleibt auch unser Geheimnis", flehte mich Ian an. „OK. Ich reise morgen Nachmittag eh wieder ab." Ian musterte mich ein wenig traurig. „Ich wollte dir die Stadt zeigen. Außerdem möchte Markus unbedingt das andere Bild sehen." Ich schmunzelte, weil er mit seinen Wimpern klimperte, während er sprach. Es tat gut zu sehen, wie schnell er wieder der Ian wurde, welchen ich in Dresden kennenlernte. „Das habe ich Markus schon erklärt. An das Bild kommt keiner ran. Aber ich habe ein paar andere Sachen für euch ... Ich bringe meinen Laptop heute Abend mit." Ian streckte seine Arme in die Luft. „Sie kommt!" Nach dem Essen wollte ich mich noch etwas hinlegen, um mich auszuruhen. Ian verabschiedete sich und ich bestellte mir für zehn Uhr ein Taxi an die Rezeption.

Kapitel 3

Ich zog mir ein knappes schwarzes Kleid an. Die Schuhe fielen verdammt hoch aus, dafür brachten sie meine Beine schön zur Geltung. Nur meine Tasche störte ein wenig die Optik. Leider ging ich ohne die nicht mehr aus dem Haus. Außerdem hatte ich Ian versprochen, meinen Laptop mitzunehmen. Mein Stift hielt noch immer meine Haare zusammen. Dies war zu meinem persönlichen Markenzeichen geworden, da man mich nur mit einem Knoten ihm Haar zu sehen bekam. Ausschließlich beim Schlafen und beim Duschen legte ich diesen weg. Das Taxi holte mich pünktlich ab und brachte mich zu der Diskothek. Ich zahlte mein Fahrgeld plus Trinkgeld und stieg gelassen aus. Insgeheim freute ich mich dann doch auf diesen Abend. Zum ersten Mal ging ich in eine richtige Disko. Eigentlich klang es schrecklich, dass ein einundzwanzigjähriges Mädchen noch nie alleine aus war, aber leider gehörte das nun mal zu meinem Leben dazu.

Ein paar Journalisten versammelten sich bereits vor der Location. Laut Ian wurden an dem Abend nur geladene Gäste zugelassen, da das Bild im Vordergrund stand, wobei ich den Aufriss um dieses nicht ganz nachvollziehen konnte. Die Fotografen bemerkten mich sehr spät. Erst als ich fast die Tür erreichte, schossen sie mit ihren Blitzlichtern auf mich ein. Ich drehte mich zu ihnen, lächelte noch einmal freundlich und huschte schnell in die Disko hinein.

Durch die Beleuchtung wirkte sie nun wirklich prächtig. Überall standen diese dunklen Sitzmöbel herum, alles war in Lilatönen gehalten und die gläserne Bar schien, als sei sie aus Eis gehauen worden. „Christine!", rief Markus hinter mir. Ich wandte mich um und schenkte auch ihm ein freundliches Lächeln.

„Was hast du mit Ian gemacht? Es geht ihm viel besser", freute er sich und drückte mich flüchtig. Dieses Mal ließ ich es zu, selbst wenn ich es nicht mochte. Ian kam in einem dunklen Anzug auf mich zu. „Du siehst zauberhaft aus." Er nahm meine Hand und hauchte mir einen Kuss darauf. „Komm, ich zeig es dir." Er zog mich hinter sich her. Wir erreichten einen größeren Raum. Auch da tauchte eine weitere Bar auf. Eine Liveband spielte am anderen Ende leichte Rockmusik und das Bild hing auf der gegenüberliegenden Seite. Es sah toll aus. Sie ließen den alten Rahmen so beleuchten, dass man erst bei genauem Hinsehen mitbekam, was auf dem Gemälde wirklich passierte.

Die beiden baten mich, ein Foto mit ihnen und dem Bild zu machen. Dieser Bitte ging ich natürlich nach. Viele Gäste drängten sich immer wieder zu dem Gemälde. Wobei sie die Geschichte, wie sie an diese Kostbarkeit kamen, mehr interessierte, als das Kunstwerk selbst. Wir nahmen in einem ruhigeren Eck Platz und ich öffnete meinen Laptop, da Markus unbedingt weitere Bilder sehen wollte. Es handelte sich um Skizzen von Folterszenen und auch um zwei schöne alte Akte, welche wir in den letzten Monaten fanden. Sie interessierten sich wirklich für die Zeichnungen. Wobei ich diese erst offiziell ausschreiben lassen musste, da sie viel Geld einbringen könnten. Auch wenn Ian und Markus dem Wort Freunde sehr nahe kamen, konnte ich kaum die Bilder verschenken, weil Kunst nun einmal der größte Bestandteil meines Einkommens war. Sie hatten bereits den Vorrang für dieses Gemälde erhalten und durch den niedrigen Preis wurde es zu einer richtig guten Geld-anlage. Sie wussten, dass der Kauf der Folterszene einen großen Gewinn erzielen könnte und gleichzeitig als Sicherheit diente.

Die Musik hallte laut durch die Räumlichkeiten. Immer mehr Gäste kamen und begrüßten die beiden. Ian blieb trotzdem an meiner Seite. Er flirtete sogar mit mir, aber dieses Kribbeln wie bei David stellte sich einfach nicht ein. Vielleicht verlangte ich auch einfach zu viel. Zumal sich David auch nie bei mir meldete. Gut, OK, ich hätte auch bei ihm einfach mal anrufen können. Aber das zwischen uns war zwar schön gewesen, doch irgendwann musste jeder seine eigene Entscheidung treffen. Deshalb gab es für uns keine gemeinsame Zukunft. Nur schade war, dass auch Adrian nie mit Vater in Kontakt trat. Ich seufzte und beschloss den Abend einfach zu genießen, die Gedanken an die anderen zu verdrängen. Viele kamen an meinen Tisch, sprachen neugierig mit mir. Sie erkundigten sich nach meiner Herkunft. Die Leute waren vom Adel fasziniert und löcherten mich mit hunderten Fragen über meine Abstammung. Immerhin konnte ich ihnen ein paar nette Geschichten erzählen, da Vater mir einiges über unser Wappen und unsere Familienhistorie beibrachte. Auch nach meinem Vater fragten sie. Natürlich wollten sie wissen, ob wir ein Paar seien und immer wiederholte ich meinen Standpunkt, dass er eher eine Vaterfigur einnahm. Sie quetschten mich über die Abenteuer aus, bei welchen wir die Objekte fanden und erforschten. Die Leute stellten sich immer die unglaublichsten Sachen vor. Als würden Fallen oder Gefahren in diesen Häusern lauern, wie bei Indiana Jones. Aber eigentlich gehörten nur gesunder Menschenverstand, etwas Glück und eine Geisterfalle dazu. Wobei wir letzteres eher

seltener gebrauchten. Einmal mussten wir in ein Geisterhaus, anschließend riefen wir den Kammerjäger, da sich
hunderte von Ratten im Gebälk breitgemacht hatten. Soweit zu Geistern. Allerdings ließ ich die Sache mit den
Geistern aus, denn das widersprach dem Geheimnis der
Wächter. Gegen zwei Uhr morgens verabschiedete ich
mich. Ich hatte nicht viel getrunken, da mir noch von den
beiden Sprüngen ins Zwielicht schummerig war.

Ich verschlief ein wenig. Sonst stand ich immer um sieben
Uhr auf, aber an dem Tag erwachte ich erst um neun. Beim
morgendlichen Joggen verfluchte ich den Jetlag. Insgeheim hoffte ich, diesem unbekannten Mann noch einmal
über den Weg zu laufen. Leider war dieser nirgends zu sehen. So viel Glück schien mir einfach nicht zuzustehen. Ich
beschloss, dass ich wenigstens heimlich davon träumen
konnte. Die Tatsache, dass ich Träume hatte, war mehr, als
ich mir vor einem Jahr hätte wünschen können.

Ian uns Markus holten mich zum Mittagessen ab. Ich
checkte vorher noch aus, da sie mich zum Flughafen begleiten wollten. Es war wirklich nett mit ihnen. Ian wirkte
richtig fit. Dagegen schien für Markus die Nacht zu kurz
gewesen zu sein. Aber auch ich gähnte noch ein wenig.

Nach dem Mittagessen verabschiedeten wir uns und ver-
sprachen, dass wir uns drei Wochen später in Dresden sehen würden. Zum einen waren die beiden totale Europaf-
ans und zum anderen wollten sie weitere Bilder kaufen.
Zumal bald erneut die jährliche Versteigerung in der Galerie stattfand, die gleiche Veranstaltung, bei der wir uns
kennenlernten. Bei dieser Veranstaltung bekamen sie die
Chance, weitere Kunstobjekte zu erwerben, wenn sie es
wollten. Vater und ich planten, die gefundenen Bilder des

letzten Jahres dort zu veräußern. Irgendwie beschlich mich das Gefühl, Freunde in ihnen gefunden zu haben. Aber damit tat ich mich noch immer schwer. Trotzdem fand ich sie absolut nett. Ian gab seine Flirtversuche auf und schon wurde es zwischen uns entspannter.

Der Flug nach Boston dauerte nur anderthalb Stunden. Ein Wagen stand für mich am Flughafen bereit. Diesen buchten wir im Vorfeld, damit ich mich an den drei Tagen frei in der Stadt bewegen konnte. Ich gab die Adresse von meinem Hotel im Navigationsgerät ein und fuhr direkt dorthin. Von dort aus rief ich den Makler der Immobilie an, die ich kaufen wollte und von den angeblichen Geistern befreien sollte. Von dem Auftrag der Kirche erzählte ich diesem nichts. Angeblich hätte ein Priester wegen des Gebäudes seinen Job aufgegeben, deshalb war die Kirche so daran interessiert.

Der Makler holte mich am Nachmittag ab und gemeinsam fuhren wir zu dem Grundstück. Ich staunte, da es wirklich direkt am Meer lag und sogar einen eigenen Zugang zum Strand besaß. Es handelte sich um ein sehr großes Haus im typischen Stil der New England Staaten. Roter Ziegel, weiße Fenster und Türen sowie hübsche kleine Erker und Dächer. Trotzdem umgab das Anwesen eine unheimliche Atmosphäre. Es war wunderschön, die Abgeschiedenheit, das Rauschen der Wellen im Hintergrund, das leise Zwitschern der Vögel an diesem nahezu unberührten Ort. Umgehend verliebte ich mich ein wenig in diese Gegend.

„Vor drei Jahren wurde es zum letzten Mal verkauft. Der hielt es ganze drei Tage darin aus. Alle anderen schafften nur einen." Der Makler klang sehr angespannt. Ich schaute ihn fragend an. „Angeblich sind die alten Besitzer von vor zwanzig Jahren noch darin. Sie waren böse alte Menschen. Er soll seine Kinder auf dem Gewissen haben und sie hatte sich ihm vollkommen untergeordnet … Schwarze Magie haben sie auch noch praktiziert." Ich hob meine Augenbrauen. Diese Geschichten waren meist weit hergeholt. Aber der Sache würde ich schon selbst auf den Grund gehen. „Wie schnell kann ich einziehen?" Der Makler starrte mich entsetzt an. „Sie wollen da rein?" Seine Stimme überschlug sich fast. Ich zuckte gelassen mit meinen Schultern. „Die Unterlagen sind fertig. Sie brauchen nur unterschreiben und der Notar kann heute noch alles abwickeln." Er klang eher verzweifelt als darüber erfreut, dass er dieses Objekt endlich verkaufte. „Dann machen wir das. Achthunderttausend?" Er nickte verlegen. „Wir machen auch siebenhundert draus. Dieses Haus kauft keiner mehr. Selbst auf das Grundstück traut sich niemand. Nicht einmal die Kids an Halloween." „Wollen wir reingehen?", bot ich an. Der Makler wurde ganz blass. „Nein, ich habe es einmal bis zur Tür geschafft. Ich mache das nicht noch einmal. Sie sollten es wirklich nicht kaufen." Er wirkte schon fast panisch. Ich konnte mir nur schwer ein Lachen verkneifen. „Na gut. Dann erledigen wir den Papierkram." Ich biss mir auf meine Wangeninnenseite, da ich sonst laut loslachen würde. „Das wird Ihnen vergehen." Erneut zuckte ich mit meinen Schultern.

Gemeinsam fuhren wir in das Büro des Maklers. Nur wenig bekam ich von Boston mit, da ich es kaum erwarten konnte, endlich dieses schöne Fleckchen Erde zu erobern. Es dauerte ein wenig, bis der ganze Papierkram erledigt wurde. Unterschriften mussten getätigt werden, die Bank brauchte Zeit für die Freigabe der Summe und ein Notar besiegelte den Kauf.

Drei Stunden später hielt ich zufrieden meine Papiere und vor allem den Schlüssel des Hauses in der Hand. In meinem Hotel angekommen, beschloss ich erst einmal abendessen zu gehen. Ich fand es dann doch zu gefährlich, nachts allein im Dunkeln, an einem fremden Ort nach Geistern zu suchen. Zufrieden beschloss ich, meinen Vater zu informieren. Mein Handy lag irgendwo in den Weiten meiner Tasche, welches ich erst suchen musste.

Nadja: Das Haus ist der absolute Traum.

Vater: Das freut mich. Du hast es billiger bekommen. Bin sehr stolz auf dich. Wie war dein gestriger Abend?

Nadja: Der Abend war schön. Ian und Markus wollen mich in Dresden wiedersehen.

Vater: Wie ging es Ian?

Nadja: Da funkt es einfach nicht.

Vater: Es kommt schon noch ein passender.

Ich seufzte. Klar, einen, den ich über den Haufen rannte und welcher dann spurlos verschwand. Irgendwie bekam ich diesen einen Mann nicht mehr aus dem Kopf. Aber da hatte ich wohl wirklich Pech. Mal abgesehen davon, dass es unmöglich schien, diesen Typen je wiederzusehen, war der bestimmt nicht mehr Single. So viel Glück stand mir einfach nicht zu.

Noch immer erschöpft von dem Jetlag und der Aufregung des letzten Tages, zog ich mich in meinem Hotelzimmer zurück. Nur kurz warf ich einen Blick auf meinen Blog, um anschließend müde ins Bett zu fallen.

Erholt erwachte ich am frühen Morgen. Zu sehr freute ich mich auf mein Haus, als dass ich noch länger hätte schlafen können, zumal einige Erledigungen anstanden. Glücklich begab ich mich in den Restaurantbereich des Hotels.

Beim Frühstück kam eine Kellnerin auf mich zu. „Sie haben das Geisterhaus gekauft?" Ich nickte bestätigend. Verschwörerisch beugte sie sich zu mir. „Da können Sie nicht hin. Der letzte war auch vorher hier Gast gewesen", flüsterte sie ehrlich besorgt. „Ich glaube, dass diese Immobilie eine hervorragende Rendite abwerfen wird." Herzhaft biss ich in mein Brot und nahm einen tiefen Schluck Kaffee. „Wenn Sie das überleben." Die Dame wirkte wirklich geschockt über die Tatsache, dass ich dieses Haus gekauft hatte. Alleine bei diesen vielen Warnungen konnte einem normalen Menschen schon angst und bange werden. Ich schüttelte entschlossen meinen Kopf, wartete ab, bis sie mich wieder in Ruhe ließ. Vorsichtshalber suchte ich mir eine Kirche in der Nähe raus. Während ich auscheckte, tuschelten ein paar Leute hinter meinem Rücken. Ich kicherte verlegen, da sie sich bestimmt furchtbare Geschichten über mich ausdenken würden, wenn ich am nächsten Tag wohlbehütet aus dem Haus käme.

Ich parkte vor einer Kirche und betrat diese gelassen. Am Altar stellte ein junger Mann Kerzen auf, er schien etwas vorzubereiten. Nachdem er mich bemerkte, drehte er sich langsam zu mir um. Ich staunte über den jungen Priester, da die meisten oft älter waren. „Was kann ich für dich tun?" Dabei kam er besorgt auf mich zu. Ich kramte zwei Reagenzgläser aus meiner Tasche. „Machen Sie die mir bitte mit Weihwasser voll?" Ich zog die Korken ab. Verwirrt musterte mich der Priester. „Man spielt nicht mit Okkultem." „Hab ich nicht vor. Bitte seien Sie so freundlich." Er hob fragend seine Augenbrauen. „Darf ich wissen, was Sie damit vorhaben?" „Ich hab dieses Geisterhaus gekauft und möchte nur auf Nummer sicher gehen", erklärte ich ihm gelangweilt. „Da brauchen Sie mehr als nur zwei von diesen Röhrchen!" Ich schüttelte meinen Kopf. „Weihrauch?" „Nein, davon bekomme ich Kopfschmerzen." Wartend setzte ich mich in die erste Reihe vor dem Altar. Der Priester kam nach fünf Minuten mit den gefüllten Röhrchen zurück. „Mein Vorgänger hat nach seinem Besuch in dem Haus sein Amt abgegeben", informierte er mich, als er mir die Röhrchen reichte. Ich musterte den Inhalt und zog getrockneten Klee heraus, bröselte etwas hinein und schon löste sich dieser auf. Super, er hatte nicht geschummelt. Die Röhrchen verschloss ich mit den passenden Korken. „Danke." Der Priester runzelte seine Stirn. „Viel Glück!", rief er mir nach, als ich schon wieder nach draußen ging. Ich hob meine Hand zum Abschied und schlüpfte aus der übermächtigen Holztür hinaus.

Mit dem Wagen erreichte ich mein Traumhaus und parkte auf dem mit Unkraut bewachsenen Schotterweg vor dem Anwesen. Am Abend zuvor begutachtete ich die Unterlagen über die Vorbesitzer. Ein älteres Ehepaar starb vor über vierzig Jahren in diesem Haus. Sie hinterließen keine Kinder und seien im Schlaf bei einem Raubüberfall ermordet worden. Eine leichte Gänsehaut überzog meine Arme, was bedeutete, dass es wirklich Geister in dem Gebäude geben musste. Ich blickte durch die Windschutzscheibe zu dem Haus. In diesem Moment bewegte sich eine Gardine, als wäre sie von einem Windhauch gestreift worden. Ich griff nach meiner Tasche, hing sie mir um, stieg aus dem

Fahrzeug und ging achtsam zu der Veranda. Die weiße Tür bestand aus Holz sowie aus zwei eingearbeiteten Glasflächen, auch dort bewegte sich die feine Gardine. Zumindest schien der Geist Sinn für Humor zu haben, was mir ein Lächeln ins Gesicht zauberte. Trotzdem griff ich nach meinem Stab, rief diesen aber nicht, sondern blieb auf der Hut und umklammerte ihn mit meiner Hand.

Ich schob den Schlüssel in das Schloss und öffnete zögernd die Tür. Ein Mann stand etwas durchsichtig im Flur und machte sich an einem Bild zu schaffen. „Lassen Sie das Bild los!" Seine Frau stand weiter hinten und kippte vorsichtig eine Vase um. „Die ist nichts wert. Die können Sie ruhig wegwerfen", lachte ich, da sich die beiden unbeholfen an der Einrichtung zu schaffen machten. Das Bild, welches sie abgaben, war einfach zu witzig. Die beiden schauten entsetzt in meine Richtung. „OK. Sie hören mir zu. Entweder wir lösen das hier friedlich oder eben nicht." Fast schon gelangweilt schloss ich die Tür hinter mir. Der Flur erstreckte sich langgezogen vor meinen Augen. Ein langer Gang aus Holzdielen. Die helle Maserung schien in einem makellosen Zustand, helle Gelbtöne schimmerten an den Wänden. Bilder ließen den Bereich noch wohliger wirken. Es handelte sich um einfache Aquarelle, welche Landschaften darstellten. Nachdenklich blickte ich in die Mappe des Maklers, verglich die Signaturen der Bilder mit den Unterschriften der einstigen Hausbesitzer. „Ach, die haben Sie gemalt", stellte ich fest. Da das verstorbene Ehepaar Primes hieß und das Bild mit D. Primes signiert war. „Können Sie uns wirklich sehen?", knurrte der Herr verwirrt. „Natürlich." Dabei richtete ich das Aquarell an der Wand wieder gerade aus. Zu meiner Linken erstreckte sich das Esszimmer. Gut, für meinen Geschmack waren die Blumenmuster auf den Sitzmöbeln etwas zu kitschig. Aber das gehörte nun mal zum Stil der Sechziger. Drei Kisten standen darin. Ich schaute rein. Die musste einer der zwischenzeitlichen Vorbesitzer dagelassen haben.

„Setzen Sie sich", trug ich den beiden auf. Verwirrt nahmen die freundlichen Gespenster Platz. „Warum haben Sie die Leute hier nicht in Ruhe gelassen?" „Sie hörten uns nicht zu. Wir wollten wissen, was passiert ist", wimmerte Frau Primes. Ich atmete tief durch, legte meine Mappe auf den Tisch. „Hier steht, dass Sie während eines Raubüberfalls im Schlaf getötet worden sind. Es muss einer ihrer Angestellten gewesen sein … Schauen Sie … Mr. Jenkins ... wurde verdächtigt." Ich schob ihnen meine Unterlagen hin. Die beiden starrten entsetzt auf meine Papiere. Die Frau weinte laut los. Ich betrachtete währenddessen das Wohnzimmer. Der Kamin beeindruckte mich. Römische Säulen umrandeten ihn. Dahinter befand sich ein breiter Durchgang zu einer Bibliothek. Diese allein war atemberaubend groß. Selbst die Bücher standen noch darin und zu meinem Erstaunen war alles fein säuberlich geputzt. „Haben Sie das Haus so gepflegt?" „Ja, es kam ja keiner mehr", murmelte der Herr. Ich widmete mich wieder dem älteren Ehepaar. „Sie haben hier nichts mehr zu suchen." Eigentlich taten sie mir leid. Aber ich musste sie wegbringen. Sie sollten die Chance für einen Neuanfang bekommen. „Trinken Sie bitte noch eine Tasse Tee mit uns", flehte die Dame. Ich nickte ihr lächelnd zu und folgte ihr in die Küche. Bis auf die veralteten Elektrogeräte würde ich diese so belassen, da sie wie neu aussah und ich dieses helle Grün mochte. Ich half ihr Wasser aufzusetzen und fand noch alten, getrockneten Tee. Ich schnupperte daran. Er roch himmlisch. „Was werden Sie mit uns tun?", fragte der Herr leise. „Sie kommen in eine Kugel." Ich holte sie raus, zeigte ihnen diese, damit sie sich an den Gedanken gewöhnen konnten. „Dann bringe ich Sie in eine Kirche. Dort werden Sie in die Unterwelt gesogen. Wenn Sie gute Seelen sind, dann geht's nach oben oder Sie werden wiedergeboren." Zumindest glaubten wir Wächter das. Wobei es dazu keine Belege gab.

Wir trugen die zarten Porzellantassen in das Esszimmer. Sogar Zucker fand ich noch. Allerdings verzichtete ich lieber auf das alte Zeug. „Wie ist die Welt da draußen so?", erkundigte sich die Dame schüchtern. „Sie ist laut, gefährlich und grausam." „Warum traut sich ein Mädchen wie Sie alleine in so ein Haus?", wunderte sich der Mann. Ich lächelte ihn traurig an. „Ich bin die letzte gute Wächterin. Wir sorgen für das Gleichgewicht zwischen den Lebenden und den Toten. Nur wir können mit Ihnen sprechen." Die Dame legte ihre Hand tröstend auf meine. „Danke." Die beiden sahen nach oben und ich entdeckte zum ersten Mal ein gleißend helles Licht. Hoch über ihnen leuchtete es warm auf. Es war traumhaft. Ich keuchte erstaunt und sie strahlten mich glücklich an. „Ich glaube, wir sollten gehen." Er küsste seine Frau liebevoll. Im nächsten Moment wurden sie sanft von dem Leuchten aufgesogen. Mir liefen die Tränen, da es sich so warm anfühlte und sich diese Wärme bis zu meinem Herzen auszubreiten schien.

Seltsam. Leider war es viel zu schnell vorbei gewesen. Das angenehme Licht ließ mich zurück und ich saß alleine mit drei Teetassen in diesem Esszimmer. Ich rief Vater an, weil ich unbedingt seine Stimme hören musste. Er wunderte sich, aber nachdem ich ihm mein Erlebtes erzählte, schwor er mir, mich nie alleine zu lassen und immer auf mich zu warten. Wir sprachen noch einige Zeit, bis ich mich wieder beruhigt hatte. Immerhin beherbergte das Haus über zwanzig Zimmer, welche ich sehen wollte und vor allem lenkten sie mich ab, über die Sterblichkeit sowie meine Einsamkeit nachzudenken. Mit jedem eroberten Raum verliebte ich mich mehr in dieses Haus. Nur das Schlafzimmer der beiden verschloss ich andächtig, denn so würde es für immer bleiben, damit ich diese Leute nie vergessen würde. Nach dem Erlebten hätte ich sowieso nicht in diesem Zimmer schlafen oder wohnen können.

Ich lief nach draußen und fand hinter dem Haus einen langgezogenen, abgedeckten Pool. Au ja, das gönnte ich mir! Zuerst musste ich die Anschlüsse prüfen. Man konnte diesen selbst mit warmem Wasser befüllen. Bevor ich das Wasser aufdrehte, entfernte ich die schwere Plane. Mühsam faltete ich das schmutzige Ungetüm zusammen. Danach fuhr ich mit meinem Wagen zum nächsten Supermarkt. Dort besorgte ich mir Lebensmittel und noch die notwendigsten Dinge, die man so brauchte.

Zurück am Haus erkannte ich, dass jemand am Grundstück vorbeilief und mich beobachtete. Die Leute verhielten sich immer gleich. Sie schauten neugierig, wollten das Leid anderer sehen. Trotzdem tröstete ich mich mit dem Gedanken, dass sich eh keiner auf dieses Grundstück trauen würde. Ich nahm auch meinen Koffer mit hinein und suchte mir eines der fünf Schlafzimmer aus. Eines bot mir den perfekten Blick aufs Meer, für dieses entschied ich mich. Beeindruckt blickte ich hinaus, die Wellen funkelten wie Diamanten im Schein der Sonne. Nur schwer löste ich mich von diesem perfekten Anblick.

Ich holte mir meine Taschenlampe und suchte nach dem Keller. Das Haus war immerhin zweihundert Jahre alt. Da musste es noch mehr zu sehen geben. Der Keller schien wohl wirklich seit hundert Jahren nicht betreten worden.

Ich schlich einen dunklen Flur entlang. Dicke Spinnenweben klebten bereits in meinen Haaren. Mehrere Türen offenbarten sich vor meinen Augen. Nacheinander öffnete ich diese und blickte in die alten Lagerräume. Der modrige Geruch störte nicht weiter, auch daran hatte ich mich im vergangenen Jahr gewöhnen dürfen. Ich fand antike Jagdwaffen, Fotos und sogar Möbel. In einem der Lagerräume entdeckte ich einen kleinen Mechanismus. Dahinter befanden sich kleine Schätze. Unter Tüchern bedeckt standen zwei Bilder von einem B. West und noch eines von Hesselius an der Wand. Dieser malte Portraits von Indianern. Mit dem Wert der Bilder erhielt ich mehr als den Kaufpreis zurück. Zufrieden juchzte ich auf. Mein erster Fund ohne meinen Vater, auch wenn ich dabei etwas wehmütig wurde. Sogar kostbares Porzellan lag in einer alten Holztruhe. Manchmal konnte auch dieses wertvoll sein. Ein schlichtes, heruntergekommenes Sideboard befand sich neben der Truhe. In den Schubfächern lagen samtbezogene Schatullen, welche erlesenen Schmuck beherbergten. Prüfend betrachtete ich diesen, doch eine genaue Schätzung wollte ich noch nicht abgeben. Ein paar der Stücke erschienen mir von Wert, andere eher weniger.

Vorsichtig barg ich die Schätze und trug sie nacheinander nach oben. Erst nahm ich den Schmuck vor. Die Steine schimmerten fantastisch, nahezu ungetragen erschien er mir. Ich fotografierte alles ab und schickte die Bilder an meinen Vater, der umgehend antwortete und sich mit mir freute.

Er meinte, dass ich meinen Aufenthalt um eine Woche verlängern solle, damit er nachkommen könne. Er half in Rom bei einer Ausstellung, dadurch würde er erst in drei Tagen die Staaten erreichen. Ich freute mich riesig darüber, ein paar Tage mehr in diesem Haus verbringen zu dürfen. Am

Abend war sogar der Pool gefüllt. Während die Sonne über dem Meer unterging, schwamm ich ein paar Bahnen in dem langgestreckten Becken. Zunehmend verliebte ich mich in dieses Haus, in diesen Ort. Leuchtend rot senkte sich die Sonne über dem Meer hinab, ließ es in den schillerndsten Farben funkeln und ich entschied mich, dieses Haus zu behalten. Mein erstes eigenes, richtiges Haus. Vor einem Jahr hätte ich nicht einmal einen solchen Augenblick in Betracht gezogen.

Kapitel 4

Vollkommen erholt stand ich am nächsten Morgen auf. Ich entschied mich, am Strand entlangzujoggen. Die Klippe zum Festland hin bot mir Schutz vor dem Wind. Da ich mich für Harvard noch hübsch machen musste, blieb mir eine Stunde für meinen Lauf. Anschließend nutzte ich noch den Pool, frühstückte ausgiebig, machte mich entspannt und schick gekleidet auf den Weg.

Um halb zehn stand ich vor dieser berühmten Universität. Sie sah ein wenig wie mein neues Haus aus. Vier Etagen roter Ziegelstein, wieder diese weißen Fenster. Ich atmete tief durch und ging mit langen Schritten auf die große Tür zu. Gerade als ich die mächtige Tür öffnen wollte, tauchte dahinter ein freundlicher, älterer Herr auf. „Frau von Hoym", freute sich dieser. Höflich reichte ich ihm meine Hand. Er schüttelte sie, was mich überraschte, da die meisten einen Kuss auf meine Hand hauchten. Wobei ich dieses Handgeknutsche manchmal wirklich nervig fand. Obwohl ich mich mittlerweile daran gewöhnte.

Der Herr führte mich zu einem großen Hörsaal. Überall hing der Duft von Studenten, Büchern und Holz in der Luft. Der langgezogene, geflieste Flur schien kein Ende zu nehmen. Staunend betrachtete ich den Hörsaal, hunderte Menschen könnten darin Platz nehmen und ich kämpfte gegen meine aufkeimende Nervosität an. Zwei Jungen warteten bereits auf mich, die beiden nahmen mir den Laptop ab und verbanden ihn gekonnt mit vielen Kabeln. Außerdem reichten sie mir ein Mikro, damit ich nicht schreien musste. Auch Kaffee wurde mir gebracht. Trotzdem stieg meine Aufregung an. Nur selten bekam ich die Gelegenheit, vor so vielen Interessierten zu sprechen. Vor allem war es das erste Mal, dass ich es ohne Vater tat. Dafür hatten wir den Vortrag lange geprobt und auch alle Fragen geübt, welche man überhaupt stellen konnte.

Das Thema war Kunstgeschichte zwischen siebzehnhundertdreißig bis achtzehnhundertfünfzig nach Christus. Von Klassizismus bis Romantik, übergreifend zu amerikanischer Kunst in diesem Zeitrahmen. Wobei es in Europa wesentlich mehr Maler gab, als in den Staaten. Nach und nach füllte sich der Saal, meine Anspannung stieg an. Es kamen so viele, dass einige sogar stehen mussten. Ich schluckte meine Nervosität herunter und ließ mich von einem der Professoren vorstellen.

Erst begann ich mit der Erläuterung des Themas, anschließend sprach ich über Maler und deren Werke im Zusammenhang mit historischen Einflüssen. Sie alle lauschten gespannt. Selbst die Professoren hörten mir beeindruckt zu. Nach knapp anderthalb Stunden kam ich zum Ende. Da fingen sie an, sich zu melden, um ihre Fragen loszuwerden. Auch persönliche Fragen zu meiner Person oder zu unseren

Bildern wurden gestellt. Ich durfte die Bilder aus unserer Sammlung zeigen, die im Zusammenhang mit dem Vortrag standen. Darunter befanden sich ein paar richtige Meisterwerke. Nur dass diese eigentlich in der Weltgeschichte umherflogen und ich sie teilweise noch nie gesehen hatte. Was ich selbst sehr schade fand.

Plötzlich gingen oben die Türen auf. Ich sprach gerade noch über eines meiner Werke, als fünf Herren hinunterkamen. Sie alle trugen dunkle Anzüge und marschierten geradewegs auf mich zu. „Sehen wie Geheimagenten aus", murmelte ich, dabei vergaß ich vollkommen das Mikro. „Frau Nadja Christine Annabelle Schmied von Hoym?", knurrte einer. Sie hielten mir seltsame Ausweise vor die Nase. „Ähm ja, was ist das?" Ich las die drei Buchstaben: FBI. Was wollten denn die von mir?

„Dürfen wir Sie mitnehmen?", kam streng von einem anderen. „Men in Black? Sorry, aber ich habe nichts verbrochen." Ergebend hob ich meine Arme, machte vorsichtig einen Schritt nach hinten. „Nein, wir brauchen Ihre Hilfe." Ich runzelte meine Stirn. „Suchen Sie ein verschollenes Kunstwerk?" Die fünf schüttelten ihre Köpfe. „Dann kann ich auch nicht helfen." Einer kam auf mich zu. „Ich bitte Sie. Hören Sie es sich einfach einmal an", kam nun freundlicher. Hilfesuchend sah ich mich um. Einer der Professoren stellte sich zu mir. „Sie sollten mitgehen." „Ich bin noch einundzwanzig. In einem fremden Land und alleine! Hallo? Was ist, wenn die mir etwas antun?" Ein weiterer Prof stand auf, prüfte den Ausweis eines Herrn. „Die sind echt. Sie sollten gehen." Ich schob meine Unterlippe vor. Das funktionierte bei meinem Vater, doch bei den Herren wohl nicht. Schmollend schnappte ich meinen Laptop, packte diesen ein und schlich schweigend den Herren nach. Kaum trat ich aus dem Hörsaal, setzte das Murmeln der Studenten ein.

„Konnten Sie mir nicht einfach eine Einladung schicken?", beklagte ich mich leise auf dem Weg aus der Uni. „Wir brauchen wirklich Ihre Hilfe. Jetzt reißen Sie sich zusammen", knurrte ein weiterer. Die sahen irgendwie alle gleich aus. „Darf ich meinen Wagen nehmen?" „Dann fährt einer mit." Ich zuckte mit meinen Schultern. Brav stiegen ich und einer der Agenten in mein Leihauto ein. Wir fuhren den anderen nach. Ich drehte meine Musik laut auf, damit mein Beifahrer mir nicht auf die Nerven gehen konnte. Wobei er auch nicht sonderlich gesprächig wirkte.

Wir erreichten einen von diesen riesigen Wolkenkratzern. Sie fuhren in die Tiefgarage, leider musste ich da auch hinein, da der Typ neben mir darauf deutete. Eigentlich hätte ich lieber vor dem Haus geparkt. Dadurch wurden meine Fluchtmöglichkeiten stark eingeschränkt. Noch immer schmollend, trottete ich den Agenten hinterher. Wir stiegen gemeinsam in den Lift. Meinen Rechner ließ ich im Wagen, nur meine Tasche nahm ich mit. Im Erdgeschoss musste ich durch eine Sicherheitsschleuse. Leider gingen da die Metalldetektoren los. Ich leerte meine Tasche. Sie schauten meinen Krimskrams verwirrt an. Vor allem die Reagenzgläser erweckten ihre Aufmerksamkeit. „Da ist nur Wasser drin." Sie öffneten eines und schütteten es auf den Boden, als sei es Säure. Ich verdrehte genervt meine Augen.

Anschließend versuchten sie meine silbernen Kugeln und die anderen kleinen Fläschchen zu untersuchen. Ich tastete währenddessen nach meinem durchsichtigen Mantel und schob diesen in meine Tasche zurück, ging durch die Schleuse und es piepte erneut. Ich schnaubte. Meine Kette musste ab. Ich versuchte es ein weiteres Mal. Doch der Füller hing ja auch noch in meinen Haaren. Diesen zog ich raus. Die Herren sahen mich vollkommen entgeistert an. Ich zuckte mit meinen Schultern. Danach hatte ich alles und konnte hinter der Schleuse meine Sachen zusammenkramen.

Sie brachten mich wieder zu einem Lift. Etage acht, merkte ich mir. Brav folgte ich den Leuten, obwohl mir die Situation immer seltsamer erschien. Sie führten mich in einen Konferenzraum, bestehend aus einem einfachen, hellen Holztisch und vielen unbequemen Stühlen darum. Schnaubend setzte ich mich. „Mögen Sie ein Wasser oder Kaffee?", bot einer an. Die anderen begaben sich aus dem Zimmer, nur zwei blieben zurück. Kaffee ging bei mir immer. „Beides." Genervt beobachtete ich, wie er hinausging. Nun saß ich da erst einmal fest.

Eine Dame kam mit einem Stapel voller Mappen herein und legte sie auf den Tisch. „Danke, dass Sie gekommen sind", seufzte sie und lächelte mich freundlich an. „Ich wurde mehr oder weniger gezwungen." Die Dame warf den Herren einen finsteren Blick zu. Ich sah sie dankbar an. Ohne Umschweife fing sie mit der Erklärung an. „Wir haben hier eine Reihe vermisster Kinder. Wir finden sie einfach nicht. Es scheint einen Zusammenhang zu geben." Sie schob mir den Stapel Mappen zu. Ich lehnte mich zurück. „Was soll das? Warum bin ich hier?" Die Dame atmete tief durch. „Sie haben eine Nacht in einem der schlimmsten Häuser der Stadt überlebt. Sie finden fantastische Bilder, die kein anderer zuvor entdeckte und man behauptet, sie hätten übernatürliche Fähigkeiten." Das konnte nicht ihr Ernst sein. Diese Leute musste man wirklich mit Vorsicht behandeln, ich durfte nichts über mein eigentliches Erbe verraten. „Ich habe nur immer wieder Glück." Dabei verschränkte ich meine Arme vor meiner Brust. „Wir haben sogar eine eigene Abteilung für Übernatürliches. Wir arbeiten mit Hellsehern zusammen. Wir fischen nicht im Trüben. Aber in dem Fall brauchen wir jemand verdammt Gutes." Ich zog mein Handy raus und schrieb vorsichtshalber meinen Vater an. Immerhin griff keiner ein, das erstaunte mich ein wenig.

Nadja: Hocke hier beim FBI und die wollen, dass ich vermisste Kinder finde.

Vater: Wie war dein Vortrag?

Nadja: Gut, bis auf die fünf Agenten, die mich abholten.

Vater: Versuche es doch! Wenn sie dich bitten?

Nadja: Das ist nicht dein Ernst?!

Vater: Komm schon. Jeder, der unsere Geschichte zusammensetzt, weiß, dass da was nicht passt.

Genervt verdrehte ich meine Augen, die Gelassenheit meines Vaters wünschte ich mir gelegentlich auch. Doch irgendwie gab es mir auch das Gefühl, dass er mir vertraute. Ich legte das Handy weg und zog mir die erste Mappe ran. In der ersten Akte fand ich ein Bild von einem jungen Mädchen. Sie war vielleicht gerade einmal elf Jahre alt. Es handelte sich um ein professionelles Foto, welches von einem Fotografen stammen musste. Die blonden Haare hübsch gekämmt, ein grünes Kleid perfektionierte dieses Bild. Auf den folgenden Seiten standen nur der Name, das Alter, Wohnort und der letzter Ort, an dem sie gesehen wurde. Ich zog die nächste Mappe ran. Wieder ein Mädchen, dreizehn. Nacheinander sah ich in zwölf Gesichter. Ganz unterschiedliche Mädchen. Nur die Gegend wurde eingegrenzt, da sie alle in einem Radius von fünfzig Kilometern verschwanden. „Wo ist das?", überlegte ich laut. „Zwischen Boston und New York, in einem ländlicheren Gebiet." Die Dame sprach wirklich geduldig mit mir. Intuitiv hatte ich zwei Stapel gebildet. Ich legte meinen Kopf schief und betrachtete beide eingehend. „Nur wenn ich an diese Stellen geführt werde." Die Dame wollte die beiden Stapel aufeinanderlegen. Ich legte meine Hand auf ihre. „Tot, noch am Leben." Entsetzt sah sie mich an. „Sie meinen, die leben noch?" Ich nickte ihr entschlossen zu. Drei davon waren bereits verloren. Irgendwie spürte ich es und wenn ich eines wusste, dann war es die Tatsache, dass ich mich auf meine Intuition verlassen konnte.

„Ich arbeite nur unter strengster Geheimhaltung und vor allem nur ein weiterer Agent. Ich habe keine Lust, von zehn Herren beobachtet zu werden. Außerdem bestehe ich auf politische Immunität und werde keine Aussage bei einem Prozess machen." Die Dame schaute mich streng an. Sie nickte verstehend und lief nach draußen. Man ließ mich allein zurück, sogar die beiden Herren hatten sich irgendwie in Luft aufgelöst. Ich überlegte, wie ich die Kinder am schnellsten finden könnte, damit ich noch mehr Zeit in meinem Häuschen bekam und nicht unnötig Zeit vertrödelte. Zumal Vater bald auftauchen würde und ich doch ein klein wenig die Einsamkeit des Ortes genießen wollte. Denn ich fühlte mich verdammt wohl in diesem Haus. Ich rührte nachdenklich meinen Kaffee um, tat etwas Sahne hinein und musste feststellen, dass er schrecklich schmeckte. Angewidert verzog ich bei dem bitteren Gesöff mein Gesicht.

Ein Mann betrat den Raum. Ich schaute auf und blinzelte, überrascht rieb ich mir über die Augen. Das konnte nicht sein! Das war der Typ, den ich angerempelt hatte! Er sah mich genauso irritiert an. „Was machen Sie hier?" „Dasselbe kann ich Sie fragen." Er setzte sich hin und musterte mich streng. Noch immer sah er verdammt gut aus. Trotzdem fühlte ich mich restlos verunsichert. „Was haben Sie in New York gemacht?" „Ein Bild verkauft und es ausgeliefert. Ich wollte einen Spaziergang machen, als wir zusammentrafen." Er machte mich ein wenig nervös. Seine ganze Aura strahlte viel Selbstbewusstsein aus. „Ich bin Ihnen soeben zugeteilt worden. Sie sollen die Mädchen finden?", grollte er tief. Seine Stimme verursachte ein leichtes Kribbeln an meiner Haut, das passte so gar nicht zu meiner Situation. Aber in so einem Fall konnte ich ihn echt nicht gebrauchen. „Kann ich einen anderen haben?" Die Dame kam gerade zurück. „Warum?" Sie schloss die Tür hinter sich und nahm ebenfalls Platz. Ich verdrehte meine Augen. Ich konnte ihr wohl kaum sagen, dass er der Typ meiner geheimen Träume war. Vor allem so lange er mit im Raum saß. Er funkelte mich finster an. Die Dame sah verwirrt zwischen uns hin und her. „Kennen Sie sich?" Ich legte meinen Kopf schief. „Nein." „Wir sind uns vor zwei Tagen in New York begegnet. Sie rannte mich fast um und ich wurde zu einem Einsatzort gerufen." Vermutlich musste er ihr das erklären oder er wollte mich einfach ärgern. So sicher war ich mir da nicht.

Die Dame betrachtete mich eingehend. „Er ist der Beste."
Ich atmete tief durch. „OK. Wie schnell soll ich sie finden?" Die beiden sahen mich verwirrt an. „Wie schnell ist
es Ihnen möglich?" Ich zuckte mit meinen Schultern. „Bis
Mitternacht?" „Niemals!", spien die beiden förmlich aus.

„Haben Sie einen Kompass, Blut eines der Kinder und reinen Alkohol?" Sie sahen mich entsetzt an. Ich zuckte wieder mit meinen Schultern, dabei atmete ich tief durch.
„Ach, was zum Schreiben. Zettel, Stift?", rief ich der Dame
nach, da sie schon wieder rausging. „Aron", knurrte er ein
bisschen genervt. „Was?" „Mein Name." „Ach so ... Christine, aber den kennen Sie ja schon", erwiderte ich zickig.
„Sie haben mich gewählt, um ihre Glaubhaftigkeit zu prüfen", sprach er nun etwas freundlicher. Skeptisch betrachtete ich ihn. „Wie wollen Sie das tun?" „Ich sehe Sie und
kann mit Ihnen reden." Nun sprach er wirklich sanfter auf
mich ein. „Wen?" „Die Verstorbenen." Ich schüttelte belustigt meinen Kopf. „Das geht nicht." „Warum?" Wirkte
er verletzt? Verstört? Ich lehnte mich vor und flüsterte ganz
leise. „Weil das nur ganz wenige Menschen auf diesem
Planeten können und davon sind einige richtig gefährlich."
Aron runzelte seine Stirn. „Was sind wir?" Die Frage
schien ihn schon lange zu beschäftigen. „Etwas sehr Altes." Wobei ich ihm seine Geschichte einfach nicht ab-
kaufte. Denn wenn er mit Geistern sprechen könnte, wäre
er ein Wächter. Aber das war absolut unmöglich ... Oder
gab es Wächter, die vielleicht von ihrer Existenz nichts
wussten? Nein, das konnte nicht sein ... obwohl, wenn ich
nichts von meinem Erbe erfahren hätte, dann wüsste ich ja
auch nichts über diese ganze Geschichte. Zumal ich ja immer glaubte, dass ich zu viel Fantasie besessen hätte, weil

ich die Geister sah. Nie wäre ich auf den Gedanken gekommen, einen anzusprechen, doch was wäre geschehen, wenn sie mich angesprochen hätten? Nein, darüber wollte ich nicht weiter nachdenken. Aber sollte er ein Wächter sein, dann gäbe es womöglich doch einen Ausweg oder zumindest Unterstützung für uns. Dazu musste ich aber erst herausfinden, ob er gut oder schlecht war. Doch wenn er für das FBI arbeitete und vermisste Kinder suchte, konnte er ja nicht böse sein.

Die Frau kam zurück und unterbrach meine Gedanken. Sie reichte mir ein kleines Fläschchen, einen Kompass und ein Stäbchen mit etwas Blut daran. Unbeholfen öffnete ich den Kompass, schaute mich noch einmal um. „Nein, nicht hier." Da ich Kameras vermutete, schob ich die Sachen von mir weg. Selbst das Gespräch mit Aron bereute ich bereits. „Nehmen Sie Ihre Sachen. Wir gehen!", kam entschlossen von Aron. Ich nickte ihm zu, schnappte die Sachen und lief ihm nach, bis wir meinen Wagen erreichten. Wir stiegen ein und ich fuhr zu meinem Haus, da ich mich dort in Sicherheit wusste. „Da waren Geister drin!" „Die sind jetzt im Himmel", freute ich mich für das ältere Ehepaar. Aron hob seine Augenbrauen. In der Küche suchte ich meine getrockneten Kleeblätter sowie etwas von meinem reinen Alkohol. Irgendwie vertraute ich Aron, etwas in mir wollte an ihn glauben. Würde er mich verraten, dann müsste ich ihm einen Fluch auferlegen, einen Spruch, der ihn vergessen ließ. Den Klee gab ich auf den Kompass, damit der Zauber verstärkt wurde. Meinen Füller zog ich aus meinem Haar, auf die Rückseite des Kompasses schrieb ich.

Hilf mir das Kind zu finden,

damit es uns nicht kann entschwinden.

Die Schrift leuchtete auf, ergriff den Kompass und Aron staunte neben mir. Konnte er wirklich das Leuchten sehen? Denn wenn ja, müsste ich mir dringend etwas einfallen lassen. Trotzdem musste ich mich erst einmal um die Mädchen kümmern. Nicht, dass ich am Ende noch eines auf dem Gewissen hätte, weil ich anderen Dingen den Vorrang gab.

Ich tränkte das Wattestäbchen mit dem Blutstropfen in Alkohol, damit sich das Blut verflüssigte und tupfte es auf den Kompass. Erneut leuchtete dieser auf. Sofort fing die Nadel an, sich zu drehen, leider konnte ich Aron nicht genau beobachten, dafür musste ich mir anschließend Zeit nehmen. „Dann mal los!" Ich holte aus meinem Koffer eine ausrollbare Mappe. In dieser befanden sich noch mehr dieser kleinen Hilfsmittelchen. Winzige Röhrchen erinnerten ein wenig an die Parfümproben, die man gelegentlich bekam.

Aron fuhr den Wagen, weil ich auf den Kompass achten musste. Wir schossen aus der Stadt heraus. Nach hundert Kilometern rief ich laut: „Stopp!" Meine Blase drückte und ich erleichterte mich im Wald. „Man, hast du mir einen Schrecken eingejagt!", schimpfte er, als ich zurückkam. „Tja, da musst du durch!" Ich konnte wenigstens über seinen Gesichtsausdruck schmunzeln. Aron schnaubte kurz auf, erneut steuerte er den Wagen rasant über die Straßen.

Heimlich traute ich mich, diesen hübschen Mann zu betrachten. Er sah einfach hinreißend aus. Seine Hände waren gepflegt. Sein kantiges Kinn ließ ihn entschlossen wirken. Ein bisschen himmelte ich ihn an, nur schwer konnte ich mich überwinden, ihn nicht permanent anzustarren.

Bei Hartford bogen wir ab und erreichten ein sehr ländliches Gebiet. „Hier bekommen wir nur schwer Verstärkung." Das schien ihn irgendwie zu ärgern. „Ich dachte, die folgen uns heimlich?" Dabei gähnte ich. Zum einen war es bereits sehr spät und zum anderen kämpfte ich noch immer wegen der Zeitumstellung. „Nein, eigentlich nicht. Sie glauben es nicht." „Warum rufen sie mich dann?" „Hoffnung?" Ich verdrehte genervt meine Augen.

Wir erreichten eine winzige Ortschaft. Nur ein paar kleine Häuser standen vereinzelt herum. „Wir sind hundert Meilen von den Tatorten entfernt", stellte Aron ungläubig fest. Ich zuckte mit meinen Schultern. Die Nadel fing an zu zucken. Ich schaute raus und entdeckte einen unglaublich alten Friedhof. Verrottete Steintafeln reihten sich gruselig nebeneinander auf. Ich schüttelte mich, da es mir kalt den Rücken herunterlief. So ging es mir auch bei ganz schlechten Menschen. Wir konnten sie fühlen. Ich sah zu Aron. „Hast du eine Lieblingspflanze?" Er schmunzelte. „Efeu." Ich überlegte. „Steht für Unsterblichkeit und Treue." Bei Treue stieg mir die Wärme ins Gesicht, verlegen senkte ich meinen Blick auf meine Finger. Diese Eigenart hatte ich doch schon vor einer Weile abgelegt, wunderte ich mich. Aron warf mir einen Blick zu, welchen ich nicht deuten konnte. Doch ich widmete mich besser dem Kompass.

„Da!" Wir mussten auf einen Feldweg abbiegen. Ein paar hundert Meter weiter sah man ein älteres Haus, das sehr abgelegen lag, sich förmlich vor der Menschheit versteckte. Eine weitläufige Koppel erstreckte sich um das kleine Gebäude, nur dass es keine Pferde gab. Hinter dem Haus erhob sich ein Wald. Nur ein alter Holzzaun deutete auf eine Grundstücksgrenze hin. Weit und breit waren weder Menschen noch Fahrzeuge zu sehen. „Solltest du nicht Verstärkung rufen?" Ich bekam ein wenig Angst, denn ich spürte jemanden ungeheuerlich böses im Schutze dieses Hauses. Aron tippte etwas in sein Telefon. „Dann mal los." Er stieg aus. „Willst du da echt rein?" Ich folgte ihm nervös. „Ja, wir prüfen das jetzt." „Sollten wir nicht vorher herausfinden, wie viele in dem Haus leben oder wer?" Aron musterte mich streng. „So schnell wird man nicht erschossen." Er schritt langsam auf das einfache, heruntergekommene Holzhaus zu. Zögernd lief ich ihm nach.

„Ähm, gibt es denn keine Sicherheitsvorschriften für einen solchen Fall?", versuchte ich erneut. „In unserem Fall gibt es keine." Ich riss meine Augen weit auf. Aron stapfte entschlossen zur Tür. Ich schob den Kompass in meine Hosentasche. „Warte!", flüsterte ich ihm hastig zu. Ich hockte mich auf die Holzstufe.

Keiner darf raus oder rein,

so soll es sein.

Nur des Wächters Blut,

macht es wieder gut.

Schon umgab das Haus ein hellgrünes Leuchten.

„Was schreibst du da?" Erst jetzt bemerkte ich, dass ich auf Deutsch schrieb. So fiel mir das Reimen wesentlich leichter. „Reime. Das sind Zaubersprüche." Aron klopfte an die Tür. Hatte er nun das Leuchten gesehen?

„Wer ist da?", rief ein Herr aus dem Inneren. „Ähm, unser Wagen ist liegen geblieben. Wir bräuchten Hilfe!" Aron war ein wirklich guter Schauspieler. Ich schmunzelte, da es wie in einem Film klang. Selbst ihm huschte ein Lächeln über den Mund. Das stand ihm gut. Die Tür öffnete sich einen Spalt weit. „Wer ist da noch?" „Ich bin seine Freundin!", spielte ich mit. Aron grinste. Ich entdeckte Grübchen an ihm. Ich mochte Grübchen, stellte ich fest und beruhigte mich ein wenig. Mit einem Knarzen öffnete sich die Tür. „Sie können hier nicht bleiben!", zischte der Mann. Er hielt eine Waffe fest in seiner Hand. Aron trat entschlossen gegen die Tür. Ein Schuss löste sich, doch Aron presste den Mann gegen die Wand, blitzschnell überwand er den Kerl. Die Waffe ging scheppernd zu Boden. Mein Herz setzte für einen Moment aus. „Aron, bist du verletzt?", gab ich schockiert ab. „Nein!" Er schlug den Mann mit einem weiteren Schlag KO. Ich schüttelte erschrocken meinen Kopf. In meiner Schulter brannte es ein wenig. Aron kickte mit seinem Fuß die Waffe weg. Ich lief los, um das Haus zu durchkämmen. Es stank erbärmlich nach Müll und diesen fand ich auch. Egal wo ich nur hinsah. Die kleinen Räume bestanden nur aus Dreck, Abfall und Unrat. Es war wirklich widerlich. Schützend hielt ich mir meinen Ärmel vor Mund und Nase. Zum Glück handelte es sich um ein kleines Haus. In einem hinteren Zimmer entdeckte ich eine Klappe, die in den Boden eingelassen war. Diese öffnete ich. Es ging gute zehn Meter nach unten. Es brannte Licht. Eine Holztreppe führte hinab. „Aron, hier!"

Ich stieg die Treppe hinunter, während das Klicken von Handschellen die Stille des Hauses durchbrach. Es brauchte einen Augenblick, bis ich mich an das schale Licht gewöhnte. Ein Kellerraum offenbarte sich vor meinen Augen, dahinter entdeckte man eine Art Höhle, welche seltsam uneben schien. Der Mann musste diesen höhlenartigen Gang selbst gegraben haben, zumal die Wände nur aus Erde bestanden. Die Decke allein musste über zwei Meter hoch sein. Nur eine Glühlampe hing von einem Kabel herab. Ich entdeckte Einbuchtungen in der Erde, welche von dem Gang abgingen. Zögernd blickte ich in die erste. Dahinter erschien eine Gittertür, ein Mädchen lag zusammengerollt auf dem Boden. Auch wenn ihr Zustand schrecklich wirkte, beruhigte mich die Tatsache, dass wir sie wirklich gefunden haben. „Sie sind hier!", rief ich nach oben. Mir wurde etwas schwindelig, doch ich musste einen Schlüssel finden. Das Mädchen rührte sich nicht, deshalb sprach ich sie nicht an. Der Entführer hatte mehrere Zellen gebaut. Bei allen Kerkern versperrten Gitterstäbe den Weg in die Freiheit. Weil ich bei dem schlechten Licht kaum einen Schlüssel finden würde, suchte ich in meiner Tasche dieses Zeug, welches Schlösser auflöste. Dieses trug ich seit dem Vorfall bei der Festung Königstein immer bei mir. Nacheinander beträufelte ich damit die Schlösser der Zelltüren. Dabei setzte ich meinen Weg durch den langen Gang der Höhle fort.

Im hintersten Bereich stand ein verschlissenes Sofa. Nackt, blass und starr lag eines der Mädchen darauf. Ich spürte, dass ihr Geist bereits nicht mehr in ihrem Körper verweilte, doch allein dieses Bild wirkte schrecklich schockierend auf mich. Ich lehnte mich erschöpft an die Wand. Das Haus leuchtete plötzlich grün auf.

Blutete ich? Ich blickte auf meine Schulter. „Scheiße!" Ich lehnte meinen Kopf gegen die Wand aus Lehm und rutschte daran hinab. Nur schwer erkannte ich, dass bereits viel Blut an meinem Shirt klebte. „Christine!", hörte ich Aron rufen. Ich rollte mich auf den Boden, damit er mich bemerkte. „Der Schuss ... Ich ..."

„Oh mein Gott! Nein!" Ich spürte seine starken Arme um mich herum. Er hob mich hoch, trug mich aus diesem schrecklichen Gebäude hinaus. Erst der Geruch von Dreck, dann atmete ich frische Luft ein. Mein Blick verschwamm, mir wurde kalt. Aron legte mich sanft auf dem Rasen ab. Die Sterne funkelten hell am Nachthimmel, wie sehr ich diesen Anblick liebte. Ein Lächeln huschte über mein Gesicht, aber das Bild des Mädchens in diesem höhlenartigen Raum, auf dem roten Sofa, ging mir nicht aus dem Kopf. Trotzdem wusste ich, dass sie nicht mehr da war, denn sonst hätte ich ihren Geist gesehen. Aron hockte über mir. „Bleib wach!" Ich streckte meine Hand nach ihm aus. „Mag dich." Aron griff nach meiner Hand, legte sie lieb an seine Wange. Seine warme Haut fühlte sich schön an. Mit der anderen zog er an meinem Sakko. „Christine, bitte bleib bei mir. Komm schon!" Er klang wirklich verzweifelt. „Nadja ..." Alles verblich um mich herum. „Finde Vater. Er ... er ... Helfen." Verdammt. Ich wollte nicht sterben. Ich spürte kaum Schmerzen. Sah die Sterne über mir und Arons dunkle Augen. Sie waren einfach nur schön. Ich vernahm die weinenden Mädchen. Bekam ich nun einen Platz im Himmel?

Scheinwerfer leuchteten grell auf. In der Ferne tönte ein Hubschrauber. Menschen in dunklen Anzügen und Polizeiuniformen rannten herum. Aron aber blieb an meiner Seite. Er schrie die anderen an, dass sie helfen kommen sollten. Ich spürte, wie mich meine Kräfte allmählich verließen. Mein Körper wurde von einer furchtbaren Kälte durchzogen. „Sag ihm ... Liebe ..." Dann sackte ich weg. Eine abgrundtiefe Dunkelheit suchte mich heim. Ich hörte Aron noch rufen, doch obwohl ich es versuchte, gelangte ich einfach nicht mehr zu ihm.

Kapitel 5

Stimmen erklangen, Schreie, Rufe, Sirenen folgten. Erneut zog es mich in meine tiefe Finsternis. Eine unbeschreibliche Stille und Schwärze erfasste mich. Nichts, da war nichts zu hören. Das Einzige, was ich spürte, schien die eigene Schwere meines Körpers zu sein. Nur langsam erlangte ich mein Bewusstsein zurück.

„Naddi, komm zurück!" Vater sprach flehend auf mich ein. „Wacht sie auf?", erklang eine andere Stimme. Ich blinzelte gegen das Licht an. Mein Kopf fühlte sich dumpf an, nur schwer konnte ich meine Gedanken sortieren. Vater strich mir sanft übers Gesicht. „Meine Kleine ... Komm schon." „Mmmmhhh", machte ich und kämpfte erneut gegen das brennend grelle Licht an.

„Ich hole einen Arzt." Erschöpft blickte ich zur Tür. Aron stand da und musterte mich besorgt. Er löste sich und lief nach draußen. Vater betrachtete mich sorgenvoll. „Wächter." Vater runzelte fragend seine Stirn. „Nein. Er?" Ich versuchte ein Nicken. Leider war ich mir nicht so sicher, ob ich das bereits konnte. Aron kam zurück. Ich drehte mich langsam zu ihm um. Vater räusperte sich. „Ich bin gerade auf dem Flughafen gelandet und erfahre, dass du im Krankenhaus liegst." Er fixierte Aron, seine Miene verfinsterte sich. „Wieso wurde meine Nadja angeschossen?" „Das war ein Unfall. Wir wollten nur freundlich Nachforschungen anstellen." „Diese entführten Kinder?" Vater klang furchtbar streng. Aron schluckte angespannt. „Ja, keiner glaubte, dass Nadja diese Kids findet und so schickten sie uns los ... Der Typ stand mit der Waffe hinter der

Tür …" Aron strich sich verzweifelt durch sein Haar. „In Deutschland steht keiner mit einer Waffe hinter der Tür!", fauchte Vater wütend. In dem Fall stimmte ich Vater zu. „Das konnte ja keiner wissen!" „Ach so? Warum habt ihr sie dann geholt?! Ihr Idioten!" Die Tür ging auf, der Arzt kam rein und unterbrach das Schimpfen meines Vaters. „Sie sollten hier nicht schreien, sonst werfe ich Sie beide raus", dabei sah er prüfend zu mir. Ich versuchte mich an einem leisen „Hallo." Der Arzt begutachtete irgendwelche Geräte, prüfte meinen Blutdruck und schaute mich zufrieden an. „Die Kugel ging glatt durch. Sie haben nur viel Blut verloren. Wenn Sie Schmerzen haben, dann rufen Sie nach uns." Er legte mir einen Schalter, mit einem Knopf darauf, in meine Hand. „Danke ... Durst." Der Arzt nickte und verschwand.

Die beiden knurrten sich nun leise an. „Geht es den Mädchen gut?" Ich kniff meine Augen zusammen, da ich das Bild von dem toten Mädchen vor meinem inneren Auge aufblitzen sah. „Ja, die Leichen haben wir auch gefunden." Aron zog sich einen Stuhl an mein Bett.

„Ich dachte, dass du in meinen Armen stirbst." Er sah wirklich besorgt aus. „Schön, dass er denken kann", knurrte Vater an meiner anderen Seite. „Papa!" Aron runzelte seine Stirn, sagte aber nichts dazu, dass ich Christian Vater nannte. Aron strich liebevoll über meine Hand. „Was ist diese Wächtergeschichte?" Die Sache schien Aron nicht loszulassen, wobei ich ein wenig enttäuscht war. Eigentlich wollte ich nach einem Date gefragt werden und nicht nach Wächtersachen. Papa gab ein Schnauben ab. Ich drehte meinen Kopf zu ihm. „Ist das denn möglich?" Vater nickte. „Im achtzehnten Jahrhundert und auch später haben viele Adelige ihr Glück hier in Amerika versucht. Nur dass unsere Traditionen hier nicht mehr existieren. Damit kann es Wächter geben, die nie davon erfahren haben." Gespannt lauschten wir meinem Vater. „Wir sind nur zu zweit." Ich versuchte mich aufzusetzen, was wirklich wehtat. „Bleib liegen", kam besorgt von Vater. Er stand auf, schrieb etwas auf den Beistelltisch und sofort leuchtete dieser weiß auf. „Aron?!" Vater zog eine Nadel und schnappte nach Arons Hand. „Keine Angst. Er ..." „Autsch!", unterbrach mich Aron. Papa tropfte dessen Blut auf den Beistelltisch. Dieser leuchtete erneut auf. „Wächter", stellte Vater angespannt fest. Er musste einen Spruch geschrieben haben, damit er es bezeugen konnte. Vater blickte Aron finster an, die Schussverletzung würde er ihm sicherlich nicht so schnell verzeihen, trotzdem mussten wir uns mit ihm befassen.

Arons Handy unterbrach uns. Sein Gesicht wurde ernst, im Laufschritt nahm er den Anruf entgegen und begab sich aus dem Zimmer. Eine Schwester kam mit einem duftenden Tablett herein, die Schmerzmittel wirkten noch und somit konnte ich die Suppe sowie das Wasser zu mir nehmen. Immerhin erwachten meine Lebensgeister wieder. „Mensch, ich hatte Angst um dich", fing Vater leise an. „Wie lange war ich weg?" „Nur eine Nacht. Ich saß schon im Flugzeug, weil ich es nicht länger ohne dich aushielt. Dann komme ich hier an und finde dich in einem Krankenbett wieder." Ich strahlte ihn glücklich an. „Mein Vater." Liebevoll legte er seine Hand an mein Gesicht. „Mein Leben", hauchte er zufrieden. Ich sah mich prüfend um. „Kannst du mich heilen? Der Blutverlust gleicht sich von alleine aus", flüsterte ich verschwörerisch. Vater grinste. „Die werden hier aber einen Aufstand machen." „Mir egal." Ich setzte mich auf, zog mir die Kabel ab und jammerte, da es heftig in meiner Schulter stach. Vater nahm seinen Stift.

Heile mein Kind, heile geschwind.

Eine angenehme Wärme durchzog meinen Körper. Ich konnte regelrecht spüren, wie die Wunde sich verschloss, da ich diese wegen des Verbandes nicht sehen konnte. Doch den würde ich erst im Haus abnehmen. Aron kam hereingeplatzt. „Ich muss zu einem Tatort!" Er stockte, da er sich über unser Treiben wunderte. „Was macht ihr da?" „Ich gehe." Dabei suchte ich nach meinen Sachen. „Sorry, Süße, ich habe dir nichts mitgebracht." Vater holte mir meine alten Sachen aus einem Schrank. „Egal ... wir haben schon andere Dinge überstanden." Ich stand wankend auf und verdrängte das Schwindelgefühl. „Was hast du vor?", schimpfte Aron verzweifelt. „Rasen mähen ... Du findest mich im Geisterhaus." Taumelnd schlich ich zum Bad, schloss die Tür hinter mir und setzte mich auf den Hocker. Denn sonst würde ich noch umkippen. Es erinnerte mich ein wenig an meine erste Blutspende. Damals nahm Adrian mir Blut ab und am nächsten Tag scheuchte Vater mich den Burgturm hinauf. Danach fühlte ich mich genauso schwach.

Draußen stritten sich die beiden schon wieder. Ich fand es seltsam, dass sie sich nur schreiend unterhalten konnten. Aber ich musste mir eingestehen, dass es sich zwischen Vater und mir am Anfang ebenso verhielt. Wobei ich nicht wusste, ob es an Vater oder an uns beiden gelegen hatte.

Außerdem war ich damals auch nicht ganz ich selbst und er ein Geist.

Aron befand sich nicht mehr im Raum, als ich aus dem Badezimmer kam. Vater stand mit einem Rollstuhl in meinem Zimmer. „Das ist die dämlichste Vorschrift, von der ich je gehört habe", knurrte er und deutete auf den Stuhl. „Ich kann laufen." „Aber man darf nur in diesem Ding rausgerollt werden." Ich schüttelte meinen Kopf. „Ein bisschen seltsam sind die hier schon", seufzte ich auf Deutsch. Vater schmunzelte. „Dafür halten sie uns für unterkühlt und schräg." Ich kicherte. Eine Krankenschwester kam fluchend auf uns zu. Wir erklärten ihr, dass ich mich selbst entließ, was ihr natürlich nicht zusagte. Widerwillig reichte man mir die Entlassungspapiere, welche ich unterzeichnete. Eine Stunde später durfte ich das Krankenhaus verlassen oder hinausrollen. Wie man es nahm.

Nachdem man mich nach Hartford verfrachtet hatte, brauchten wir drei Stunden bis zu meinem Haus. Mein Leihwagen war von der Firma abgeholt worden und nur Vaters Fahrzeug stand zur Verfügung.

„Morgen hat mein Lieblingskind Geburtstag!", freute sich Vater. Kaum fuhren wir auf der Straße, erhellte sich sein Gemüt wieder. Daran wollte ich eigentlich nicht denken. „Offiziell zweiundzwanzig", juchzte ich gespielt. Eigentlich freute ich mich auf meinen ersten Geburtstag mit meinem Vater. Immerhin wurde ich einen Tag nach meinem letzten entführt und die anderen davor verbrachte ich stumpf in den Heimen. Manchmal ärgerte ich mich selbst über meine Gefühle, wobei das schon besser wurde. Vater drehte leise Musik auf, er mochte die Achtziger. Auf der Fahrt erzählte er von seinem einzigen Urlaub mit Mutter in den Staaten. Seit einigen Monaten sprach er mehr von ihr. Obwohl ich die Geschichte bereits kannte, hörte ich ihm gerne zu. Die beiden flogen nach ihrem Schulabschluss zusammen in die USA, schon damals wollten sie heiraten und träumten von einer heimlichen Hochzeit in Las Vegas, was sie natürlich nie durchzogen. Am Ende schwärmte Vater davon, wie schön meine Mutter einst aussah und wie sehr er sie liebte. Vermutlich würde das nie aufhören oder es gehörte zu seiner Art, langsam mehr Abstand zu gewinnen, ihren Tod zu akzeptieren.

Wir bogen auf die schmale Anliegerstraße ab. Bereits durch die Bäume sah man mein Haus. Schon fühlte ich mich wieder angekommen. „Wow! Das Haus ist besser als auf den Bildern", staunte er, als wir langsam vor mein Lieblingsgebäude fuhren. „Ich werde es behalten." „Oh, du hast dich in ein Haus verliebt?" Ich kicherte und nickte ihm gestehend zu. Vater sah auf. „Das verstehe ich, es hat was!"

Gemeinsam stiegen wir aus und gingen zum Haus. Kaum angekommen, zeigte ich ihm aufgeregt meine Fundsachen. Wir sprachen angeregt über die neuen Schätze. Vater hatte schon im Vorfeld ein Museum ausfindig gemacht, welches alles auf Echtheit prüfte und vor allem auch Interesse an einer Ausstellung anmeldete.

Da mir für das Haus noch einiges fehlte und ich unbedingt wiederkommen wollte, beschloss ich mir Notizen zu machen, zumal es doch noch einiges an Einrichtungsgegenständen brauchte. Also holte ich mir etwas zum Schreiben und lief durch das Gebäude. „Waschmaschine! Ich laufe bald nackt herum." Vater stand in der Bibliothek und begutachtete neugierig alle Bücher. „Schreib es auf! Ich besorge alles!", hörte ich ihn leise. Ich lief nach unten, durchs

Wohnzimmer und auf die Terrasse. Im Außenbereich fand ich eine Kammer mit Gartengeräten. „Ich will einen Traktor zum Rasenmähen!" „Wieso willst du dieses riesige Haus für dich?" Ich machte mich auf den Weg zur Küche. Trockner, notierte ich. „Wenn ich in fünf Jahren noch Jungfrau bin, lasse ich mich künstlich befruchten." Vater lachte laut auf. „Nicht lustig!", zischte ich und schrieb Spülmaschine auf. Eine Kaffeemaschine brauchten wir auch dringend. „Du magst doch diese modernen Vollautomaten?", erkundigte ich mich bei ihm. In unserem polnischen Anwesen besorgte ich uns so eine Maschine und Vater verliebte sich geradewegs in diese. „Oh ja. Dann komme ich dich auch besuchen." „Wie war Rom?" Ich suchte die Küchenschränke ab. „Ich habe drei weitere Projekte für uns." Ich hob meine Augenbrauen. „Denk dran … Wir sind in drei Wochen in Dresden." Ich drehte mich um und lief aus der Küche raus. Dabei schrieb ich Geschirr auf. Zwar gab es welches, aber ich mochte dieses dünne, blumige Porzellan einfach nicht.

Ich prallte gegen einen fremden Widerstand, quiekte laut auf und schaute langsam hoch. Aron stand vor mir und sah mich merkwürdig an. Verlegen machte ich einen Schritt zurück und stieß gegen die Wand. „Wie lange bist du schon da? Kann man außerdem nicht anklopfen?" „Habe ich und ich stehe seit zehn Minuten hier", knurrte er tief. „Was ist das mit Ian und dir?", erklang Vater aus der Bibliothek. Schamröte stieg in mein Gesicht, entschuldigend blickte ich Aron an. „Nichts, nur Freunde." Aron musterte mich nachdenklich. „Schade, ich dachte, er wäre was für dich und könnte sich um dein kleines Problem kümmern." Ich riss meine Augen panisch auf. Vermutlich nahm mein Gesicht nun die Farbe einer Tomate an. „Christian!", fauchte ich. Ein Buch knallte auf den Boden. Vater zischte und kam zu mir. „Oh …" Ich funkelte ihn wütend an. Vater aber grinste breit. Er schnappte sich meinen Zettel. „Ich bin einkaufen." Damit lief er aus dem Haus. Ich schaute beschämt auf den Boden. „Was suchst du?" „Ein großes, tiefes Loch." Arons tiefes, kehliges Lachen erzeugte ein angenehmes Vibrieren in meinem Körper. Was mich noch mehr verunsicherte.

„Ähm, wollen wir uns setzen?", fing er an. Ich nickte verlegen und erntete ein weiteres Lachen. Gemeinsam setzten wir uns an den Küchentisch. „OK, du bist unglaublich reich und klug. Dann rettest du noch Kinder, was nicht einmal das FBI hinbekam und nun machst du einen auf schüchtern?" Ich zuckte mit meinen Schultern. „Ich bin schüchtern." Ja, in dem Fall war ich es wirklich. Hallo? Da stand Mister Universum vor mir und mein Herz machte die seltsamsten Dinge. Und er schien davon einfach nichts mitzubekommen.

Aron sah sich um. „Das Haus passt zu dir." „Findest du?" Oh, ich fühlte mich plötzlich wie ein kleines, unerfahrenes Mädchen. Aron hockte sich vor mir hin. „Ich bin hier, weil ich mehr erfahren will. Ich möchte mehr wissen über diese Wächtersache." Ich schaute ihn prüfend an. Immer diese blöde Wächtergeschichte. Man, das nervte. „Da wäre Deutschland wirklich besser. Hier haben wir nicht die Möglichkeiten." Ich atmete tief durch. Na klar wollte er mehr über seine Fähigkeiten wissen. Irgendwie hatte ich gehofft, dass er sich für mich interessierte. Immerhin wurde ich auch noch angeschossen und lag blutend in seinen Armen. Ich beschloss meine Liebesromane zu verbrennen, da sie nur logen. Das was da drin stand, war einfach totaler Schwachsinn.

Ein beklemmendes Schweigen entstand zwischen uns. Vater hatte die neuen Projekte auf dem Küchentisch liegen lassen. Eins in Prag, ein weiteres bei Dresden und das andere in der Nähe von Rom. Aron betrachtete diese ebenfalls. „So verdient ihr euer Geld?" Ich nickte nachdenklich. Das Haus bei Rom erregte meine Aufmerksamkeit. Es bestand überwiegend nur aus Ruinen. „Warum hilfst du nicht? Ich meine, du kannst so vielen Menschen helfen, sie retten?", kam energischer von ihm. Ich schaute auf. „Wozu? Wer rettet mich?" Zwar verstand ich, was er meinte, doch mit meiner Vergangenheit würde ich sicherlich niemandem helfen. Um mich abzulenken stand ich auf und begab mich nach oben. Aus der Kleiderkammer holte ich weiße Laken. Aron lief mir nach. „Ist das nicht egoistisch?" Ich atmete tief durch. „Wenn du meine Geschichte kennen würdest, dann nicht. Nur reiner Selbsterhaltungstrieb." Ich stapelte die Laken übereinander und lief damit nach unten. „Was machst du da?" „Wir reisen in ein paar Tagen wieder ab." Aron zog einen Brief aus seiner Brusttasche. „Die bieten dir einen Job an." Ich schüttelte meinen Kopf. „Nehmen wir einmal an, ich würde diesen annehmen. Ich wäre ständig in Gefahr. Nein, das möchte ich nicht." Ich legte die Laken auf das Sofa und öffnete den Brief. Ein kleiner Dank für die Mädchen und die Anfrage, ob ich in Zukunft öfters mit dem FBI zusammenarbeiten könnte. „Sag ihnen, dass ich das nicht tun werde." Selbst wenn Aron nicht das Gleiche empfand, erinnerte mich die Situation an David. Wir lebten in unterschiedlichen Welten und jeder entschied sich für seine eigene Lebensweise.

Aron sah mich nachdenklich an. „Was wäre wenn ich mitkomme, ihr mich unterrichtet und ich dann meine Wege gehe?" Ich schnaufte tief durch. „Das solltest du mit Chris besprechen." Wobei nichts dagegen auszusetzen war. Nur mein Herz würde es nicht verkraften.

Vater kam zurück. Aron lief zu ihm und nahm diesen sofort ins Kreuzverhör. Er wollte sich wirklich von ihm ausbilden lassen. „Was sagst du dazu?" Vater zog gerade die Waschmaschine rein, weil er wusste, wie wichtig mir dieses Gerät war. Da der Rest erst am nächsten Tag eintreffen würde. „Ich habe nichts dagegen." Vater musterte mich. Er stellte die Waschmaschine ab und ging in die Haushaltskammer. Er holte zwei Besenstiele raus. „Hast du Lust?" Er reichte ihm einen und sah mich fragend an. „Sie wurde gestern angeschossen!", schnaubte Aron entsetzt. Ich legte meinen Kopf schief. „Du willst doch den Menschen helfen, ohne Rücksicht auf eigene Verluste." Ich griff nach dem Stab und scheuchte Aron hinaus. Vater folgte uns.

Ich stellte mich in Position. „Greif an!", forderte ich Aron auf. Er machte einen schnellen Schritt nach vorn, ich wich ihm aus und schlug mit dem unteren Ende zu. Aron keuchte erschrocken auf. „Nur Muskeln. Kein Hirn." Ich drehte mich und der nächste Schlag landete direkt auf seiner Schulter, da ich den Kopf nicht treffen wollte. „Zu langsam", kam nun von Vater. Er stieß Aron weg, riss den Stab an sich und baute sich vor mir auf.

Wir schenkten uns nichts. Gegen Vater kam ich nur schwer an. Er war schnell, klug und kannte keine Angst. Wir hörten nur unseren eigenen Atem und das Schlagen des Holzes. Vater lachte, als ich auf dem Boden lag. Er reichte mir seine Hand, damit ich aufstehen konnte. Ich schaute zu einem der hochgewachsenen Bäume. „Aron, kommst du da rauf?" Er runzelte seine Stirn und joggte gemütlich zu dem Baum. Er kletterte umständlich nach oben. Dabei rutschte er fast ab. „Mach Platz!", rief ich und rannte los. Ich stieß mich am Stamm ab, fing mich an einem Ast auf, zog mich hoch. „Dein Training wird echt viel Zeit beanspruchen", seufzte Vater, welcher unter dem Baum stand. „Selbst Naddi war besser in Form als du jetzt." Damit ließ Vater uns zurück. Aron sah mich verwirrt und beeindruckt an. Ich gab ein leises Schnauben ab und schwang mich am Baum hinab.

Aron kletterte unbeholfen nach unten. Ich schüttelte meinen Kopf, zupfte mir einen Grashalm ab und ging in den Schuppen. Dort holte ich mir eine Sense und machte mich daran, den hohen Rasen zu kürzen. Nachdem Vater die Waschmaschine angeschlossen hatte, half er mir und Aron versuchte es ebenfalls. Vater erklärte es ihm. Nach einigen Fehlversuchen bekam er es hin. Schweigend zogen wir lange Bahnen. Das Grundstück war riesig und wir würden wirklich eine Weile dafür brauchen. Zwischendurch aßen wir etwas, tranken Wasser und machten weiter. Aron schwitzte mächtig. Immerhin konnten Vater und ich darüber schmunzeln. „Für zwei Superreiche seid ihr echt hart im Nehmen." Aron gab erschöpft auf und ließ sich auf den Rasen fallen. „Für einen FBI-Agenten bist du ziemlich schwach", lachte Vater. Ich zog noch eine Bahn durch, musste dann aber auch aufgeben, da mein Blutverlust mir noch zu schaffen machte.

Ich holte mir eine kleine Flasche Wasser und kippte sie in einem Zug runter. „Warum sagt sie Vater zu dir? In ihrer Akte steht, dass ihre Eltern tot sind." „Wenigstens kann er lesen", seufzte ich und rieb mir meine schmerzenden Arme. „Weil ich auch tot war. Sie bekam ihr Erbe vor einem Jahr und wir fanden uns. Bei ihrem Wächterritual erwachte ich wieder zum Leben. Dafür gab ein Freund seines." Aron schaute meinen Vater neugierig an. Ich nickte ihm bestätigend zu.

„Warum mögt ihr die Menschen nicht?" Ich atmete bei seiner Frage tief durch. Dieses Thema brauchte ich nicht, deshalb stand ich auf und ging ins Haus zurück. Während die beiden sich noch unterhielten, bereitete ich das Abendessen vor. Zwar hatte ich kein Problem mit Menschen, doch noch immer ließen meine Pflegefamilien mich nicht los. Es war einfacher geworden, aber mein Leben würde ich für die Menschheit nicht opfern. Ich liebte meinen Vater und er mich. Mehr Personen gab es in meinem Leben nicht, das frustrierte mich einfach. OK, vielleicht fand ich in Ian und Markus Freunde. Eigentlich wollte ich nur geliebt und begehrt werden.

Aron tauchte hinter mir auf. „Es tut mir leid." Ich drehte mich zu ihm. „Bitte ... Ich mag kein Mitleid." Er schien nachzudenken, doch dann ging er zur Tür. „Wir sehen uns am Flughafen." Damit verschwand er aus dem Haus. Vater schloss hinter ihm die Tür ab. „Magst du ihn?" „Ist doch egal." Ich schob den Auflauf in den Ofen, welchen ich gerade vorbereitet hatte. Vater zog mich in seine Arme. „Das wird schon." „Das dachte ich bei David auch." Vater strich mir liebevoll über mein Haar. Er hauchte mir einen Kuss auf die Stirn. „Wir sind mächtig verkorkst." Ich nickte traurig an seiner Brust. Zumal ich mir bei Aron keine Hoffnungen machte, vor allem wusste ich nicht einmal, ob er überhaupt Single war. Außerdem träumte Aron davon, Menschen zu retten und nicht sich in eine verschrobene Wächterin zu verlieben.

Zusammen aßen wir zu Abend. Am nächsten Morgen lief ich meine Runde, wir schafften es, den Rasen komplett zu kürzen und die bestellten Geräte wurden geliefert. Wobei der Herr, welcher sie brachte, sich weigerte das Haus zu betreten. Am Nachmittag fuhr eine wunderschöne Corvette auf den Hof. Vater rief nach mir. „Alles Gute zum Geburtstag!" Ich quiekte auf. Das Auto war einfach traumhaft schön. Meine Frustration wegen Aron wich ein wenig, da ich schnelle Autos liebte. Ich fuhr mit dem Wagen eine Runde durch die Stadt und genoss die neugierigen Blicke der anderen. Ich besorgte uns noch eine kleine Torte und zusammen schauten wir uns am Abend die vielen Bilder an, welche wir in dem Haus gefunden hatten.

Am nächsten Tag kam jemand aus dem New Yorker Museum. Sie nahmen die Bilder mit und luden uns für das Wochenende ein. Vater flog Freitagnacht über New York zurück, da er noch ein Date mit Orlovski Junior hatte. Nachdem Ian ebenfalls an meinen Geburtstag dachte, lud er mich noch einmal zu sich ein. Samstag ging mein Flieger nach Dresden zurück, also beschloss ich, den letzten Abend mit Ian zu verbringen. Am Donnerstag fing ich an, die Sachen abzuhängen. Alle Möbel wurden mit weißen Laken bedeckt, damit sie nicht zu viel Staub abbekamen. Zumal ich nicht wusste, wann ich wieder diesen traumhaften Ort besuchen könnte. Einen Teil meiner Kleidung ließ ich im Haus zurück, weil ich hoffte, mir wünschte, dass ich es bald wiedersehen würde.

Die Tage in der Geistervilla waren wirklich schön sowie erholsam gewesen und auch Vater verliebte sich ein wenig in dieses Haus. Doch seine Liebe galt überwiegend einem Haus in Italien, in dem er seine Kindheit verbrachte.

Kapitel 6

Am Freitagmorgen fuhren wir sehr früh nach New York, immerhin betrug die Fahrzeit über vier Stunden. Dort besuchten wir das Museum. Wir wurden herzlichst empfangen und bekamen die Bestätigung, dass die Bilder echt waren. Sie wollten sie unbedingt ausstellen. Es mussten zu den einzelnen Kunstwerken Lebensläufe erstellt werden. Die Schätzungen wurden sehr hoch ausgestellt, da wir diese für die Versicherungen brauchten. Wir ließen die Bilder bei ihnen. Ein paar Bücher kamen hinzu und man verfasste einen Artikel für eine Kunstzeitschrift über uns sowie über den Fund.

Der Nachmittag in dem Museum wurde wirklich angenehm, wieder schnappte ich ein paar neue Informationen zu Restaurationen und Kunstwissen auf. Diese Dinge konnte ich mir immer leicht merken, da es mich interessierte. So lernte ich auch im letzten Jahr viel über Kunst. Aufmerksam lauschte ich den Ausführungen der anderen. Leider musste sich Vater bereits von mir verabschieden. Er nahm ein Taxi direkt zum Flughafen und ich eines zum Hotel. Ich musste mich noch frisch machen und wollte mir etwas Nettes anziehen.

Dieses Mal buchte ich mir ein teureres Hotel, welches in der Nähe des Nachtklubs lag. Damit ich am Abend in die Diskothek laufen konnte, denn so durfte ich wenigstens etwas trinken. Aron hatte sich die ganze Woche über nicht mehr gemeldet. Ich fand es schade. Auch Vater rechnete nicht damit, dass er uns nach Deutschland folgen würde. Vor allem weil mein Flug bereits am Samstagnachmittag ging. Ich stieg aus dem Taxi, checkte ein und fuhr mit dem Lift nach oben zu meinem Zimmer.

Was mich an dieser Stadt störte, waren diese ständigen Sirenen, die man überall hörte. Ich rief Ian an und informierte ihn, dass ich mich bereits im Hotel befand. Er wollte, dass ich vorher bei ihm zu Abend aß. Also beeilte ich mich. Erst machte ich mich hübsch, wählte ein dunkelblaues enges Kleid aus und begab mich auf den Weg. Draußen zog ich meinen Frühlingsmantel enger um mich herum, da die Luft sich etwas abgekühlt hatte. Ich schaute mich um und sah in der Ferne schon wieder das Blinken von Polizeileuchten. Genervt schüttelte ich meinen Kopf. Wenn jeder seins machen würde, dann wäre die Welt wirklich schöner. Ich drängte mich an den stehenden Fahrzeugen vorbei. Einige versuchten zu wenden. Dieser New Yorker Verkehr war die Hölle auf Erden. Die stickige Luft stand zwischen den hohen Häusern. Es stank schrecklich nach Abgasen.

Eine Totalsperrung offenbarte sich vor meinen Augen. Vor einem Hochhaus sperrte man die gesamte Straße ab. Selbst zu Fuß kam man nicht mehr weiter. Polizisten standen vor einem Bürogebäude und sprachen mit Mikrofonen auf das Haus ein. Das brachte doch nichts. Ich schaute mich um und fand ein verstecktes Eck. Mir fehlte die Zeit, um mich mit solchen Dingen zu beschäftigen, außerdem wollte ich pünktlich bei Ian erscheinen. In der dreckigen Seitenstraße zog ich meinen Umhang aus der Tasche, legte ihn um und machte mich auf den Weg. Vorsichtig drängte ich mich an den Schaulustigen vorbei und versuchte unter der Absperrung hindurchzukrabbeln. Was mir auch etwas umständlich gelang. Achtsam stahl ich mich an den Polizisten vorbei. Ich duckte mich, als ein Schuss aus dem Gebäude erklang. Die Leute schrien auf. Andere rannten umher. Sogar die Polizei wirkte nervös. Ich hörte, wie Frauen nach ihren Kindern riefen. Dabei runzelte ich meine Stirn. Was gab es nur für kranke Menschen? Neben dem Gebäude standen ein paar Herren sowie Damen in dunklen Anzügen. Zu meiner Überraschung befand sich Aron unter ihnen. Erstaunt schlich ich in seine Richtung. Polizisten hasteten umher. Sie alle diskutierten heftig miteinander. „Wir kommen da nicht rein. Sie haben den Kindergarten eingenommen!" Im Verborgenen lauschte ich den vielen Stimmen. Ich erfuhr, dass es sich um ein Firmengebäude handelte, welches einen Kindergarten für Mitarbeiter beherbergte. Fünf Herren hielten die Kinder sowie die Kindererzieherinnen fest und forderten ein enormes Lösegeld. Ich seufzte und bereute meine Entscheidung bereits. Leider konnte ich die Kinder dann doch nicht ihrem Schicksal überlassen. Deshalb setzte ich meinen Weg zu Aron fort.

Ich schob mich an den anderen vorbei und strich ihm über den Rücken. Er drehte sich verwirrt um, sah mich aber nicht. „Aron!", flüsterte ich ganz leise. Er runzelte seine Stirn und sah sich erneut um. „Clint, haben Sie einen Geist?" „Vermutlich. Warten Sie", gab er angespannt zurück. Ich kicherte leise. Aron trennte sich von der Gruppe. „Was machst du hier und verdammt ... wo steckst du?" Er hockte sich hin. Ich ging ganz nah an ihn heran. Gott, roch der Mann himmlisch. „Ich wollte zu einem Freund und wegen der Absperrung habe ich mich unsichtbar gemacht. Sollen wir die Kinder retten?" „Da kommst auch du nicht rein." „Doch, das ist kein Problem. Aber kommst du mit?" Aron schaute sich um. „Wir dürfen nicht einmal in die Nähe des Gebäudes", beklagte er sich. Ich musterte seine

Kollegen. „Das bereue ich gleich … Da sind fünf Typen drin, laut den Polizisten. Also brauchen wir fünf gute Jungs. Den Rest überlass mir und sie sollten gute Nerven haben." Aron verdrehte seine Augen. Er ging zu seinen Kollegen und schnappte sich zwei Damen sowie zwei Herren. Mit denen kam er auf mich zu. Ich grinste zufrieden. „Was hast du jetzt vor?", fragte einer verwirrt Aron. Ich räusperte mich und alle drehten sich irritiert umher. „Hier. Ich zaubere jetzt und Sie greifen sich alle an die Hände. Wir gehen da rein, wir positionieren uns hinter den Verbrechern und sobald der Vorhang fällt, nehmen Sie die fest." „Wer spricht da?" „Ist doch egal. Sind Sie bereit?" „Ähm ja … Also …", stammelten sie durcheinander. „Fassen Sie sich an die Hände!" Ich griff nach Arons Hand. Dieser erwiderte den leichten Druck. Ich hockte mich hin, zog meine Münze und ließ sie drehen.

Wieder umhüllte uns der graue Nebel. Ich nahm meine Kapuze ab. „Jetzt laufen Sie!", schrie ich und rannte zu dem Gebäude. Vier folgten mir und nur einer blieb entsetzt stehen. Ich schüttelte meinen Kopf. Dann müsste ich selbst einen übernehmen. Wie durch einen Schleier hindurch öffnete ich die Tür. Wir rannten in den Kindergarten. Nur dumpf vernahmen wir die Stimmen der Menschen. „ERWACHE!" Ich hielt meinen kleinen silbernen Stab in der Hand, welcher hell aufblitzte und sich vergrößerte. Hinter einem Angreifer baute ich mich auf. „Aron! Neben mir!" Die Menschen waren nicht mehr als Schatten, nur schwer konnte man sie ausfindig machen. Aber ich spürte ihre dunkle Aura sehr deutlich. Die anderen brachten sich ebenfalls in Position. „Das ist krass." Ich hielt den Stab vor den Hals des Entführers zwischen meinen Händen. „Drei, zwei, eins …" Der Schleier fiel. Ich zog den Stab mit aller Gewalt an mich heran, keilte ihn ein. Dieser wedelte mit seinen Armen, versuchte zu kämpfen. Aron erschlug seinen Vordermann. Ein Entführer starrte uns noch entsetzt an, bevor er von einer der Damen ins Traumland befördert wurde. Aron machte sich an einem weiteren zu schaffen, da sein Kollege mit seinem Mageninhalt kämpfte. Ich hielt meinen fest im Griff. „Würde mir den jemand abnehmen?" Doch mein Opfer verlor sein Bewusstsein, ich ließ los und der Kerl sackte ohnmächtig zu Boden.

Ich prüfte die Situation. Die fünf Entführer wurden in Handschellen gelegt. Die Kinder saßen weinend am Boden, die Erzieherinnen standen noch unter Schock. Aron kam auf mich zu. „Danke. Wie ging das?" „Mein Geheimnis", grinste ich und zog meine Kapuze über den Kopf. „Welche Disko?", rief er mir nach. Aber ich antwortete nicht mehr, machte mich schnell auf die Suche nach meiner Münze. Da der erste Typ noch immer wie angewurzelt draußen stand, tat ich mich trotz des Chaos leicht. Ich hob sie auf und machte mich auf den Weg zu Ian.

Ich klingelte an der Hintertür des Hauses. Ian kam hinuntergestürzt. „Ich dachte die Deutschen seien immer pünktlich", lachend fiel er mir um den Hals. „Da war eine Komplettsperrung. Die ließen nicht einmal Fußgänger durch." Ian schüttelte seinen Kopf. „Die Menschen werden immer verrückter." Ich folgte ihm nach oben. Das Treppenhaus führte steil und schmal hinauf. Aber seine Wohnung war der Hammer. Wie bei einem Loft zogen sich riesige Räume durch die beiden oberen Etagen. „Wow!", hauchte ich beeindruckt. Er nahm mir meinen Mantel sowie meine Tasche ab. Ich mochte den hellen Kontrast aus rotem Ziegel und Glas. Ein paar Pflanzen rundeten die ganze Sache ab.

Weiße Möbel komplettierten den Gesamteindruck. Prüfend betrachtete ich die Bilder an den Wänden. „Ich finde keinen Bezug zu diesen Kunstrichtungen." Es handelte sich bei den Werken um moderne, abstrakte Kunst. Für mich besaßen sie keine Aussage, weckten keine Emotionen. Ian reichte mir zuvorkommend ein Glas Wein. Er sah toll aus. Von den Qualen der letzten Monate war kaum noch etwas zu sehen. „Du schaust gut aus."

„Nichts im Vergleich zu dir." Dabei stieß er sein Glas gegen meines. Das Klingen der Gläser hallte angenehm durch den Raum. Ich nahm einen Schluck von dem roten Wein. Für meinen Geschmack etwas zu herb. Ich bevorzugte Weine eher fruchtig, mit einer leichten, süßen Note. Ian machte uns Musik an, während ich die weiße Küche begutachtete. Viel Glas mit glänzenden Türen gemischt. Die Geräte wurden perfekt eingearbeitet. „Mmhhh, das duftet himmlisch." „Erzähl mir von Boston. Ich hörte, eine Verrückte kaufte das sagenumwobene Geisterhaus." Er zog, während wir sprachen, zwei Teller aus dem Schrank. Ich beobachtete sein Treiben. „Ja, ich habe es gekauft und mich verliebt. Es ist sagenhaft schön." „Waren da Gespenster drin?", erkundigte er sich verschwörerisch. „Nur ein altes Ehepaar." Ich setzte mich an den Tisch. Er legte die Teller auf diesem ab. Erneut stießen wir an. „Hast du sie auch in die Kugeln gesperrt?" Ich log nur ungern, aber ich nickte ihm zu. Denn das, was ich mit den beiden im Haus sah, konnte ich nur mit Vater besprechen. Sogar der hatte so etwas noch nicht erlebt. „Wie war dein Vortrag?" Ich erzählte ihm von den vielen Studenten, Professoren und ein wenig über das Thema des Vortrags. Ich verstand mich gut mit Ian und es machte mir Spaß, mit einem anderen als nur mit Vater zu reden. Gespannt lauschte er mir und sein Essen schmeckte hervorragend. Wir tranken den Wein. Er erzählte von seiner Woche, wie sehr er es genoss wieder richtig schlafen und essen zu können.

Als die Nacht über uns hereinbrach, begaben wir uns nach unten. Ian reichte mir seine Hand, da die Treppe wirklich steil hinabführte. Die Lichter in der Disko brannten bereits, die Musik erklang nur leise aus den Lautsprechern. „Gehst du mit mir zu der Sixtinischen Madonna?" Dabei funkelten mich seine Augen an. „Können wir machen. Ich mag die Gemäldegalerie sehr." Eine seiner Bedienungen unterbrach uns. „Ian, kannst du mal helfen?" Er lief los und trug Getränkekästen herum. Ich stand hilflos in der leeren Disko. Ian musste sich erst einmal um seine Angestellten kümmern.

„Wen sehen meine Augen denn da!" Ich drehte mich um. Markus fiel mir um den Hals. „Darf ich dir Jack vorstellen?" Er deutete auf einen unscheinbaren Jungen neben sich. Ich reichte ihm meine Hand. „Christine", stellte ich mich lächelnd vor. „Wow, eine echte Prinzessin", seufzte dieser und erwiderte meinen Händedruck. Ich kicherte. „Nein, Kurfürstin oder so etwas. So ganz kapiere ich es auch nicht." Markus strahlte mich glücklich an. „Warte. Ich hole dir erst einmal was zu trinken." Er deutete mir, mich zu setzen, was ich auch gerne tat. So stand ich wenigstens nicht dumm in der Gegend herum. Jack sah mich noch immer staunend an. „Was machst du beruflich?", erkundigte ich mich leise. „Ich studiere Medizin und du? Ach, blöde Frage." Ich zuckte mit meinen Schultern. „Ich kaufe Immobilien, saniere sie und verkaufe wieder." „Stimmt das mit dem Geisterhaus in Boston?" Ich lachte leise. „Ja, ich habe die Woche darin verbracht und wie man sieht, lebe ich noch." Ich schreckte auf, als zwei bullige

Typen den Raum betraten. „Türsteher", lachte Jack laut los. Markus brachte uns Cocktails. „Mmmmhhhh." Der schmeckte fruchtig und lecker. „Sie zuckt bei Türstehern zusammen und kümmert sich um Gruselhäuser." Jack lachte sich schlapp. Markus schmunzelte und zwinkerte mir zu. „Na ja, die sind ja auch gruselig." Dabei sah er den beiden Herren hinterher. Ian kam und setzte sich an meine Seite. Er strich mir über meine Hand, was mich etwas verunsicherte.

Ich griff nach dem Cocktail und trank einen tiefen Schluck. Nach und nach füllte sich der Laden, die Musik wurde lauter. Der Alkohol stieg mir langsam zu Kopf. Immer wieder mussten Markus oder Ian jemandem helfen. Jack löcherte mich mit Fragen über meine Herkunft und Familiengeschichte. Da ich nichts anderes vorhatte, beantwortete ich diese freundlich. „Magst du tanzen?", forderte Ian mich auf. Dazu hatte ich wirklich Lust und so ließ ich mich von ihm auf die Tanzfläche führen. Ich schwang meine Hüften zu den leichten Rhythmen. Ian strahlte mich an, wirbelte mich ein wenig herum. Das machte dann doch mal richtig Spaß. Ich genoss die Blicke der anderen. Ian schien ein wirklich guter Tänzer zu sein, wobei ich kaum Vergleiche anstellen konnte. Nur mit David und Vater hatte ich zuvor getanzt. Dennoch genoss ich es mit Ian. Er war wirklich ein netter Kerl. Nach einer Weile zog er mich zurück zu unseren Plätzen. „Du hast keine Ahnung, wie schön du eigentlich bist", raunte er an meinem Ohr. Ich errötete ein wenig bei seinem Kompliment.

Genau in diesem Augenblick überzog mich ein angenehmes Kribbeln. Verwirrt sah ich mich um und entdeckte, wie mich zwei dunkle Augen fixierten. „Ich entschuldige mich für einen Moment." Ian musterte mich fragend. Er setzte sich hin und folgte mir mit seinem Blick. Ich zwinkerte Ian zu und ging tänzelnd zu Aron. „Was machst du hier?", knurrte er unterkühlt. „Zum einen sind das Freunde von mir und zum anderen habe ich Spaß." Aron funkelte mich finster an. „Hast du etwas getrunken?" Ich nickte und wippte zur Musik mit. „Ich bin schon ein großes Mädchen." Aron griff nach meinem Handgelenk. Ich zuckte zusammen. „Du kommst mit." „Nein!", fluchte ich. „Das ist nicht der richtige Ort für dich!" Ich zog meinen Arm weg und rieb mein Handgelenk. „Ach so. Aber du willst, dass ich für deinen Verein arbeite und mich lieber anschießen lasse. Du hast sie nicht alle!" „Gibt es ein Problem?" Ian stellte sich schützend hinter mir auf. Aron kniff seine Augen zusammen. Er beugte sich vor. „Ich glaube du machst einen Fehler." Ich verschränkte meine Arme vor der Brust, der Alkohol schien mir etwas Mut zu verleihen. „Was denn für einen?" Ich kapierte das gerade irgendwie nicht. Ian legte seinen Arm um mich herum. Ich riss meine Augen weit auf und schaute, wie er seine Hand auf meinen Bauch legte. „Ähm, Ian?" Ich schob vorsichtig seine Hand weg. Aron sah mir in die Augen. „Willst du hier bleiben?" Sein Blick wirkte eisig. Ich schluckte angespannt. Nur ganz leicht schüttelte ich meinen Kopf. Aron zog mich kraftvoll an sich heran. Er hob mich hoch. Ich quiekte auf und schon schleppte er mich raus. „Tasche! Jacke!", kreischte ich in seinem Arm. „Nicht weglaufen!", kam streng von ihm, dabei stellte er mich ab. Ohne meine Tasche würde ich nirgendwohin laufen. Zitternd stand ich in der Kälte. Aron kam, legte mir meinen Mantel um und reichte mir meine Tasche. „Danke", murmelte ich und sah mich verunsichert um. Die frische Luft ließ mich den Alkohol noch mehr spüren. Ich torkelte ein wenig.

„Wo gehen wir hin?", lallte ich ein bisschen. „Ich bringe dich in dein Hotel zurück." „Was? Das war mein zweiter Abend in einer Disko! Ich will noch tanzen!" Na ja, eigentlich würde ich eh nicht mehr lange laufen können. Vermutlich müsste ich bei Ian übernachten. Ich runzelte über meine eigenen Gedanken die Stirn. Ich stolperte über meine Füße, aber Aron griff nach meiner Hand und hielt mich. Er gab ein Knurren ab und hob mich in seine Arme. „Lass mich runter! Du riechst so gut!", beschwerte ich mich. Dabei verfluchte ich den Alkohol, da ich sonst so etwas nicht zugegeben hätte. Aron aber lachte auf. Er ließ mich natürlich nicht runter. „Du verlässt mich auch. Wegen dem FBI. David verließ mich wegen den Jägern. Alle verlassen mich! Ich sollte bei Ian bleiben." Aron setzte mich behutsam ab. Er drückte mich gegen eine kühle Hauswand. Seine Augen funkelten unerhört schön. „Ich kann morgen nicht mitkommen. Nach dem Vorfall von heute Nachmittag musste ich meinen Urlaub verschieben. Aber ich komme nach." Seine tiefe Stimme gab mir den Rest. Er legte seine Hand auf meine Wange. Ich schloss die Augen. Er fühlte sich einfach zu gut an. „Hast du mich verstanden? Ich komme nach!" Ich nickte ihm zu. Aron sog tief Luft ein. „Willst du mich?" Erneut nickte ich. Mir hatte es restlos die Sprache verschlagen. Außerdem reagierte mein ganzer Körper auf ihn und das half meinem Konzentrationsvermögen überhaupt nicht. „Ich bin genauso verkorkst wie du." Ich floss bei seiner Stimme dahin. Sanft legte er seine Lippen auf meine. Sie waren göttlich. Seine Zunge leckte leicht über meinen Mund. Ich öffnete meine Lippen zögernd. Leise stöhnte ich auf, als seine Zunge meine zärtlich streichelte. Alles um mich herum verschwamm, wurde unwichtig. Es fühlte sich fantastisch an, als würde ich schweben. Viel zu schnell schloss er seine Lippen, legte seine Stirn an meine. Ich griff verlegen an meinen Mund.

Noch immer spürte ich ihn auf meinen Lippen. Aron öffnete seine Augen. Ehe ich mich versah, küsste er mich noch einmal. Er schmeckte himmlisch, nur dass dieser Kuss drängender wurde. Mein ganzer Körper reagierte auf ihn, wurde von einem angenehmen Kribbeln ergriffen. Es war einfach atemberaubend. Wieder löste er sich von mir. Allein das könnte ich eine Woche lang tun. Aron strich sich über sein Kinn. „Wie oft hast du das schon gemacht?" War ich so mies gewesen? „Jetzt zweimal", seufzte ich beschämt. „Du hast noch nie einen Jungen geküsst?", seine Stimme krächzte leicht. „Nicht so. Also … auf den Mund schon … Na ja …" OK, ich hielt lieber meine Klappe. Ich bekam gerade keinen vollständigen Satz heraus. Aron zog mich in seine Arme. „Ich lasse dich nicht gerne gehen." „Dann komm mit", nuschelte ich erstickt an seiner Brust. Aron lachte leise auf. Er hob mich in seine Arme und trug mich den ganzen Weg bis zum Hotel zurück. „Schlüssel?" Ich zog vollkommen verwirrt meine Karte aus der Tasche und reichte sie ihm. Er öffnete die Zimmertür und setzte mich auf dem Bett ab. Noch einmal legte er seine Stirn an meine. „Wenn du mir ein paar Tage gibst, dann küsse ich dich noch einmal." Ich nickte. Was sollte schon in ein paar Tagen passieren? Aron drängte noch einmal seinen Mund auf meinen. Wieder durchzog mich diese angenehme Wärme. Die Zeit schien stillzustehen und er schmeckte zu gut, um wahr zu sein. „Ich hole dich morgen ab." Dabei stand er auf und ließ mich vollkommen irritiert zurück.

Ich brauchte ewig um einzuschlafen. Immer wieder drehte sich alles um atemberaubende Küsse, einen hübschen Männerhintern, dunkle Augen, eine tiefe Stimme und wieder Küsse. Trotzdem fürchtete ich, dass er sein Wort nicht halten würde. Er war mit seiner Welt genauso verbunden wie David es mit seiner war. Ich starrte die halbe Nacht lang die Decke an und zu meinem Übel verschlief ich komplett.

Erst um kurz vor elf wachte ich auf und musste mich mit meinen Taschen beeilen. Genervt zerrte ich diese nach unten. Der Hotelpage kam mir mit einem Rollwagen entgegen. Gemeinsam verluden wir meinen schweren Koffer. Ich gab ihm einen Zehner und folgte ihm nach unten. An der Rezeption stand er wieder. Aron wartete gelassen auf mich. Umgehend beschleunigte sich mein Herzschlag. Aufgeregt checkte ich aus, während Aron meinen Koffer zu einem Wagen brachte.

Ich schlich nach draußen und sah mich orientierungslos um. Aron kam ums Eck und zog mich an sich heran. „Hast du gut geschlafen?" Ich nickte ihm zu. „Gut. Dann zeige ich dir den New Yorker Flughafen", grinste er frech. Ich sah ihn verzweifelt an. Er küsste mich liebevoll, dabei musterte er mich. Noch einmal küsste er mich, seine Augen funkelten mich lieb an. Ein Schmunzeln huschte über meine Lippen. „Ah, jetzt wird sie wach." Ich bekam noch einen dritten Kuss, bevor er mich zu dem Auto zog. „Ist das nicht Missbrauch von Regierungseigentum?", wunderte ich mich, als ich den schwarzen Wagen entdeckte. „Für die Helferin des Jahres ist dem Staat USA nichts zu teuer", lachte Aron, dabei hielt er mir die Tür auf. Nachdem ich saß, lief er um den Wagen herum und nahm hinter dem Steuer Platz. „Kannst du mir bitte erklären, wie du das gestern gemacht hast?", erkundigte er sich, während er den Gurt anlegte. Ich zog meine Münze heraus und suchte in meiner Tasche eine zweite. „Schau, dies steht für das Zwielicht. Die Ebene zwischen der Geisterwelt und unserer. Wenn du einen Menschen mitnimmst, kann er mit einem Geist sprechen. Oder du kannst wie ein Geist wandeln.

Aber nur solange, wie sich die Münze dreht. Mit etwas Übung schaffst du fünf Minuten … Ich mag es eigentlich nicht ... Mir verknotet es immer den Magen." Ich reichte ihm die Münze. „Kann ich die behalten?" Ich nickte lächelnd. „Was ist ein Jäger? Du sagtest neulich etwas darüber." Ich atmete tief durch. „Die schützen die Welt vor bösen Geistern und schicken sie weg. Auch Dämonen bekämpfen sie." „Was ist dann die Aufgabe von Wächtern?" „Jäger können keine Magie nutzen. Das können nur wir. Flüche, Banne, Schutz. Dazu sind wir da." Aron griff nach meiner Hand. „Ich komme und wenn ich kündigen muss", schwor er mir. Ich lächelte ihn besorgt an. „Du glaubst mir nicht?", stellte er fest. Ich zuckte mit meinen Schultern. „David ist Jäger. Wir dachten, dass wir füreinander bestimmt seien. Doch seine Welt der Toten, der Jäger, ließ ihn nicht los. Deine Welt sind die Menschen und ich habe mich für einen Weg dazwischen entschieden … Ich verspreche dir, dass ich warten kann. Aber nicht ewig." Aron lächelte mich zufrieden an. „Wenn ich kündigen muss, bin ich ziemlich pleite", gab er leise zu. Ich schaute ihn an. „Auch dafür würden wir eine Lösung finden." „Damit meine ich, dass ich einen Job bräuchte." Wir erreichten den Parkplatz des Flughafens. Aron kam um das Auto herum und hielt mir erneut die Tür auf. Ich suchte einen Rollwagen für meinen Koffer. „Lass mich mal machen, immerhin habe ich mehr Muskeln als Hirn", lächelte er frech, ich musste kichern. „So mag ich dich." Aron zog mich in seine Arme. „Warte!", sanft legte er seine Lippen auf meine.

Etwas blitzte neben uns auf. „Mist!" Aron drehte sich ruckartig um. „Her mit der Kamera!" Er rannte dem Fotografen nach. „FBI!", schrie er. Der Typ blieb stehen. Aron zeigte ihm seine Marke und konfiszierte die Kamera. Er löschte das Bild. Eigentlich war es fast schade drum. Siegessicher kam er auf mich zu. Er führte mich in das Gebäude des Flughafens hinein und zusammen aßen wir noch etwas. Da es kleine Nischen in dem Café gab, blieben wir ungestört. Aron zog mich liebevoll in seine Arme. Ich genoss seine Nähe in vollen Zügen. „Was glaubst du, wäre ich ein guter Schatzjäger?" „Nein, du bist zu laut und ein Tollpatsch!" „Ich bin lernfähig." Ich strahlte ihn an. Zu gern würde ich mir mehr erhoffen, aber ich traute meinem Herzen einfach nicht. „Was erwartet mich bei euch?" Ich lag noch immer in seinen Armen. „Sport, Schmerzen und Höllenqualen … Ach ja … ich bin auch noch da." „Das klingt wirklich verlockend." Wir schauten verträumt aus dem Fenster. Sahen, wie die Menschen ziellos umherirrten. Aron atmete leise neben mir. Die Zeit verging rasend schnell, prüfend schaute ich auf die Uhr und erschrak. „Mist. Muss los." Wir hatten die Zeit vollkommen vergessen und viel zu schnell musste ich mich von diesem Traummann lösen. Hastig stand ich auf, Aron half mir mit meinem Koffer und eilig begaben wir uns zum Check-in-Bereich. Aron küsste mich noch einmal leidenschaftlich. „Ich schw…" Ich legte ihm meinen Finger auf seinen Mund. „Ich freue mich, wenn du kommst", lächelte ich und lief durch die Absperrung. Ich drehte mich um und warf ihm einen Handkuss zu. Aron blickte traurig in meine Richtung, sehnsüchtig schaute er mir nach. Ich zog meine Münze und blendete damit kurz auf. Er nahm seine und drückte sie an sein Herz.

Damit verließ ich die Staaten wieder. Im Flugzeug dachte ich zurück an die Abenteuer, die ich dort erleben durfte. Mich erstaunte, wie einfach ich Freunde finden konnte. Ich seufzte auf und schwor mir, zurück zu diesem Haus in Boston zu gelangen. Egal wie lange es dauern würde. Außerdem versprach ich mir selbst, den Menschen offener gegenüberzutreten. Zögernd griff ich an meinen Mund. Seine Lippen hatten sich wundervoll angefühlt und für den ersten, richtigen Kuss war dieser einfach perfekt gewesen. Mein perfekter erster Kuss. Träumend döste ich den Flug über, bis die Maschine in Dresden landete.

Kapitel 7

Vater empfing mich herzlichst in Dresden. Sogar ein selbstgebasteltes Schild hielt er in die Luft. Lachend fiel ich ihm in die Arme. Er freute sich riesig mich zu sehen, obwohl wir nur ein paar Stunden getrennt verbracht hatten. Ich genoss die Fahrt zu unserer Burg, denn auch dieses Stück Erde liebte ich über alles. Selbst unsere Angestellten drückten mich, nachdem wir wieder unsere geliebte Burg betraten. Hilde, Rosi und Walther würden uns wohl nie verlassen. Außer unser Gärtner, welcher gekündigt werden musste, nachdem er versuchte uns zu bestehlen. Walther vergab diesen Posten neu, nur war der neue auch noch faul.

Vater offenbarte mir, dass er plötzlich alle Bilder, welche wir im letzten Jahr fanden, verkaufen wolle. Ich keuchte, da es sich um über achtzig Werke handelte, die in ganz Europa verteilt waren. Die meisten hingen in Museen, ein paar wenige verliehen wir an Privatpersonen, damit sie ihre imposanten Immobilien damit schmücken konnten. Da kam wirklich eine Menge Arbeit auf uns zu. Wenigstens lenkte mich dies vom Warten ab, denn insgeheim hoffte ich, dass er kommen würde.

Da ich seine Telefonnummer nicht besaß, konnte ich mich nicht einmal bei Aron melden. Was ich ziemlich dumm von mir selbst fand. Nach drei Tagen Arbeitsfrust, gab ich mit dem Hoffen auf. Ich hasste dieses Warten und kümmerte mich lieber um den Transport der Bilder. Das allein kostete mich schon ziemlich viele Nerven. Vater fuhr kurzerhand nach Prag, da die sich dort erschreckend dämlich anstellten. Dafür mietete er einen Transporter, damit unsere Schätze wohlbehalten nach Dresden gelangten. Die Angestellten der Galerie in Dresden fanden trotzdem alles sehr spannend. Ich schaffte es noch den Schmuck zu ordern. Was einfacher als der Transport der Bilder vonstattenging. Schmuckkästchen musste man nicht ganz so kompliziert verpacken wie Gemälde. Ich fertigte Exposés zu den Gegenständen an. Dafür bekam ich zwar von Seiten der Galerie Hilfe, aber alles sollte ordentlich sein und auch wirklich perfekt passen.

Nach sieben Tagen war ich mit meinen Nerven am Ende. Ich telefonierte nonstop durch die Weltgeschichte und musste auch noch zum Flughafen. Kopfschüttelnd düste ich zu dem kleinen Dresdner Airport und durfte direkt auf die Landebahn fahren. Der Flug kam aus Frankfurt. Immerhin konnte ich es so steuern, dass bereits drei Lieferungen in Frankfurt zusammengefügt wurden und anschließend bei mir in Dresden landeten.

Zwei Tage vor der Veranstaltung wartete ich also an der Landebahn auf das Personal und hielt meine Listen bereit. Ich prüfte die Übergabe genauestens. Vater musste nach Leipzig, da auch dort eine Maschine landete. Ich zählte die kleinen Schmuckpäckchen sowie die eingepackten Bilder. Auch Stichproben führte ich durch, indem ich die Schachteln öffnete. Ich atmete erleichtert auf, nachdem alles passte. Schnell half ich beim Verladen der teuren Gegenstände. Alleine die Bilder hatten zusammen einen Wert von fast vier Millionen. Bei dem Schmuck war ich mir nicht ganz sicher. Einige Broschen schätzten wir auf je zweitausend Euro. Die meisten Gegenstände lagen eher um die fünfhundert und diese mussten vor allem noch verkauft werden. Vater meinte, dass knapp zweihundert Schmuckstücke zusammengekommen seien. Was uns zusätzlich eine knappe Million einbringen könnte. Nur die Bilder aus den Staaten boten wir nicht an sowie natürlich unseren ersten gemeinsamen Fund. Auch wenn der Wert des Bildes am höchsten war.

Ich fuhr mit meinem Wagen zum Terminal, da ich die Dokumente vom Zoll freigeben lassen musste. Mich mit den Beamten rumzuärgern, kostete mich gefühlt ein Jahr meines Lebens. Mein Schicksal ließ mich eine harte Prüfung bestehen, da ich permanent freundlich bleiben musste. Diese Beamten machten es einem wirklich nicht leicht.

Nach über drei Stunden musste ich sogar noch drei Autogramme verteilen und wurde mit einem Berg an Papieren entlassen. Genervt jonglierte ich mit den vielen Unterlagen und meinem Telefon hinaus. Ich rief die Leute mit dem Lieferwagen an, damit sie losfahren konnten. „Christine?", rief mir jemand zu und schon fiel alles zu Boden. Ich jammerte bei dem Versuch, alles aufzuheben. Genervt blickte ich auf und entdeckte Markus sowie Ian, die soeben mit ihren Koffern vor mir auftauchten.

Die beiden hoben meine Papiere auf, halfen mir mit den ganzen Unterlagen. „Hey, was macht ihr hier?" „In drei Tagen ist deine Veranstaltung. Das wollten wir uns nicht entgehen lassen", freute sich Ian. „Soll ich euch mit in die

Stadt nehmen?" Sie reichten mir meine restlichen Papiere. „Das wäre toll. Gehst du mit uns essen?", kam schmunzelnd von Markus. „Nein, ich hab schrecklich viel zu tun." Zusammen gingen wir zu meinem weißen BMW, welchen ich noch immer fuhr. Ich lud meine Papiere ein. Ihre Koffer hatten auch noch Platz und schon setzten sie sich zu mir in den Wagen.

Gemeinsam fuhren wir zum Dresdner Zwinger. Sie schliefen im Taschenbergpalais, eines der nobelsten Hotels in der Stadt, in dem auch unsere Ausstellung stattfinden würde. „Ihr habt in der ersten Reihe gebucht?" Ian musterte mich von der Beifahrerseite aus. „Der Typ, der dich aus unserem Klub entführt hatte …" „Aron?", wunderte ich mich. „Ja, Aron. Der war in den Nachrichten." Ich schluckte angespannt. „Warum?", versuchte ich gelassen abzugeben. „Er war Hauptzeuge bei einem Entführungsprozess. Angeblich seien zwölf Mädchen entführt worden. Er fand sie im Alleingang. Das glaubte niemand und der Typ kam frei. Obwohl die Beweise eindeutig gegen ihn standen. Er und eine Kollegin wurden vom Dienst suspendiert." Er kramte in seiner Tasche und reichte mir eine New Yorker Zeitung. Ich legte diese in mein Handschuhfach. Irgendwie tröstete es mich, dass er mich nicht verraten hatte. „Warum werde ich das Gefühl nicht los, dass du was damit zu tun hast?", erkundigte sich Markus neugierig. Ian kniff seine Augen zusammen und schien mich genau zu beobachten. Ich sah ihn flehend an. Er nickte mir verstehend zu. „Unsere Christine ist eben etwas Besonderes und wenn Aron nicht bald auftaucht, werde ich meine Chance nutzen!", lenkte Ian gekonnt vom Thema ab, dabei lehnte er sich entspannt zurück.

Ich setzte die beiden vor dem Taschenbergpalais ab und fuhr auf den Parkplatz der Semperoper. Dieser lag ganz in der Nähe. Ich bot ihnen noch an, dass sie jederzeit vorbeikommen könnten. Da ich eh die nächsten beiden Tage dauernd in der Galerie unterwegs sein würde. Der Lieferwagen vom Airport stand bereits in der Ladezone. Ich half beim Ausladen der Bilder und kontrollierte alles, was leider bis in die späten Abendstunden dauerte.

Am nächsten Morgen stand ich bereits wieder in der Galerie. Mit ein paar ausgewählten Exemplaren gingen wir in das Hotel hinüber. Ian und Markus liefen mir über den Weg. Ian reichte mir sogar einen Kaffee. „Wann dürfen deine Sklaven zu Mittag essen?" Ich grinste ihn belustigt an. „Zwölf Uhr. Denk an die Deutsche Pünktlichkeit!" Er lachte laut auf und schon verschwanden die beiden.

Ich besprach die genaue Anordnung der Objekte, wie auch die ordentliche Inszenierung. Ich musste vor allem blind wissen, wo diese standen. Da ich bereits am Vorabend der eigentlichen Veranstaltung einen Vortrag für Kunstsammler hielt. Auch Kunsthändler waren geladen. Diese würden anschließend Rücksprachen mit ihren Kunden halten und sie über die Preise informieren. Punkt zwölf standen Ian und Markus in der Lobby des wunderschönen Hotels. Ich strahlte sie an und entließ die Mitarbeiter der Galerie in ihre Mittagspause. „Habt ihr schon etwas im Sinn oder darf ich euch einladen?" „Dann du!" Ich führte die beiden am Fürstenzug vorbei. Bei der Frauenkirche bogen wir links ab und liefen zu einem Restaurant, welches sich in einem Keller befand. Hohe abgerundete Decken wölbten sich über uns. Feine Stuckarbeiten konnte man erkennen, dunkelbraune Holztische mit perfektem Gedeck vollendeten den edlen Eindruck. Die beiden staunten nicht schlecht beim Anblick des Restaurants. „Zahlen tun aber wir!", fingen sie energisch an. Wir nahmen Platz, der Kellner kam und brachte uns die Karten. „Ich hab was für euch", flüsterte ich verschwörerisch und legte meine Menükarte zur Seite. Sie gingen auf mein Spiel ein. „Morgen Abend kommen Kunsthändler. Wir halten Vorträge zu den Bildern, es ist nur ein ausgewählter Kreis, die eigentliche Veranstaltung ist ja erst Samstag. Aber morgen dürfen auch schon Bilder gekauft werden." Ich schob ihnen zwei Tickets zu. „Nein!", keuchten sie glücklich. Sie sprangen auf und drückten mich juchzend. Doch eine Überraschung hatte ich noch. „Markus, ich weiß ja, dass deine Mutter auf Schmuck steht." Ich schob ihm eine kleine Schatulle hin. Es handelte sich zwar um ein nicht ganz so wertvolles Stück, aber es war wunderschön und nachdem Markus mir von der Schmuckleidenschaft seiner Mutter berichtete, würde sie sich bestimmt freuen. Zögernd öffnete er die samtbezogene Schatulle. Das Innenleben wurde mit seidigem Stoff und goldenen Buchstaben verziert. Es handelte sich um eine Brosche, welche aus mehreren Rubinen in einer goldenen Fassung bestand. „Chrissi, das ist zu viel", gab Markus schwärmend ab. Ich schüttelte meinen Kopf. „Ich habe doch sonst keine Freunde." Ian musterte mich verstehend. „Freunde?" Er legte seine Hand auf den Tisch, Markus legte seine darauf und zum Schluss folgte meine. „Freunde!" Ich spürte, dass Ian zwar gern mehr gewollt hätte, aber auch er schien sehr glücklich darüber zu sein. Ich lehnte mich erneut vor. „Nennt mich bitte Nadja ... In der Öffentlichkeit Christine ... Nadja ist mein richtiger Rufname." Die beiden drückten mich erneut. Lachend aßen wir das köstliche Essen, doch anschließend musste ich wieder zurück zu meiner Arbeit.

Am Freitagmorgen musste ich noch zum Friseur. Vater kam am Nachmittag zuvor zurück. Auch diese Bilder mussten noch katalogisiert werden, der Stress wegen der Veranstaltung schien einfach nicht nachzulassen. Zumal Vater wirklich alles anbot, was wir im letzten Jahr fanden. Sogar auf dem Friseurstuhl ging ich alles noch einmal durch, Vater saß ebenfalls mit einer Liste neben mir. „Mach das nie wieder!", schimpfte ich ihn, nachdem ich die Liste ablegen konnte. Er ließ sich ebenfalls die Haare kürzen. „Das ist doch ein riesiger Spaß!" Manchmal wusste ich nicht, wo er diese unerschöpfliche Energie hernahm. Nach dem Termin kontrollierten wir den Aufbau im Taschenbergpalais. Unsere Kleidung wurde in ein kleines Hotelzimmer geliefert, welches für uns zur Verfügung stand. Am ersten Abend entschied ich mich für ein Kostüm, Samstagabend gehörte Abendgarderobe zur Pflicht. Vater trug einen schwarzen Anzug, den er eigens maßanfertigen ließ.

Doch erst einmal mussten wir den Freitagabend überstehen. Meine Notizen hingen säuberlich an einem Klemmbrett und dieses lag bei der Rezeption. In dem kleinen Hotelzimmer zogen wir uns um. Am ersten Abend durfte keine Presse dabei sein, was es für uns etwas einfacher machte. Somit mussten wir keine Fragen zu unseren Personen über uns ergehen lassen. Nur zwei spezielle Kunstzeitschriften durften berichten, diese schrieben ausnahmslos für ein gehobenes Klientel.

„Geht es dir gut?", erkundigte sich Vater im Lift. Ich nickte angespannt. „Aufgeregt?" „Bis jetzt hatte ich noch keine Zeit dazu." Sonst war ich immer ein totales Nervenbündel, aber an diesem Abend fühlte ich mich einfach zu erschöpft. Ich kontrollierte noch das Outfit meines Vaters und er meines, strich ihm noch einen Fussel weg, als sich die Türen des Aufzugs öffneten. Zusammen gingen wir an die Rezeption und ließen uns von da aus in die Konferenzräume führen. Adrian und die Zwillinge kamen gerade an, scheinbar verkauften sie ebenfalls Bilder. Auch ein paar andere Kunsteigentümer erschienen. Doch weil wir an diesem Abend die meisten Objekte sowie interessantesten Funde vertrieben, widmete man uns die meiste Aufmerksamkeit.

Ian und Markus mischten sich unter die Interessenten. Sie sahen in ihren schwarzen Anzügen richtig gut aus. Ian lächelte mich beeindruckt an, was ich ihm mit einem frechen Zwinkern dankte. Ihnen schien es wirklich Spaß zu machen. David ignorierte ich gekonnt. Nachdem er mich immer wieder musterte, schaute ich besser weg. Ein bisschen fehlte er mir, musste ich mir eingestehen, aber er raubte mir nicht mehr die Luft zum Atmen. „Wir teilen uns auf." Ich nickte Vater zu und verschwand zu unseren Gemälden. Vater kümmerte sich um den Schmuck. Man reichte mir ein Wasser und schon positionierte ich mich vor dem ersten Bild. Wie bei einem Gedicht prägte ich mir zuvor die Bilder sowie deren Geschichten ein. Die kleine Pause nutzte ich, um noch einmal tief durchzuatmen und meine Gedanken zu sammeln. Die ersten Interessierten stellten sich zu mir. Freundlich wartete ich einen Moment, lächelte höflich in die Menge und fing mit meinem Vortrag an.

Erst berichtete ich von dem Maler des Kunstwerkes, in welche Hände es geriet und wie es zu den Besitzern gelangte. Anschließend folgten Geschichten zu den Käufern, die sich einige Male wiederholten. Am Ende kamen unsere Fundorte und natürlich auch ein paar kleine abenteuerliche Geschichten von unseren Aktionen. Gespannt lauschten mir die Zuhörer. Mal kamen welche hinzu und andere gingen wieder. Doch die meisten blieben bei mir.

Selbst Ian und Markus schrieben einiges mit, auch andere machten sich eifrig Notizen. Weitere murmelten leise in ihre Telefone oder verschickten Nachrichten. Vater referierte gekonnt zu seinen Schmuckstücken. David funkelte mich ein paarmal an, aber davon ließ ich mich nicht verunsichern. Mein Glück war eben, dass ich eine Frau war. Ich lächelte unentwegt freundlich, bis ich kurz vor einem Krampf meiner Gesichtsmuskeln stand.

Zwischendurch wurden Fragen gestellt, welche ich alle beantworten konnte. In meiner Pause kippte ich reichlich Kaffee hinunter. „Du machst das wirklich gut", kamen meine beiden Freunde an. „Habt ihr was ins Auge gefasst?" Sie nickten zufrieden. „Einen der Drucke und ein teures." Sie zeigten mir das Exposé. „Viel Glück. Aber ich glaube nicht, dass ihr das bekommt." „Warum?", schmollten sie. „Der Araber war ganz scharf darauf", flüsterte ich und deutete in dessen Richtung. „Auch den Russen hol ich mir. Der hat sich die Drucke angesehen", grinste ich sie frech an. Die beiden seufzten ein wenig enttäuscht. „Haben wir denn eine Chance?" „Versucht es." Schnell erleichterte ich meine Blase und lief zurück. Der russische Händler gesellte sich zu mir. „Sind die beiden ihre Freunde?" „Nur platonisch, aber sie wollen die Drucke", gab ich verschwörerisch ab. „Die sind nicht viel wert." „Aber das sind Amerikaner." Er nickte mir verstehend zu. „Bekommt mein Auftraggeber ein persönliches Autogramm?" „Wenn Sie den Zuschlag erhalten?", lachte ich gelassen. Der Araber beobachtete mich streng. Ich zwinkerte ihm zu und machte mit den Vorstellungen weiter. Dieser wurde bei einigen

Kostbarkeiten immer nervöser. Ich schaute ihn ernst an, aber auch andere schienen wirklich interessiert zu sein. Ich zog meine Vorstellungen ohne Unterbrechungen durch, anschließend ging ich auf den Herren zu. „Welche interessieren Sie?" Er deutete auf fünf und das waren mit Abstand die besten. Er reichte mir einen Zettel. Ich schluckte bei der Summe. Sie wollten das Doppelte zahlen, was sie eigentlich wert waren. Ich reichte meiner Helferin den Zettel. „Ich gebe ihnen zwei", schlug ich vor. Er schüttelte seinen Kopf und bestand auf die fünf. Ich kniff meine Augen zusammen. „Dann eben keins." Er hielt mich am Arm fest und deutete eine vier. Damit könnte ich den nächsten Abend vergessen. Erneut schüttelte ich meinen Kopf. „Zwei ist mein letztes Wort." Er zeigte mir eine drei. Ich atmete tief durch. „Chris?" Gleichzeitig nickte ich meiner Gehilfin zu. Vater kam zu mir. Ich zeigte ihm den Zettel. „Das, das und das da." „Bist du dir sicher?", schimpfte ich. Vater runzelte seine Stirn. Der Araber gab mir einen weiteren Zettel. Die Preise gingen kontinuierlich nach oben. Ich schaute meinen Vater an. Dieser nickte mir verstehend zu. Allein die drei, welche ich ihm gab, brachten die vier Millionen, die wir ursprünglich für alle Objekte zusammen haben wollten. Die Gemälde wurden sofort abgedeckt und verschwanden. Der Araber verneigte sich dankbar. Ich atmete tief durch, da der Stress echt die Hölle war. Der Russe kam auch noch sowie ein weiterer Amerikaner. Diese stritten sich um die Drucke. Aufgebend hielt ich meine Hände nach oben. Ian kam auf mich zu. „Wir gehen zu Bett", informierte er mich freundschaftlich. „Schön, dass ihr hier wart." Ich drückte die beiden und schon schossen die Preise nach oben. Vier der Drucke gab ich, für ein Vielfaches was sie eigentlich wert waren, her.

„Naddi, setz dich hier hin. Ich hole Walther." Im Gegensatz zu mir wirkte Vater noch immer fit. Nur ich gab ein erschöpftes Seufzen ab. Vater ging nach draußen. Ich ließ mich in einen Sessel herabplumpsen und schloss meine Augen. Es musste etwa gegen zwei Uhr am Morgen sein. Alle waren gegangen und wir hatten noch beim Aufräumen geholfen. Ich war so müde, dass ich direkt auf dem Sessel einschlief. Sollten sie mich doch einfach nur schlafen lassen.

Gut, jemand hob mich hoch. Man brachte mich nach Hause in mein kuscheliges Bett. Wie sehr ich Aron an meiner Seite gehabt hätte, verriet ich lieber keinem.

Kapitel 8

Ich zischte am Morgen, da es bereits neun Uhr war, als ich aufwachte. Schmollend, genervt und mit Kopfschmerzen duschte ich erst einmal. Ich liebte Jeans und einfache T-Shirts. Schnell zog mich mir etwas an und huschte nach unten. Dringend benötigte ich meine morgendliche Dosis Kaffee.

„Morgen." Vater hockte über irgendwelchen Unterlagen, er schien kaum Schlaf zu brauchen. „In einem Jahr haben wir fast fünfzehn Millionen verdient, mal sehen was heute dazukommt", freute er sich. „Das Finanzamt schickt uns bestimmt bald Blumen." Ich goss mir den Kaffee ein und küsste meine Tasse.

„Ich habe jemand Neues eingestellt." Fragend sah ich zu Vater auf. „Mmmhhh?" „Für deine Sicherheit." „Brauche ich nicht." Dabei griff ich beherzt nach einer Semmel. Bestimmt würde ich mit keinem Sicherheitsmann durch die Gegend laufen.

Meine Nackenhaare stellten sich auf. Verwirrt drehte ich mich um und da stand er. Groß, schön, dunkel. Ich rieb mir meine Augen. „Ich halluziniere." Dabei sprang ich auf und lief ihm ohne zu zögern in die Arme, fest drückte ich mich an seine Brust. „Entschuldige, dass ich mich nicht gemeldet habe", erklang Arons tiefe Stimme über mir. In diesem Augenblick war mir das vollkommen egal, weil ich mich einfach nur freute. „Wärst du nicht eingeschlafen, dann hättest du ihn heute Nacht noch gesehen", kam leise von Vater. „Er ist ein Sklaventreiber", jammerte ich. Aron schob mich liebevoll zum Tisch. Ich konnte es nicht fassen, dass er gerade neben mir Platz nahm. Ich kniff mir verstohlen in meinen Arm, doch er blieb an meiner Seite sitzen. Lieb lächelte er mich an.

„Ich muss dir, bevor das mit uns weitergeht, ein paar Dinge erzählen, da die Presse es sonst herausfindet und die hat es manchmal nicht ganz so mit der Wahrheit", fing Aron an. Besorgt musterte er mich. Ich lauschte ihm gespannt. Solange er niemanden umgebracht hatte, konnte es nicht so schlimm sein. Aron holte tief Luft, ohne Umschweife fing er an zu erzählen: „Ich habe zwei Geschwister. Einen älteren Bruder, zu dem der Kontakt vor Jahren abbrach und eine Schwester. Sie ist dreiundzwanzig und leidet an Multiple Sklerose. Im Augenblick geht es ihr gut, aber sie bekommt keinen richtigen Job und deswegen muss ich ihr oft finanziell helfen, da die Krankenkosten sehr hoch sind." Ich nickte ihm verstehend zu. Über die Krankheit wusste ich nahezu nichts, aber das war kein Problem, das man nicht bewältigen könnte. „Kann sie daran sterben?" Das wäre wirklich schlimm, nicht für mich, sondern für ihn, denn dann würde ich für ihn da sein wollen. Aron schüttelte seinen Kopf. „Es geht nur um die Kosten, weil ich oft wenig Geld habe. Das wollte ich dir erklären." „Was ist mit deinem Bruder?" Er zuckte mit seinen Schultern. „Er wollte immer das große Geld machen und verschwand vor einigen Jahren spurlos. Ich habe absolut keine Ahnung. Aber ich befürchte, dass wenn er das mit uns herausbekommt, Kapital daraus schlagen will." Ich runzelte meine Stirn. „Na ja, dafür haben wir einen verdammt guten Anwalt." Vater sah mich zufrieden an. Doch Aron schien noch etwas zu beschäftigen. „Was ist noch?" Ich erwartete schon, dass er mir gleich etwas von einem Kind oder anderem erzählen würde. „Ich habe früher an illegalen Boxkämpfen teilgenommen, um mir mein Studium zu finanzieren", erklärte er entschuldigend. Ich fand seine ehrliche Herangehensweise wirklich gut. Mehr Vertrauen konnte er mir nicht entgegenbringen und vor allem fand ich schön, dass er mir damit zeigte, wie ernst ihm die Sache mit uns war. „Hast du jemals gewonnen?", grinste ich frech und erinnerte an unseren Versuch mit dem Baum und den Stäben. „Ich war richtig gut." Ich lachte glücklich auf und fiel ihm erneut um den Hals.

„Ähm, euer Training", knurrte Vater streng. Ich schmollte. „Hab die letzten Tage zu viel gearbeitet und jetzt ist Aron da!" Aron schnappte sich schnell etwas Brot und stopfte es sich klugerweise in den Mund. „Aufwärmen und dann wartet das Türmchen auf euch", lachte Vater. Ich schnaubte genervt und holte meine Kopfhörer. Aron folgte mir und zusammen zeigten wir uns Dehnübungen, denn er hatte auch ein paar gute auf Lager. „Welches Türmchen?", erkundigte sich Aron nach der halben Stunde. Wir standen die ganze Zeit über auf dem Burghof. Ich drehte mich um und schaute hinauf. Vater öffnete bereits die oberen Fenster. „Oh mein Gott." Aron starrte schockiert nach oben. „Hast du Höhenangst?" „Nein, nur Angst um dich." „Keine Sorge, ich kenne jeden Stein … mittlerweile." Langsam und bedächtig hangelte ich mich hinauf. „Die Maniküre war teuer!", fluchte ich auf halber Höhe. Meine Finger litten wegen der rauen Steine. „Ich zahle die nächste. Hopp!" Ich staunte nicht schlecht über Aron. Er musste eine unglaubliche Kraft haben. Er schaffte sogar mein Tempo zu halten.

Oben angekommen brannten meine Arme. Aron kam zu mir und fing an sie zu massieren. „Mpf … Das ist gut." Papa stand mit zwei kleinen Holzkisten da. „Viel Spaß." Ich verdrehte genervt meine Augen. „Das macht dir doch wirklich auch noch Spaß!", schimpfte ich ihn. Aron musterte die Schatulle. „Ja, macht es!" Vater joggte gemütlich nach unten. „Was ist das?"

„Komm einfach mit." Langsam gingen wir nach unten. Ich deutete auf den hochgewachsenen Efeu auf der Rückseite der Burg. An einer der Außenmauern schlängelte sich dieser nach oben. „Blätter zupfen und die Kiste voll machen … Man, hast du ein Glück." „Warum?" „Weil Klee kleiner ist." Dabei setzte ich mich auf die Wiese und zupfte meinen Klee. Das dauerte immer eine ganze Weile. Diese winzigen Blätter machten es einem aber auch wirklich nicht einfach. Wenigstens stand der Rasen nicht mehr so hoch wie am Anfang, damit erwischte ich diese kleinen Blätter einfacher.

Aron tauchte neben mir auf. „Was wird das?" Er schaute auf seine Blätter und schien sich albern vorzukommen. „Das brauchen wir zum Zaubern." Währenddessen befüllte ich weiterhin mein Kästchen. Aron musterte mich neugierig, sprach jedoch seine Fragen nicht aus.

Gemeinsam gingen wir zum Eingang zurück, begaben uns durch die Tür zum Keller und schließlich führte ich ihn zu der Kammer. „Zugang nur für Wächter. Nicht einmal die Mitarbeiter kommen hier runter." Aron staunte nicht schlecht, als wir vor der Holztür standen. „Ich muss dringend Deutsch lernen", da die Innenschriften auf Deutsch oder Latein verfasst waren. „Mach mal auf." Ich machte einen Schritt zur Seite. Aron stieß vorsichtig die Tür auf und ging in das große Gewölbe. „Ich komme mir vor wie bei Merlin dem Zauberer." Ich stellte mein Kästchen auf den Tisch. Vater kam mit dem Gasbrenner. Wieder holte er die flache Metallschale, goss diese Flüssigkeit darauf und etwas von dem Efeu. „Finger", grinste Vater und piekte den armen Aron. Ich fing an meinen Klee auf einen Faden zu ziehen, damit er trocknen konnte, denn von der Farbe hatte ich noch ausreichend auf Lager.

Vater ließ das Ganze einkochen und verschwand in einer der hinteren Ecken. Mit einem Füller kam er zurück. „Meiner ist nicht so schön." Vater übergab Aron einen mit Gold verzierten Füller, meiner hingegen bestand nur aus schlichtem Holz. „Du hast den von meinem Vater. Deinen nutzte ich oft selbst ... Der hier ist von deiner Großmutter." Ich betrachtete den Füller. Vater spülte diesen aus, reinigte ihn und gab die Flüssigkeit hinein. Gespannt beobachtete Aron Vaters Treiben. Vater erklärte ihm jeden Schritt und wozu man das alles benötigte. Aron ließ sich ohne Wenn und Aber auf die Sache ein. Das mochte ich an ihm. Auch wenn ich fürchtete, dass er zwar von uns ausgebildet werden wollte, mich dann aber anschließend verlassen würde.

„Aron, holst du noch Efeu?" Vater reichte ihm das Kästchen. Aron machte sich umgehend auf den Weg hinaus. „Können wir uns kurz unterhalten?" Ich nickte ihm zu. „Du magst ihn?" „Sehr. Es ist fast intensiver als bei David." „Das freut mich. Ich schlage vor, dass er in unsere Projekte miteinbezogen wird." Neugierig runzelte ich meine Stirn. „Warum? Was ist, wenn es mit uns beiden schiefgeht?" Denn da konnte man sich nie sicher sein. „Eben genau deswegen. Wir beziehen ihn als Partner mit ein. Wenn er viel lernt, können wir ihm ermöglichen auf eigenen Füßen zu stehen und sich einen Namen zu machen." „Was ist mit uns?" Klar verstand ich Vaters Idee. Ich liebte meinen Vater und irgendwie kam es mir erneut vor, als würde er sich von mir verabschieden. Nur eben nicht für ein paar Tage Urlaub, sondern für länger. Vater zog mich in seine Arme. „Ich werde viel in Italien sein und du bleibst immer meine Tochter." Dabei strich er mir liebevoll über mein Haar. Ich kuschelte mich an ihn heran. „Ach, Papa. Ich habe dich doch in der einen Woche schon so sehr vermisst." „Wir können uns doch jederzeit sehen … Wir haben noch ein anderes Problem", seufzte er. Ich schaute auf. „Welches?" „Wir müssten versuchen, ihn zu zweit zu erwecken, das wird schwierig." Er zog ein ledergebundenes Buch aus seinem Regal. Ich kannte es, da er es bereits mehrfach in der Hand hielt, als es um mein Ritual ging. Zumal wir damals dachten, dass wir Geister suchen müssten, um dieses durchzuführen. Zu meinem Glück fanden Vater und Adrian die beiden alten Wächter und alles wandte sich zum Guten.

Gemeinsam durchforsteten wir das Buch. Die alten Handschriften bereiteten mir noch immer Probleme, nur schwer konnte ich diese entziffern. Vater hingegen las sie schnell. „Da es geht. Aber es ist schwieriger." Ich runzelte nachdenklich meine Stirn. Wir könnten theoretisch auf den Begleiter verzichten, das war der Teil, welchen Vater bei mir übernommen hatte. „Wenn wir ihm alles vorher erklären", überlegte Vater weiter. „Dann geht es", murmelte er vor sich hin. Aron kam zurück. Er sah uns fragend an. Vater deutete mir, dass ich es ihm erklären sollte.

„Es gibt ein uraltes Ritual, bei dem wir erwachen. Es macht dich stärker. Die Zaubersprüche funktionieren besser und angeblich macht es uns immun gegen Dämonenblut. Das habe ich noch nicht versucht. Nur davor machte ich einmal dieser schmerzhafte Erfahrung … Zumindest bekommt man da eine Art Tattoo, Zeichen oder wie auch immer." Ich zog mein Shirt hoch und zeigte ihm das Kleeblatt auf meiner Schulter. Vater tat es mir gleich. Ich fand seine Lilie echt cool. Aron musterte uns. „Ich habe da …" Er zog sein Shirt hoch. Er trug Narbengewebe auf der Schulter. Ich vermutete, dass es Pockennarben waren. „Ich hatte ganz schlimme Akne." „Macht nichts. Die verschwinden alle. Ich hatte Brandnarben", seufzte ich und schüttelte meine schlimmen Erinnerungen ab. Aron kam auf mich zu. „Wie das?" „Erzähle ich dir einmal in Ruhe." Aron zog mich in seine Arme. „OK. Wann machen wir das?" Seine Entschlossenheit beeindruckte mich. „Sonntag?", schlug Vater vor. „Dann erst spät. Ich wollte Ian und Markus zum Abendessen einladen." „IAN?", fauchte Aron. „Wir haben uns auf Freundschaft geeinigt." Dabei klimperte ich unschuldig mit meinen Wimpern. „Bevor ihr weiter streitet … Da!" Vater reichte Aron Nadel und Faden. Ich schaute ihm dabei zu, wie er schweigend seine Blätter auffädelte.

„Eigentlich ist es verrückt", kam ein wenig verwirrt von Aron. „Ich weiß. Es ist als würden wir in einer anderen Welt leben." Aron nickte mir verstehend zu. „Wie war das für dich?" Ich überlegte einen Moment lang. Dabei erzählte ich ihm, wie ich erst vor einem Jahr von meinem Erbe sowie meiner Familie erfuhr. Erst hielt ich alle für verrückt, weil sie mich immer wieder nach Geistererscheinungen fragten. Aber irgendwann kam ich dahinter. Auch von der ersten Nacht in der Burg berichtete ich und wie Vater mir damals als Geist erschien.

Nachdem wir fertig waren, zeigte ich ihm die Burg. Wir gingen noch einmal die schmale Steintreppe zu dem Turm hinauf. Von da aus konnte man die Stadt Dresden bewundern. Mit einem Knarzen öffnete ich eines der Fenster. Ich deutete Aron, sich auf den Mauervorsprung zu setzen. Ihm stockte der Atem bei dieser fantastischen Aussicht. Dresden lag in einem weitläufigen Tal, nur die Elbe durchbrach die Stadt. Nicht einmal die Fahrzeuge sah man, jedoch die Wohngebiete, Teile der Altstadt und durch die weite Entfernung hörte man nur den Wind, welcher um den Turm pfiff.

Aron zog mich in seine Arme, es fühlte sich himmlisch an. „Meine Schwester würde es lieben. Sie wollte Innenarchitektin werden. Sie hat ein tolles Gefühl für Farben." „Mmmhhh, ich bräuchte eine für das Bostoner Geisterhaus." Aron reagierte nicht auf meinen Kommentar, vollkommen in Gedanken versunken, blickte er in die Ferne. Ich müsste ihn bestimmt noch einmal darauf ansprechen. „Was war in New York los?", erkundigte ich mich. Aron zuckte ein wenig zusammen, als hätte ich ihn aus seiner Welt voller Gedanken gerissen. „Ariane und ich haben dichtgehalten. Wir haben dir versprochen, dich nicht zu verraten, aber lügen wollten wir auch nicht. Also sprach man diesen Typen frei. Obwohl alle Beweise eindeutig waren. Ich verstand das Urteil der Geschworenen nicht und auch die Eltern der Kinder waren fassungslos. Wir wurden nicht suspendiert. Ariane ist nur in die Verwaltung versetzt worden und ich habe gekündigt." Ich drehte mich in seinen Armen zu ihm um. „Warum?" „Weil ich glaube, dass ich zu dir gehöre. Du hast damit recht, dass die Menschen dumm sind und vieles nicht sehen wollen. Ich wollte einfach bei dir sein. Der Prozess verlief so schrecklich, ich verlor den Glauben an das Rechtssystem. Auch wie sie die Opfer befragten, sie blieben nicht fair. Als würden sie daraus nur eine Show machen wollen." Traurig sah er in meine Augen. Ich strich ihm zögernd über seine Brust. Liebevoll senkte er seine Lippen auf meine. Es fühlte sich erneut einfach unbeschreiblich perfekt an. Zum ersten Mal spürte ich, dass er meinen Trost brauchte – dass jemand mich wirklich brauchte.

„Mmmhhh", machten wir gleichzeitig und lächelten uns glücklich an.

Am Nachmittag mussten wir uns für die Veranstaltung umziehen, nur dass wir dies in der Burg taten. Aron bekam ein Zimmer direkt neben meinem. Wir konnten sogar die Verbindungstür offen lassen. „Es wird viel Presse da sein", seufzte ich und steckte mir meine Haare kunstvoll nach oben. Ich prüfte mein Make-up. „Wirst du mich als dein Freund oder Angestellten vorstellen?" Seine Stimme erzeugte noch immer eine angenehme Gänsehaut. Ich spürte ihn hinter mir und verschluckte mich. Er sah in diesem schwarzen Anzug und dem weißen Hemd einfach zum Anbeißen aus. „Das entscheidest du." Er griff mit beiden Händen nach meiner Hüfte. „Für mich gibt es da nichts zu entscheiden." Sanft küsste er meinen Hals. Mein ganzer Körper kribbelte leicht. Ich legte meinen Kopf zurück, um diesen Anblick zu genießen. Wir gaben wirklich ein hübsches Paar ab. Vor allem war er so groß. Aron strich mir sanft über meine Arme. „Dann bist du mein offizieller Freund." Vater rief von unten, dass wir uns beeilen sollten. Ich atmete tief durch. Aron griff nach meiner Hand. Zusammen gingen wir nach unten. Vater hielt einen Fotoapparat in den Händen und machte ein paar Bilder von uns. „Ihr schaut einfach toll aus." „Du verhältst dich wie eine Mutter", kicherte ich. Vater schüttelte belustigt seinen Kopf und schoss ein Foto nach dem anderen. Ich genoss es und selbst Aron machte es nichts aus.

Er schien sich wirklich wohl zwischen uns beiden zu fühlen. „Sind wir dir nicht zu anstrengend?", hauchte ich leise neben ihm. Wir liefen unterirdisch zu der Tiefgarage. „Nein, ich finde es absolut aufregend." Seine Augen strahlten mich glücklich an. Er hielt mir die Tür vom Wagen auf. Vater setzte sich auf den Beifahrersitz und Walther fuhr uns in die Stadt. Aron konnte sich an der wunderschönen Semperoper nicht sattsehen. Wie immer leuchtete sie majestätisch in der Stadt. Auch die anderen alten Sandsteingebäude wurden durch Licht perfekt in Szene gesetzt. „Ich hätte mir nie zu träumen gewagt, nach Europa zu kommen." „Ich habe nie geträumt." Ich lag während der Fahrt glücklich in seinen Armen. Aron küsste mich auf meinen Haaransatz. „Dann träumen wir einfach zusammen." Er hob mein Kinn an und küsste mich liebevoll mit seinem zarten Mund. Walther hielt den Wagen unmittelbar vor dem roten Teppich an.

Ein Herr öffnete uns die Türen. Aron reichte mir seine Hand und schon prasselten die Blitzlichter der Kameras auf uns nieder. Ich hakte mich bei ihm ein, zusammen schritten wir über den roten Teppich. Ich strahlte meinen Aron glücklich an. „Ist das Ihr Freund?", riefen uns ein paar zu. Er legte seine Hand um meine Hüfte. Ich nickte den Journalisten verliebt zu. „Christian? Was sagen Sie dazu?" „Ich bin froh, dass meine Chrissi endlich einen netten Mann kennengelernt hat." Aron verstand leider nicht, worum es ging. Flüsternd übersetzte ich ihm. „Wo kommen Sie her?" „Amerika", antwortete ich für ihn. Schon fingen sie an, ihn auf Englisch zu interviewen. Aron stellte sich ihnen vor. Er erzählte, dass er Aron Clint hieß und siebenundzwanzig Jahre alt war. Dass wir uns während meines Aufenthaltes in den Staaten kennenlernten. Und wie er beschloss, an meiner Seite zu leben und es ihn deshalb nach Dresden zog. Beeindruckt sah ich ihn an. Er machte das wirklich gut. Er blieb ausgesprochen freundlich.

Wir gingen in das Hotel hinein. Aron staunte ein wenig, da es traumhaft luxuriös wirkte. Die funkelnden Kronleuchter schienen seine Aufmerksamkeit zu erregen. „Du kannst welche haben. Wir fanden einige." „Ohne Haus echt blöd." Er gab ein verlegenes Schmunzeln ab. „Ach, du bekommst noch ein Geschenk", erklang Vaters Stimme hinter uns. Ich musterte ihn neugierig. „Dir gefiel doch das Schloss bei Prag. Das habe ich bekommen." Ich quiekte auf und drückte meinen Vater. „Ihr könnt es nächste Woche unter eure Fittiche nehmen. Außerdem ist es ein weiteres Geburtstagsgeschenk für meinen größten Schatz." Vater betrachtete mich voller Stolz. Ich juchzte erneut auf. „Wir haben unser erstes gemeinsames Projekt!" „Schatzjagd?" Ich nickte aufgeregt. Aron schüttelte belustigt seinen Kopf. „Da bin ich mal gespannt."

Ian und Markus kamen auf uns zu. „Ach Mist. Jetzt kann ich dich doch nicht trösten", lachte Ian und begrüßte mich freundschaftlich. Er reichte Aron seine Hand. „Wenn du es versaust, schnappe ich sie mir." „Werde ich nicht." Markus drückte mich ebenfalls. Auch er reichte Aron seine Hand. „Mach keine Dummheiten", funkelte Markus ihn belustigt an. „Dafür bekommt Amerika unsere von Hoym", witzelte Ian. Die drei hielten sich ihre Hände auf die Brust. „Wenn sie jetzt singen, dann flüchten wir." Vater hielt sich bereits den Bauch vor Lachen. Er reichte mir ein Glas Champagner. „Bist du bereit?" Ich nickte ihm zu, straffte meine Schultern und lief zu unseren Bildern. Aron blieb bei den anderen beiden. Ich hätte nicht gedacht, dass die drei sich verstehen würden. Aber ich fand es einfach toll. Zumindest, dass sie es für mich versuchten.

Eine der Damen kam auf mich zu, reichte mir ein Mikro. „Alles ist fertig. Sie können den Abend eröffnen." „Sollten wir nicht noch warten?" Sie schüttelte ihren Kopf. „Es sind alle da. Sie gehörten zu den Letzten." Mit dem Mikro in der Hand, schritt ich in den weitläufigen Konferenzraum. „Wo ist denn der Galerist?", rief ich lächelnd aus. „Warten Sie!" Ich lachte. „Erst macht man mir hier Stress und jetzt kommt keiner." Ein paar andere lachten ebenfalls. „Chris? ... Nicht einmal mein Partner taucht auf." Ich hielt noch immer das Mikro in der Hand und nippte an meinem Glas. Vater kam zu mir gelaufen. „Sorry. Ich wurde aufgehalten." „Ich hoffe, sie war hübsch." Die Gäste lachten erneut. Vater schüttelte schmunzelnd seinen Kopf. „Ach und jetzt der Mann der Stunde ... Der Mann, der das hier alles möglich macht. Herr Schubert!" Unter tosendem Applaus kam der Chef der Galerie zu uns. Er nahm mein Mikro. „Nicht ganz, da die beiden hier im letzten Jahr wahre Wunder vollbracht haben. Immerhin haben sie so viel Kunst erstanden und aufarbeiten lassen, dass wir alle vollkommen fertig sind." Wieder lachten die anderen. Ich strahlte die Besucher an. Aron blickte aufrichtig stolz in meine Richtung. Vater griff nach dem Mikro. „Nachdem wir so viele Schätze gefunden haben, gibt es erst einmal eine schlechte Nachricht …" Allen stockte der Atem. „Wir kaufen gerade ein paar weitere Objekte." Das Publikum tobte. „Schlafen Sie jemals?", kam von Herrn Schubert. „Er lässt mich nicht." Dabei gähnte ich gespielt, was für erneutes Gelächter sorgte. „So nun. Hiermit eröffne ich den Abend. Wir, meine Mitarbeiter und ich, stehen Ihnen zur Verfügung und werden Ihnen gerne alle Fragen beantworten. Genießen Sie Ihre Zeit in Dresden." Herr Schubert verneigte sich und wir stellten uns auf unsere Positionen.

Alle applaudierten und kamen auf uns zu. Sie umringten uns, stellten hunderte von Fragen zu unseren Projekten und Ausstellungsstücken. Nach zwei Stunden konnte ich mich ein wenig losreißen. Ich schlich mich an Aron heran, welcher eifrig mit Markus sprach. „Hey, langweilt ihr euch?" Die beiden strahlten mich an. „Ach, ich wollte euch für morgen Abend einladen. Ich lasse euch abholen." „In deine Burg?" Ich nickte Markus zu. „Cool!" Aron zog mich in seine Arme. „Markus erklärt mir gerade Grundlagen über Kunst", raunte er und küsste mich liebevoll. Ian zupfte an mir. „Ich will das da!" Er zeigte wie ein kleiner Junge auf eines unserer Bilder. Ich griff nach Arons Hand. Zusammen gingen wir zu dem Gemälde. Ich prüfte das Exposé. „Achtzig." Dabei schaute ich zu einer der Damen. „Liegen Angebote vor?" Sie nickte. „Alle werden weggehen." Sie reichte mir eine Liste von Angeboten. „Ian, lass es, das ist schon bei über Hundert." Ian aber reichte ein Angebot ein und noch zwei weitere zu anderen Objekten. Ich schüttelte meinen Kopf. Er mochte blutige Jagdszenen, Folterbilder oder die mit nackten Frauen.

„Können wir reden?" Ich schreckte auf. David stand plötzlich bei uns. „Womit kann ich helfen?" „Könnten wir uns bitte einen Augenblick lang unterhalten?", schnaubte er und warf Aron einen abfälligen Blick zu. Ich verdrehte meine Augen und entschuldigte mich bei meinen Freunden. „Was soll der Scheiß!", fauchte er mich an. Ich runzelte meine Stirn. „Ich verstehe nicht." Auf solch ein Gespräch hatte ich bestimmt keine Lust. „Der Typ! Der ist nun wirklich nicht deine Liga!" „Das geht dich absolut nichts an!" „Du gehörst zu uns!", fegte David wütend. „Ach, aber du meldest dich ein ganzes Jahr lang nicht!" Ich wurde etwas lauter. „Du hast dich von mir getrennt!" „Weil ich diesen Mist nicht wollte! Außerdem hast du dich gegen uns entschieden!" Ich wurde richtig sauer. David zog mich blitzschnell an sich heran und presste seinen Mund auf meinen. Ich versuchte ihn wegzudrücken, doch er war einfach zu stark. „Nimm die Finger weg", knurrte Aron erschreckend tief an seiner Seite.

David drehte sich zu ihm um. Angewidert wischte ich mir meinen Mund ab. Vater kam ebenfalls angelaufen. „David, mach das noch einmal und ich kläre das!", drohte Vater. „Er?! Er gehört nicht zu uns!" David zeigte wütend auf Aron und warf mir einen abwertenden Blick zu. Anschließend drehte er sich um und stapfte davon. Aron zog mich in seine Arme. „Was ist denn mit dem los?" Vater sah David verwirrt nach. „Das würde ich auch gerne wissen." Der Schreck ließ nach, ich zitterte ein wenig. Aron strich liebevoll über mein Gesicht. „Dein Exfreund?" „Ja", murmelte

ich an seiner Brust. „Wie viele gibt es noch?" „Keinen."
Aron zog mich hinter sich her. Er führte mich zur Toilette.
„Dein Lippenstift." Ich schlich in die Damentoilette und
entdeckte, wie meine Lippen rot geschwollen schimmerten. Ich wischte die verschmierten Reste meines Lippen-
stifts ab und legte neuen auf. David hatte seinen ganzen
Zauber verloren, das Herzklopfen war gänzlich verschwunden und ich musste mir eingestehen, dass es sich
gut anfühlte. Eigentlich fühlte es sich seltsam an, doch
Aron war einfach so viel mehr. Er wollte mich und er löste
dieses atemberaubende Kribbeln aus. Ich ging raus und fiel
ihm in die Arme. „Schon besser." Er hauchte mir einen
Kuss auf die Stirn. „Bei dir werde ich kämpfen und vor allem gut aufpassen müssen." Ich liebte seine Stimme, seinen Duft und am liebsten würde ich mich mit ihm am Ende
der Welt verkriechen.

„War er dein erster?" „Du warst mein erster richtiger
Kuss", gab ich schüchtern zu. Aron starrte mich an. Er hob
mich hoch und küsste mich richtig. Unsere Münder verschmolzen miteinander. Das, was er in mir auslöste, fühlte
sich fantastisch an.

Nachdem er von mir abließ, brauchte ich erneut neuen Lippenstift. Aron musste sich nun ebenfalls säubern. Ich kicherte leise und schlüpfte zurück in die Toilette. Er reichte
mir seine Hand, als wir fertig waren. Gemeinsam gingen
wir zurück. Ich musste noch ein paar Fragen beantworten,
doch Aron wich nicht mehr von meiner Seite. Am Ende des
Abends blieben nur noch drei Bilder übrig. Außerdem nahmen wir noch einmal über fünf Millionen ein. Vater und
ich stießen mit einem Glas Champagner an. Aron schien
wirklich beeindruckt zu sein. Ian schnappte sich eines der
letzten drei Bilder, aber nur, weil er nicht mit leeren Händen nach Hause wollte. Dafür bekam er es günstiger.

Vollkommen erschöpft erreichten wir mitten in der Nacht die Burg. Aron hob mich in seine Arme und trug mich in mein Zimmer. „Gute Nacht." „Schläfst du nicht bei mir?" Er musterte mich. „Aber wir bleiben anständig", betonte Aron. Ich verdrehte meine Augen, löste den Knoten in meinen Haaren. Aron beobachtete mein Treiben, atmete tief durch: „Baby, das fällt mir bei dem Anblick echt nicht leicht." Ich lächelte ihn an. Bei ihm fühlte ich mich schön, irgendwie begehrenswert. Er sah mich als Frau. Ich legte meinen Stift zur Seite. „Komm schon. Ich suche mir auch ein ganz hässliches Shirt raus." Aron seufzte und verschwand in seinem Zimmer. Ich schlüpfte schnell unter die Dusche und zog mir brav ein Höschen sowie ein Shirt an. Meine Haare ließ ich nachts gerne offen und kroch in mein großes Bett. Aron kam ebenfalls unter die Decke geschlüpft, zog mich in seine Arme, küsste mir lieb auf meine Wange und betrachtete mich eingehend. „Erzähl mir etwas von dir", hauchte er leise. Ich sprach flüsternd von meinem Erbe, wie ich Vater traf und wie er wieder zum Leben erwachte. Auch ein bisschen darüber, dass ich lange in Heimen und bei Pflegefamilien lebte. Aron strich mir immer wieder zärtlich über meine Arme. Sanfte Küsse hauchte er auf meinen Hals. Ich kuschelte mich ganz eng an ihn und schlief irgendwann erschöpft ein.

Am Morgen erwachte ich. Er hatte sich komplett um mich herum gewickelt. Ich versuchte mich zu drehen. Doch er murmelte nur vor sich hin. Ich kicherte leise, weil es einfach süß war. Wie konnte sich dieser wundervolle Mann nur für mich interessieren? Er war einfach zu perfekt, um überhaupt real sein zu können.

Irgendwann schaffte ich es, dass ich ihn wenigstens ansehen konnte. Feine Bartstoppeln warfen einen Schatten auf sein Gesicht. So entspannt hatte ich ihn noch nicht erlebt. Auf seiner Brust wuchsen feine Härchen. Schüchtern zeichnete ich seine Muskeln nach. Ich seufzte leise, küsste zögernd seine starke Brust. „Mmmhhh", machte er genießend. Meine Hand wirkte richtig käsig im Vergleich zu seiner braunen Haut. Erneut hauchte ich einen Kuss auf seine Brust und sog seinen männlichen Duft tief in mir auf. Ich legte mein Gesicht kuschelnd auf seine Haut. Ich konnte es einfach nicht glauben, dass dieser schöne Mann in meinem Bett lag. Vor allem wollte mich dieser beeindruckende Mann am Vorabend vor David beschützen und er war auch noch wie ich - ein Wächter. Manchmal hatte vielleicht auch ich so etwas wie Glück.

Seine Hand wanderte unter mein Shirt. Liebevoll strich er über meinen Rücken, seine Finger massierten leicht meine Haut. Es fühlte sich wie der Himmel auf Erden an. Er regte sich neben mir. „So möchte ich ab sofort immer geweckt werden", murmelte er verschlafen. „Ich hätte dich liegen lassen, aber ich kam einfach nicht weg." „Das war von langer Hand geplant." Ich hörte ihn schmunzeln. „Ah ja und was ist der nächste Plan?" „Meiner Freundin nach dem Frühstück beim Joggen auf den Hintern zu schauen." Ich lachte laut auf. Verwirrt musterte er mich. „Als wir in New York aneinandergestoßen sind und du losgingst, habe ich genau das getan." Aron zog mich fester in seine Arme. „Ich wollte dich wiedersehen und fand dich nicht mehr. Dann wurde ich dir zugeteilt und hätte dich da schon am liebsten um ein Date gebeten. Als du angeschossen wurdest, war ich vollkommen überfordert ... Aber richtig gefunkt hatte es, als du uns in den Kindergarten gebracht hast. Da war ich absolut hingerissen von dir und musste dich noch einmal sehen. Gut, dass ich dich in der Disko fand." Ich küsste sein kantiges Kinn, während er sprach. „Wenn du mich auf Kaffeeentzug erleben willst, mach nur so weiter", lachte ich. Nur schwer konnten wir uns voneinander lösen.

Zusammen liefen wir glücklich nach unten. An meinem Gedeck lag eine Mappe. Ich quiekte glücklich auf, als ich die Unterlagen über das alte herrenlose Gruselschloss bei Prag entdeckte. Aron schaute mir über die Schulter. „Das ist ja mal schön. Darf ich es fotografieren?" Ich schaute verwundert zu Aron. „Das war mal ein Hobby. Leider verdient man damit kein Geld." Ich sah zu Vater und grinste. „Klar!", freute ich mich. Denn dann könnte ich ihm eine schöne Kamera kaufen. „Euer erstes Projekt. Aber am Freitag ist diese Gala von der Zeitung. Da müssen wir hin." Ich schmollte bei dieser Information, da ich dort wieder auf David treffen würde. „Ich hab mit Adrian gesprochen. Er wird dich in Ruhe lassen. Es gibt nur ein Problem", murmelte Vater hinter seiner Zeitung. Ich griff nach meinem Kaffee. „Welches?" „Noah ist aus dem Gefängnis vorzeitig entlassen worden. Er hat ja auch nur zwei Jahre wegen Beihilfe zum Betrug bekommen." Ich starrte entsetzt meinen Vater an. Er legte seine Zeitung weg und musterte mich besorgt. „Der wird nicht gegen dich ankommen." Ich schluckte. „Aber er hat unglaublich viele Helfer." Aron versuchte uns zu folgen, doch wir sprachen auf Deutsch. „Wer ist Noah?" Vater erzählte ihm in Kurzform, was geschehen war. „Der klingt noch weniger spaßig als der von gestern." Ich nickte Aron bestätigend zu. „Der ist echt gefährlich." Dabei blies ich in meine Kaffeetasse. Aron strich mir liebevoll über den Rücken. „Das wird schon", murmelten die beiden gleichzeitig, nur in anderen Sprachen. Darüber konnte ich schon wieder schmunzeln.

Aus reinem Frust beschloss ich, etwas länger als üblich zu laufen. Aron joggte wirklich mit mir mit. Wir liefen über eine Stunde und kamen durchgeschwitzt bei der Burg an. Vater bat mich noch um eine Blutspende. Währenddessen erklärten wir Aron ein paar Details über die Erweckung und wozu man das Blut sonst noch brauchte. Er lauschte gespannt und stöberte zeitgleich durch das Gewölbe. Neugierig betrachtete er die vielen Gläser und Röhrchen. Hin und wieder ließ er sich den Inhalt übersetzen und wiederholte leise die deutschen Begriffe. Vater meinte, dass wir mit seiner Erweckung in der Nacht anfangen sollten, nachdem unsere Gäste gegangen waren. Wir stimmten zu und er würde sich um Arons Einweisung kümmern.

Am späten Nachmittag kamen Markus und Ian. Walther holte sie ab. „Der Fahrer passt irgendwie dazu", schmunzelte Ian und überreichte mir eine gute Flasche Wein. Markus reichte mir eine Packung mit winzigen Törtchen darin. Diese durften als Dessert dienen. Auch die beiden bekamen eine kleine Führung durch die Burg. Anschließend hatte ich noch etwas für sie. „Kommt mal mit." Ich führte sie in das Arbeitszimmer und suchte die Schachteln mit den vielen Fotos heraus. „Ihr sucht doch alte Akte und Bilder? Schaut mal, was ich hier habe." In einem der Häuser fanden wir Unmengen an alten Fotos mit nackten Damen in vielen unterschiedlichen Posen. „Krass, sind die gut!", freuten sich beide. Zusammen durchstöberten wir die Bilder. Selbst Aron fand ein paar davon richtig schön. „Was willst du dafür haben?" Ian betrachtete die Bilder eingehend.

Vater stand in der Tür. „Lasst uns das beim Essen besprechen. Sonst killen uns die beiden Haushälterinnen noch." Er sah ebenfalls glücklich aus, weil er sich für mich freute. Ich hatte einen Freund, dem ich immer mehr verfiel und zwei gute Freunde gefunden.

Gemeinsam standen wir auf und schlenderten hinter meinem Vater her. „Warum komme ich mir bei dir immer viel jünger vor?", wunderte sich Markus. „Keine Ahnung." Die beiden schüttelten ihre Köpfe. „Weil unsere Naddi keine Allüren besitzt und auch sonst eher bodenständig ist!", rief uns Vater aus dem Essbereich zu. Zusammen setzten wir uns an den großen Tisch. Wir sprachen angeregt über die Bilder und über das Bostoner Geisterhaus. Auch von dem Gruselschloss erzählten wir. Die beiden würden am liebsten mitmachen, doch sie hatten ihre eigenen Projekte. Am Ende des Abends schenkten wir ihnen die Bilder und glücklich verließen sie uns. Wobei wir uns schworen, uns sobald wie möglich wiederzusehen.

Kapitel 9

Vater und Aron verschwanden nach oben. Ich holte mir meinen schwarzen Wächtermantel, zog diesen an und wartete. Aron musste den weißen tragen, welcher kein Emblem besaß. Erst nach der Erweckung bekam man den schwarzen, der die Blume des jeweiligen Wächters trägt. Während des Wartens durchstöberte ich die alten Bücher und fand eine Aufzeichnung von dem Mann, welcher ebenfalls Efeu als Symbol getragen hatte. Staunend las ich was darunter stand.

Efeu als Symbol der Unsterblichkeit. Der Ritter Johann trug als Wächter stolz dieses Zeichen. Geboren wurde er im Jahre 1723 n. Chr. Nur seinen Tod konnte man nie feststellen. Seine letzte Begegnung fand 1875 in Prag bei einer Versammlung der Wächter statt. Bereits damals wirkte er sehr verwirrt und schien den anderen nicht mehr folgen zu können. Er nannte eine Burg sein eigen, in der er mit seiner Frau lebte. Seine zwei Kinder starben früh.

Ich erschrak, als die beiden hereinkamen. Vater nickte mir zu und ich ging zu dem schweigenden Aron. „Er wünscht, dass du ihm beistehst", informierte mich Vater lieb. Ich atmete tief durch. Hoffentlich tat das nicht noch einmal so weh. Aber für Aron würde ich es irgendwie durchstehen.

Vater öffnete die hintere Kammer. Ich zündete schweigend die Fackeln an, sodass ich die beiden einmal umrundete.

Nur das Knistern der Fackeln, unsere leisen Atemgeräusche hallten gespenstisch in der Kammer. Vater deutete Aron, an der Stelle Platz zu nehmen, an der auch ich damals gesessen hatte. Aron kniete sich hin. Vater nahm ihm den weißen Mantel ab. Auch er trug diese dicke Bandage am Unterleib. Ich zog meinen Mantel aus, mein Shirt musste ebenfalls weichen. Aber meinen BH durfte ich anlassen. Ich kniete mich vor ihn hin. Vater hatte bereits im Vorfeld die Schüssel vorbereitet. Ich piekte mich selbst in den Finger und gab einen Tropfen meines Blutes ab. Aron musste drei geben. Vater band Aron fest, damit er nicht seinen Platz verließ. Ich lernte im letzten Jahr, dass man festgebunden wurde, weil sonst die Seele nicht zurück in den Körper finden würde, wenn der Wächter den Platz verließe. Der Dampf des Tranks stieg mir in die Nase. Wie damals verschwamm alles um mich herum, wie in einem Rausch nahm ich die Stimme meines Vaters wahr. Dumpf und angenehm erklang sie aus der Ferne. Sein Murmeln verfiel in einen gleichmäßigen Rhythmus.

Matthäus las damals aus einem Buch vor, doch Vater schien diese Verse auswendig zu können. Ich hörte heraus, dass er Gott und die Ahnen beschwor, damit er über das Licht der Welt wachen könne. Dass er die Dämonen vertreiben und die Menschen vor den Verstorbenen zu bewahren vermöge. Ich trank einen tiefen Schluck. Aron machte es mir gleich. Vater legte auch mir die Fesseln an. Vermutlich könnte man sich sonst selbst verletzen. Vater murmelte weiter und alles um mich herum verschwand in einem undurchdringlichen Nebel.

Es fühlte sich an, als würden wir miteinander verschmelzen. Ich sah aus seinen Augen, fühlte seine Gedanken und

Emotionen, als seien es meine. Ich erkannte seine Geburt und wie er in den Armen seiner erschöpften Mutter lag. Sie war hübsch, stellte ich fest. Ich schaute in die glücklichen Augen seines Vaters. Dann aber änderte sich das Bild. Seine Kindheit war schön, nur sein Bruder schien merkwürdig zu sein. Er zog sich zurück, versteckte sich. Aron entdeckte seine Schwester zum ersten Mal. Er liebte sie inniglich, aber er wollte sie vor dem Bruder beschützen. Seine Schwester wurde älter und sein Bruder fing an, sich ihr zu nähern. Aron litt, denn keiner glaubte ihm. Das Gefühl kannte ich. Es tat ihm weh. Doch wenn sein Bruder an seinem Zimmer vorbeischlich, war Aron immer schneller. Sie kämpften gegeneinander. Die Eltern wurden wach und so schien es oft vonstattengegangen zu sein. Dadurch wurde Aron stärker. Anfangs bekam er einiges ab, bis er lernte schneller und stärker zu werden. Mit sechzehn verliebte er sich in ein Mädchen, aber sie betrog ihn, was ihm das Herz brach. Sein Bruder schmiss die Schule hin. Er verstritt sich mit seiner Familie. Scheinbar mussten seine Eltern dahintergekommen sein. Aron schloss mit sehr guten Noten ab. Aber seine Schwester wurde krank. Er fing an zu kämpfen. Für sein Studium, für seine Schwester, für seine Familie, da er sich an den Rechnungen für die Ärzte beteiligte. Ich sah Mädchen, die er nahm, jedoch nie wirklich liebte. Denn er fühlte sich noch immer von seinem Bruder und seiner ersten Liebe betrogen. Seine Anfänge bei dem FBI. Durch die Kämpfe waren sie auf ihn zugegangen. Ich beobachtete die harten Trainingseinheiten. Während der Ausbildung entdeckte er seine Gabe. Geister halfen ihm die schwierigen Fälle zu lösen. Damit kam er in diese spezielle Einheit. Er stieß mit einem Mädchen zusammen. Ich sah in meine blauen Augen und spürte wie sein Herz schneller schlug. Noch immer saß der Verrat seiner ersten

Liebe tief. Er fand mich in dem großen Konferenzraum sitzend vor. Alle schienen mich für verrückt zu halten. Doch er blickte in meine Augen. Ich sah mich selbst blutüberströmt. So schlimm hatte ich es nicht empfunden, aber für ihn waren es furchtbare Qualen gewesen. Er zweifelte plötzlich an Gott, an allem, da er das Mädchen in den Armen hielt, welches ihn faszinierte. Er suchte endlich Geborgenheit, wollte es wagen zu vertrauen. Es folgte, wie er sich mit Vater stritt, wie er mich im Geisterhaus besuchte und ich ihn endgültig verzauberte. Er zweifelte an sich selbst, dass er nicht genug sei. Doch als er bei der Geiselnahme meine Stimme hörte, ich ihnen half, da beschloss er, es einfach zu wagen. Er suchte mich. Ich entdeckte mich selbst tanzend und fand es nicht einmal schlecht. Ian, wie er seine Hand auf meinen Bauch legte. Aron nahm all seinen Mut zusammen und zog mich hinter sich her. Unser erster Kuss. Für ihn war er genauso schön, wie für mich. Wie er mich zum Flughafen brachte und am liebsten mit in den Flieger steigen wollte.

Die Verhandlung, wegen der er bleiben musste und die Enttäuschung über die Geschworenen. Er verstand seine Welt nicht mehr und wünschte sich nur noch zu dem Mädchen, das ihn verzauberte. Am Freitag fand er mich schlafend in dem Hotel. Er hob mich in seine Arme. Vorher vergewisserte er sich bei Vater, dass ich nicht krank bin und trug mich behutsam ins Bett. Er hatte mir wirklich beim Joggen auf den Hintern gesehen.

Schwer keuchte ich, als diese Verbindung abbrach. In der Ferne hörte ich Aron schreien. Ich wollte ihm folgen, doch ich sackte selbst zusammen und landete viel zu schnell in meinem Körper. Die Schwere meines eigenen Ichs schien mich fast zu erdrücken. Es fühlte sich nicht schmerzhaft an, eher wie ein schwerer, dumpfer Druck. Laut atmend kam ich wieder zu mir, kühl lag der Schweiß auf meiner Haut. Merkwürdig fühlte es sich an, wieder im eigenen Körper zu stecken, sich selbst zu spüren. Das eigene Gewicht des Fleisches, der Knochen, das Fühlen der Haut wahrzunehmen.

Nachdem ich halbwegs wieder zu mir gefunden hatte, sah ich zu Vater, welcher nun mit dem Buch dasaß und weiter vor sich hin murmelte. Er führte ihn durch die Dunkelheit. Als würde er ihn wieder zusammensetzen. Aron hing vollkommen leblos da. Es dauerte, bis ihn ein gleißendes Licht ergriff. Aron bäumte sich auf, schrie aus Leibeskräften. Das war der Moment, in dem man zurückkam, als würde man neu geboren werden. Auch wenn ich wusste, welche Qualen er gerade durchlitt, fand ich es auf eine merkwürdige Art schön. Man konnte haargenau sehen, wie sein Körper sich veränderte. Seine Muskeln zeichneten sich etwas stärker ab, seine Haut schien sich zu verjüngen, winzige Narben verschwanden. Nur das Leuchten an seiner Schulter verschwand sehr langsam. Ich konnte das Tattoo zwar nicht sehen, aber es würde mir bestimmt gefallen.

Vater band mich los. Anschließend Aron, der restlos zusammensackte. Ich küsste ihn auf seine Schläfe und sah das Efeublatt auf seiner Schulter leuchten. Es schien sich noch einzubrennen. Vorsichtig deckte ich ihn mit seinem Mantel zu. „Lass ihn schlafen. Wir warten oben", flüsterte Vater mir zu. Ich schnappte mir mein Shirt und folgte ihm gähnend. „Wie spät ist es?" „Drei Uhr." Auch Vater schien endlich einmal erschöpft zu sein. „Wir legen uns auf das

Sofa." Ich nickte ihm zu. Doch als wir gerade oben ankamen, hämmerte jemand panisch an unsere Tür. Ich zog
meinen Stab. „Warte, ich sehe nach!" Trotzdem blieb ich
direkt hinter Vater.

„Helft uns!" Hörte ich da etwa Katharina? Ich blickte verstört an Vater vorbei. David und Katharina hielten Daniel
zwischen sich. Er konnte sich nicht mehr auf den Beinen
halten. Vater hielt die Tür weit auf. „Esszimmer! Auf den
Tisch!" Julius tauchte hinter ihnen auf. Er wollte auch rein,
stieß jedoch gegen eine unsichtbare Mauer. „Du solltest
draußen warten! Dunkler Jäger", schnaubte Vater und verschloss die Tür vor dessen Nase. „Cool", murmelte ich und
folgte den anderen ins Esszimmer. „Wir waren auf Burg
Stolpen ... Die Dämonen griffen an ... Es sind fünf und wir
bekommen sie nicht in den Griff." Katharina klang wirklich verzweifelt. Vater lief in sein Arbeitszimmer. „Was
war das für einer?", fragte ich und betrachtete Daniel eingehend. Er sah schlecht aus. Sein Gesicht wirkte auffallend
blass, als würde ihm etwas die Energie aus dem Körper ziehen. „Platinum", informierte mich David. Ich schaute zu
ihm auf. „Die laufen noch frei rum?" Die beiden nickten.
„Es sind noch über fünfzehn Jäger vor Ort, aber wir bekommen sie nicht in den Griff!", kam noch immer verzweifelt von Katharina. Ich schüttelte meinen Kopf und rannte
nach unten, während sich Vater an Daniel zu schaffen
machte. Ich suchte in Vaters Sammelsurium nach Platin
und fand einen Ring. Auch brauchte ich eine starke Zange,
welche ich ebenfalls einsteckte. Außerdem stöberte ich
nach Kisten und fand eine, die ich unbedingt benötigte. Ich
schlich noch schnell zu Aron, hauchte ihm erneut einen
Kuss auf die Stirn. Der schlief noch tief. Mit der Kiste
machte ich mich auf den Weg nach oben und stellte sie im

Eingangsbereich ab. Die anderen beiden Sachen nahm ich mit.

„Die Kiste am Eingang … Nehmt die Kristalle und verteilt sie um die Burg Stolpen herum. Dann haben wir Ruhe. Wir erledigen das morgen bei Sonnenuntergang. Lasst uns mit Daniel alleine … Wenn ihr das erledigt habt, könnt ihr ohne Julius zurückkommen." Katharina lief schnell zu der Kiste. David blieb bei mir stehen. Er griff nach meinem Arm. „Danke … Wo ist dein Freund jetzt?", fügte er abschätzig hinzu und lief ebenfalls raus. Ich gab ein genervtes Schnauben ab. „Was hast du da?" Vater sah prüfend meine Sachen an. Eine schwarze Masse wickelte sich um Daniels Unterarm und schien sich ganz langsam zu seinem Herzen hinaufzuarbeiten. „Platin und Zange." „Sehr gut." Schweigend durchbrach ich den Ring, was schwerer als gedacht war. Vor allem musste ich ihn auch noch aufbiegen. Vater musterte mein Werk. „Das muss reichen." Er öffnete das Zwielicht. Schon wurden wir in den grauen Nebel getaucht. „Jetzt!", fegte Vater angespannt. Er zog eine weitere Münze aus der Tasche. Ich stach mit dem Platin in die schwarze Masse. Vater drehte die zweite Münze. Verdammt schnell sausten wir hinab in eine abgrundtiefe Dunkelheit. Er leuchtete uns mit einer Taschenlampe. Die dunkle Masse löste sich nur sehr langsam von Daniel. Sie schien zu kochen, brodelnd löste sie sich auf. Ein widerlicher Gestank umgab uns, denn wir befanden uns inmitten der Unterwelt. Vater stoppte die Münze.

Schon sog es uns nach oben. Mein Magen rebellierte. Vater bremste auch die andere Münze. Ich schaffte es nicht und übergab mich mitten im Esszimmer. „Scheiße." Aber auch Vater wirkte grün um seine Nase herum. Ich torkelte zur

Küche und wischte meine Sauerei selbst auf, anschließend spülte ich meinen Mund mit Wasser. Ich musterte Daniel. Schon das zweite Mal führte uns Vater an diesen schrecklichen Ort. Das erste Mal war in meiner Ausbildung zur Wächterin. Wieder klopfte es an der Tür. „Ich gehe." Daniels Arm sah wesentlich besser aus, nur leichte Verbrennungen zeigten das Erlebte. „Komm rein." Ein besorgter Adrian stand vor der Tür. Ich wischte mir müde über meine Augen. „Stehst du oder halluziniere ich?" „Ich kann seit einem Jahr gehen. Dein Vater heilte mich." Dabei drängte er sich an mir vorbei, um zu seinem Sohn zu gelangen. Ich schloss die Tür und ging gähnend hinterher.

Vater und Adrian hoben Daniel auf mein Sofa. Ich rollte mich auf dem Sessel zusammen. Wieder klopfte es. „Jetzt nervt es", schnaubte ich und ging zur Tür. David stand alleine davor. „Die Kristalle funktionieren." „Sagte ich doch." „Wie geht es ihm?" „Geh selbst schauen." Ich war langsam wirklich mit meinen Nerven am Ende. Ich brauchte meinen Aron und endlich erholsamen Schlaf. „Oh mein Gott, warum stinkt das hier so?", schimpfte David. Ich schlich an ihm vorbei und rollte mich auf dem Sessel zusammen. David ging zu seinem Bruder, betrachtete ihn besorgt. „Schaut gut aus, wie habt ihr es gemacht?" Vater und ich warfen uns verschwörerische Blicke zu. Er hielt zufrieden ein Reagenzglas hoch, schnitzte an dem Ring, löste etwas von dem Platin. Ein winziges Stück Metall fiel in das Röhrchen. Schnell begann die Masse in dem Glas zu brodeln, bis sie sich zu einer Flüssigkeit reduzierte. Vater öffnete es noch einmal. Es zischte und anschließend trug er es nach unten. Damit bekam er wieder etwas mehr Dämonenblut für seine Sammlung. Ich schloss gerade meine Augen, als es schon wieder gegen unsere Tür hämmerte. „Ihr könnt mich alle mal." Trotzdem machte ich mich zur Tür auf. Ein Mädchen in meinem Alter stand davor. „Ist Daniel hier?" Ich nickte. Doch auch sie stieß gegen die durchsichtige Mauer. „Blöd aber auch." „Lasst mich rein!", kreischte sie. Vater stellte sich zu mir. „Es geht ihm gut. Wesen, die schlechtes im Sinn haben, kommen hier nicht rein." Er stieß ihr die Tür vor der Nase zu. Vater und ich gingen zurück ins Wohnzimmer. „Ihr habt ein echtes Problem", schnaubten wir gleichzeitig. Erneut rollte ich mich auf dem Sessel zusammen. Vater sprach mit den beiden über das böse Mädchen und erklärte, dass Daniel noch einige Stunden schlafen würde. Ich döste ein.

Jemand strich mir übers Gesicht. Ich schaute verwirrt auf. Aron hockte vor mir und lächelte mich an. „Geht es dir gut?", erkundigte ich mich liebevoll bei ihm. „Alles in Ordnung." Er küsste mich auf den Mund. „Du riechst furchtbar?" Ich sah auf. Die anderen waren bereits verschwunden. Ich hörte Vater und Adrian im Arbeitszimmer sprechen. „Komm mit", flüsterte ich und zog ihn nach oben. Leise erzählte ich ihm was geschehen war. Auch, dass es eine Möglichkeit gab, in die Hölle zu gelangen. Die unangenehme Sache mit meinem Magen erklärte ich ihm ebenfalls. Schnell huschte ich unter die Dusche. Aron schlüpfte in sein Zimmer, da auch er sich frisch machen wollte. „Du solltest ein sehr weites Hemd oder Shirt anziehen!", rief ich rüber. Aber da hörte ich ihn schon zischen. Ich wartete. „Krass. Alle Narben sind weg und meine Haut ist perfekt." Ich schlenderte zu ihm und drückte mich an ihn heran. „Das warst du vorher schon." Liebevoll hauchte er mir einen Kuss auf meinen Kopf. Zusammen begaben wir uns nach unten und setzten uns an den Frühstückstisch.

„Ach, jetzt ist der Herr auch aufgestanden", zischte David auf Deutsch. „Ich schmeiße dich gleich raus." Er ließ sich auf einen der Stühle fallen. Aron belegte mir eine Semmel, welche ich lächelnd annahm. „Das war Noah", knurrte David erschöpft vor sich hin. „Das kann er nicht alleine gewesen sein", antwortete ich kauend. David funkelte mich finster an. „Du solltest dich schlafen legen. Es kann sein, dass wir euch brauchen", versuchte ich etwas freundlicher. Ich war eigentlich nicht sauer auf ihn. Nur die Enttäuschung saß noch und ich verstand nicht, was gerade mit ihm los war. David goss sich nachdenklich einen Kaffee ein und nahm sich ebenfalls etwas von dem Frühstück. Aron küsste mich sanft auf meine Schläfe. Ich reichte ihm den Kaffee, da zwei Kannen auf dem Tisch standen. Vater und Adrian setzten sich zu uns. Wenigstens die beiden schienen sich zu verstehen. Adrian gab Aron freundlich die Hand. Ich erklärte ihm, dass er Davids Vater war. „Aron und Naddi. Ihr legt euch noch mal hin. Die nächste Nacht wird nicht besser. Ich werde auch noch eine Runde schlafen", gähnte Vater. Ich nickte ihm verstehend zu. Nach dem Frühstück schnappte ich mir Aron und kuschelte mich mit ihm ins Bett.

Wir verschliefen den halben Tag. Erst am Nachmittag wurden wir wieder wach. „Ich komme mit", entschied Aron. „Eigentlich möchte ich das nicht. Aber da musste ich auch durch … Kleiner Tipp. Die Dämonen sind nach Stoffen aus dem Periodensystem benannt. Der Name ist der Schlüssel zur Waffe. Nur unsere Stäbe können alle gleichermaßen verletzen." Aron sah mich zufrieden an. „Dann brauche ich einen solchen Stab." „Das macht Papa bestimmt. Wir haben auch noch ein paar andere Sachen auf Lager." Ich küsste ihn auf sein Kinn. Mit ihm war alles so einfach, vor allem weil ich bei der Erweckung gesehen hatte, wie viel er wirklich für mich empfand.

Vater stand bereits unten und wartete auf uns. Er reichte Aron eine Tasche. „KO-Spray, Stab und noch zwei Kugeln für den Fall der Fälle", zählte er auf. Aron musterte den kleinen Metallstab. „Wie wird er groß?" „Erwache!" Dabei wurde meiner groß und ich übersetzte es ihm. Leider funktionierte es im Englischen nicht. „Versuche es auf Deutsch", bot Vater an. Ich sprach das Wort noch einmal langsam aus. „Erwache!", versuchte Aron. Er brauchte ein paar Anläufe, bis es aufblitzte. „Super. Wir nehmen die Motorräder", schlug Vater vor. Gemeinsam liefen wir nach unten.

„Du kannst Motorrad fahren?" Ich zuckte gelassen mit meinen Schultern. „Du doch auch", grinste ich frech und schaltete das kleine Navi an dem Lenkrad an. Auch bei Aron aktivierte ich dieses und gab die Adresse ein. „Nur für den Fall, dass wir uns verlieren." Vater reichte Aron einen seiner Helme. Ich zog meine dicke Lederjacke fest zu und stülpte mir ebenfalls einen Helm auf. Ich suchte laute Musik auf meinem Telefon raus, welches ich anschließend in meine Brusttasche stopfte. Vater schüttelte grinsend seinen Kopf. Am Anfang hatte ich Angst vor den Fahrstunden gehabt. Doch mit der Musik machte es mir dann auch Spaß. Ich schwang mich auf meine kleine Ducati. Das tiefe Brummen der Maschinen hallte durch die unterirdische Garage. Die Sonne ging gerade unter und wir schossen hinaus auf die Straße. Noch immer musste ich an Batmans Behausung denken, wenn wir aus der Garage fuhren. Ein paar Fußgänger starrten uns hinterher.

Auf der Autobahn missachteten wir die Geschwindigkeits-
begrenzungen. Ich staunte nicht schlecht, dass Aron mir
folgen konnte. Er zog seine Maschine hoch, sodass er nur
noch auf dem Hinterrad fuhr. Vater machte es ihm gleich.
Das ließ ich dann doch lieber bleiben, dafür schlängelte ich
mich gekonnt um die langsamen Fahrzeuge herum. Mit
fast zweihundert Sachen schossen wir über die Landstraße
und erreichten damit die Stadt Stolpen innerhalb einer halben Stunde. Wir fuhren langsam die Kopfsteinpflaster-
straße zur Burg hinauf. Die alte Festung erhob sich würde-
voll über dieser kleinen, hübschen, alten Stadt. Teilweise
war sie zerstört, da man die Steine der alten Burg zu anderen Bauzwecken abgetragen hatte. Aber dies lag schon
viele Jahre zurück.

Die Mauern der Burg ragten hoch über uns in den Himmel.
Sie wirkte wirklich etwas unheimlich. Vor allem lag in ihr
das Grab der Gräfin Cosel, eine von Hoym. Bis sie August
den Starken heiratete und diesem Kinder schenkte. Aber
ihr erstes Kind, welches sie in ihrer Jugend bekam, sei nie
aufgefunden worden. August der Starke verbannte irgendwann die Gräfin auf diese Burg, dort lebte sie viele Jahre
in Einsamkeit, bis sie im Alter von fünfundachtzig Jahren
verstarb. Angeblich habe ihr letzter Gedanke ihrem ver-
schollenen Kind gegolten. Deshalb spuke sie noch immer
auf dieser Burg.

Wir parkten die Maschinen vor dem Eingang. Man konnte
bereits die Schatten der Jäger erkennen. Ich schaute auf
und entdeckte ein grelles Aufleuchten. Meine Kristalle
hielten. Doch die Dämonen versuchten herauszukommen.
„Kommt mal her", kam verschwörerisch von Vater. Wir

rutschten zusammen. „Wenn wir das Problem erledigt haben, fahren wir sofort zurück und lassen uns auf keine Diskussionen ein. Die wollen uns noch immer." Aron sah uns fragend an. Aber für ausführliche Gespräche hatten wir wirklich keine Zeit. Ich zog meinen Stab. „Erwache!" Wieder blitzte er auf.

„Warum bringst du ihn mit?" David kam auf uns zu gerannt. Aron funkelte ihn entschlossen an. „Erwache!" Schon blitzte sein Stab auf. Ich schmunzelte, da David der Mund offen stehen blieb. Vater ging mit mir voran. Aron folgte uns, würdigte David aber keines weiteren Blickes. Ich tastete nach meinem KO-Zeugs für Dämonen. Wir liefen zu der Absperrung für die Touristen. Ich schwang mich hinüber. Aron brauchte nur einmal darübersteigen. „Das ist fies." Er schenkte mir ein Lächeln. Doch kaum waren wir in dem ersten Teil der Burg, hörten wir schon ein lautes, unheimliches Stöhnen. Ich drehte mich in die Richtung des Geräuschs. „Den nehme ich!", rief Vater und rannte los. Ich schüttelte meinen Kopf. Plötzlich spürte ich das Schlagen von Flügeln. Über mir befand sich ein drachenartiger Schatten. „Hübsch." Ich stellte mich in Kampfstellung und wartete auf das Monster. Dieses stürzte sich auf mich. Ich sprang zur Seite und stieß zu. Leider war das Vieh verdammt schnell, nur knapp verfehlte ich es. „Aron!" Etwas befand sich hinter mir und über mir griff der Drachendämon erneut an. Noch bevor ich blinzeln konnte, riss es mich von meinen Füßen. Ich schlug gegen eine Wand, keuchte laut auf. „Autsch." Doch der Dämon kam blitzschnell auf mich zu. Ich hielt meinen Stab und spießte ihn auf. Ein grauenvolles lautes Heulen ging von ihm aus. Der Dämon hing halb über mir. Ich zog ein Röhrchen und ließ die Flüssigkeit, welche an meinem Stab hinabfloss, hineinlaufen. Ich schraubte es zusammen, schob es in meine Tasche und stieß den Dämon von mir weg. Lange blieb der bestimmt nicht so. Auch wenn unsere Stäbe magisch waren, so konnten wir sie nur ordentlich verletzen. Der aber schlief erst einmal.

Ich schaute zu Aron, welcher gerade unter dem Drachen lag. Ich nahm Anlauf und warf meinen Stab wie einen Speer. „Juhuuu!" Der Stab traf, bohrte sich schnell in den Körper des Monsters. Aron sah mich panisch an. Ich runzelte meine Stirn. War ihm das zu viel? Ich kreischte auf, da etwas über mir hereinbrach. Ein riesiges Ungetüm landete auf mir und begrub mich unter sich. Ich versuchte es weg zu drücken. Aber dieses blöde Vieh war viel zu schwer oder zu stark. Wie auch immer. Es drückte sich gegen mich. Ich musste nachgeben. Mit letzter Kraft schob ich meine Arme unter meinen Kopf, damit ich wenigstens noch etwas Luft bekam.

Dumpf hörte ich das Kreischen der Dämonen, um mich herum wurde es still. Seltsam fühlte es sich an, in der Ferne erklangen die Kampfgeräusche der anderen, nur ich lag abgeschottet unter diesem widerlichen Vieh. Der Dämon über mir rührte sich nicht mehr. Die Masse fing an zu schaukeln, jemand musste versuchen, mich zu befreien. Es dauerte ein wenig, bis ich endlich wieder frei atmen konnte. David, Adrian und Katharina standen bei mir. „Hi, schön, dass ihr es einrichten konntet." Ich stand auf, klopfte mir den Staub ab. Aron schaute mich geschockt an. „Geht es dir gut?" Er betrachtete mich kreidebleich. „Ja, sei beruhigt, so ging es mir beim ersten Mal auch." „Noch zwei", knurrte David. Er warf Aron einen abschätzigen Blick zu. Langsam gewöhnte man sich daran. „Zeig ihm, was du drauf hast." Dabei zwinkerte ich meinem Liebsten zu. „Die sind echt schrecklich", beklagte sich Aron. „Denk einfach dran, es sind keine unschuldigen Menschen. Es sind Monster und wir schicken sie nach Hause." Aron hob seine Augenbrauen. „OK. Neuer Versuch." Zusammen gingen wir auf den hinteren Hof. Durch einen runden Bogen passierten wir diesen. Einer der Türme baute sich gruselig dahinter auf. Zwei Jäger flogen uns gerade entgegen. Die beiden Dämonen schienen zusammen zu kämpfen. „Na ihr beiden, alles klar?", hörte ich Vater hinter mir. „Ja, wir schauen uns das nur an." David und Katharina griffen die beiden Dämonen an. Gekonnt schwangen sie ihre Waffen. „Die sind echt gut", kam nun etwas entspannter von Aron. „Wollen wir Punkte vergeben?", witzelte nun Vater. Katharina wurde getroffen. „1:0 für den Dämon", lachte Aron nun. Er legte seinen Arm um mich herum. „Dann reißen wir ihnen den Arsch auf." Vater und ich musterten Aron. Er reichte mir meinen Stab und rannte mit seinem los. Vater hielt mich zurück. „Lass mal David und Aron das machen. Bevor sie sich gegenseitig ihre Köpfe einschlagen." Wir setzten uns auf den kühlen Boden und betrachteten das Schauspiel. Aron und David schienen sich regelrecht zu duellieren, nur dass sie nicht gegeneinander kämpften, sondern gegen diese Kreaturen. Ein paar Minuten lang beobachteten wir die Kämpfe. Die beiden schlugen sich gut. „Wir haben nicht endlos viel Zeit", informierte mich Vater, welcher sich angespannt umsah.

Ein kühler Schauer lief mir über den Rücken. Nervös blickte ich mich um. Zwischen den Mauern, unterhalb eines Torbogens befand sich eine dunkle Gestalt. Ihr weiter Rock, der spitzenbedeckte Schleier verbarg ihr Gesicht. „Die Gräfin", hörte ich Vater leise neben mir. „Was will sie?" „Sie sucht ihr erstgeborenes Kind. Das größte Rätsel der Jäger." Ich schaute Vater fragend an, da ich die Antwort bereits ahnte. „Lassen wir es ihnen." „Hast du es gelöst?" Er nickte mir zu. „Wir sind es." „Aber warum erlösen wir sie dann nicht?" Das verwirrte mich ein wenig. „Weil die Zeit noch nicht gekommen ist. Ich weiß auch nicht. Es ist einfach ein Gefühl." Dabei legte er seinen Arm um mich herum. Aron und David kämpften noch immer gegen die beiden Dämonen. „Er stellt sich gut an, für einen Neuling." Adrian tauchte neben uns auf. Ich drehte mich um. „Wir sollten dem ein Ende bereiten. Die anderen Dämonen wachen auf." Vater nickte mir zu. Zusammen rannten wir los. Da die beiden Jungs die Dämonen ablenkten, brauchten wir nur unsere Stäbe zu werfen. Schon kippten diese riesigen Schatten um. Aron schnaubte empört. „Ich hatte ihn!" „Weiß ich! Aber die anderen werden wieder wach." Vater und ich rannten zu den anderen drei Dämonen. Wir besprühten sie mit dem KO-Mittel, dadurch erhielten wir etwas mehr Zeit und zerrten sie über den Hof. David, Adrian, Aron sowie ein paar andere halfen uns. Wir legten sie zu den anderen beiden. „Alle Jäger weg!", befahl Vater den Jägern.

Diese bildeten bedrohlich einen Kreis um uns herum. „Wir müssen uns anschließend unterhalten", kam von einem älteren. Ich schaute traurig zu David auf. „Wir brauchen euch. Seht ihr das denn nicht?" Ich schüttelte meinen Kopf bei Davids Worten. Zwar verstand ich noch immer nicht, wieso wir vor den Jägern flüchteten, dennoch fiel mir auf, dass zwei am Vortag nicht in unsere Burg kamen. Sie wollten uns etwas Schlimmes antun, nur den Grund kannte ich dafür nicht.

Vater schaute zu der Burg hinunter. Er schien sie auszumessen. „Bleibt bei mir! Das wird hässlich." Ich nahm Aron an die Hand. „Wenn es dunkel wird, bleibst du einfach bei mir", flüsterte ich ihm kaum hörbar zu. Aron drückte meine Hand. Vater drehte die Münze für das Zwielicht. „Da kommen wir auch hin!", schnaubte einer der Jäger. Mir fiel auf, dass alle mich anstarrten. Was brauchten sie von mir? Was führten sie im Schilde? Sie folgten uns ins Zwielicht. Zum ersten Mal erkannte ich, dass auch sie nicht im Schleier verblassten. Zu gerne hätte ich mehr beobachtet, mehr erfahren, aber Vater drehte die zweite Münze. „Aber dahin nicht!" Erneut riss es uns hinab. Nur die Leiber der Dämonen folgten uns in die Finsternis. Sie gehörten in die Hölle und nur diejenigen, die nichts an diesem Ort zu suchen hatten, durften wieder hinauf. Zumindest stand es so in einem von Vaters Büchern.

Vater griff nach meiner freien Hand. „Lauft!" Wir rannten los. Auch wenn wir nichts sahen, führte er uns durch die tiefe Dunkelheit. Nicht einmal die Hand vor Augen hätten wir sehen können. Dieser grässliche Gestank brannte schrecklich in meiner Nase. Vor allem rebellierte mein Magen schon wieder. Ich hasste diese Ebenen. Ich stieß gegen Vater, welcher stehen geblieben war. „Kleinen Moment noch. Wir sind gleich oben." Ich hielt mir das Leder meiner Jacke vor die Nase. Aber das brachte rein gar nichts. „Das stinkt", jammerte Aron. Schnell zog es uns hinauf, wir landeten ein paar Meter hinter den Motorrädern. „Wartet", keuchte ich und übergab mich schon wieder. „Ist das scheiße", hustete ich genervt. Ich sah zu Vater und Aron auf. „Macht es euch nichts aus?" Die beiden schüttelten ihre Köpfe. „Kann an deinem Zustand liegen? Reine Wesen haben da absolut nichts zu suchen", überlegte Vater.

Ich schüttelte mich und lief zu meinem Motorrad. Wir hörten, wie die Jäger unser Verschwinden bemerkten. „Schnell!", fauchte Vater. Ich stülpte mir den Helm über. Die anderen beiden starteten bereits ihre Maschinen. Ich fluchte und schoss ihnen hinterher. Im Rückspiegel sah ich, wie die Jäger zu ihren Fahrzeugen rannten.

Ich zog den Gasgriff voll rum und raste hinter den beiden her. Im Rückspiegel entdeckte ich das Leuchten der Scheinwerfer der anderen. Ich konzentrierte mich auf die Straße. Schnell flohen wir zu unserer Burg. Die alten Garagentore aus Holz standen noch offen, als hätten sie auf uns gewartet. Vater zog an dem Hebel, damit sie sich verschlossen. Ich keuchte. Die Kälte war mir bis in die Knochen gezogen. Zitternd stieg ich ab. „Warum verfolgen die uns?", schimpfte Aron und zog mich in seine Arme. „Sie wollen uns, damit sie uns benutzen können", erklärte ihm Vater angespannt. „Wozu?" Ich verstand es manchmal auch nicht. „Damit wären sie unglaublich stark. Nichts würde ihrem Wunsch nach Macht mehr im Weg stehen. Doch unsere Aufgabe ist es das Gleichgewicht zwischen den Welten zu halten. Nicht mehr und nicht weniger." Ich konnte hören wie erschöpft Vater war, trotzdem bekam ich das Gefühl, dass er nicht alles erzählte. Aron hielt mich schützend in seinen Armen.

Gemeinsam gingen wir nach oben. „Ich verstehe euch langsam wirklich. Auch wenn es merkwürdig ist." Ich lächelte Aron erschöpft an. „Wie findest du die Dämonen?", fragte ich gähnend. „Paps, ich nehme ein Bad und gehe schlafen." „Ich auch. Wir reden morgen." Ich drückte ihn flüchtig. Aron zog ich hinter mir her. Oben stellte ich die Badewanne an und tat etwas duftendes Öl hinzu.

„Ich stand total unter Schock", fing Aron an zu erzählen. Ich nickte ihm verstehend zu. „Auf so etwas kann man einfach nicht vorbereitet werden." Ich zog mich vor seinen Augen aus. Anschließend schob ich ihm seine Jacke hinunter. „Das stellt alles auf den Kopf, was man je gelernt hat - Was man glaubte ... Als würde die Welt aus den Angeln gerissen werden." „Mmmhhh" Ich zog vorsichtig sein Shirt hoch und küsste ihn auf seine Brust. Aron zog mich an sich heran. „Was machst du da?" „Ich ziehe dich aus, damit du mit in die Badewanne kommst." Erneut küsste ich ihn auf seine Brust. Er atmete tief durch. Er strich liebevoll durch mein Haar und löste den Stift heraus. „Du stellst mich auf eine sehr harte Probe", raunte er tief und erzeugte erneut dieses sanfte Kribbeln in meinem Bauch. „Ich habe keine Ahnung, wovon du sprichst." Er funkelte mich belustigt an. „Ach so?" Aron küsste mich drängender. Ich spürte, wie er meinen Mund mit seiner Zunge liebte. Seine Hand wanderte an meinem Rücken hinab. Seine Berührungen fühlten sich fantastisch an, mein Herz fing an, aufgeregt in meiner Brust zu schlagen. „Mehr", hauchte ich. Aron knurrte leise. „Nein ... noch nicht." Ich schmollte. Noch einmal küsste er mich. „Langsam ... Ich will, dass es perfekt ist." Noch ein bisschen schmollend rutschte ich in die Wanne. Na gut, stinkend war es vielleicht wirklich nicht perfekt.

In der Wanne wurde mit uns beiden ziemlich eng. Ich setzte mich mit dem Rücken zu Aron, der mich zärtlich massierte. „Mit dir geht alles so unbegreiflich schnell", murmelte er noch immer nachdenklich. „Am Anfang hat mich auch alles förmlich erschlagen. Ich kam mir so dumm vor und vor allem hilflos. Jeder wollte etwas. Ich verstand gar nichts und nur so langsam schien alles einen Sinn zu ergeben", gestand ich ihm. Aron atmete tief durch. „Ja, dumm kam ich mir auch vor, als ich sah, wie du unter diesem Dämon eingeklemmt warst." „Ist nicht schlimm. Wenn du Zeit für dich brauchst, dann sag es einfach. Ich brauche das auch für mich." Ich legte meinen Kopf an seine Brust. Liebevoll strich er über meinen Bauch. „Ich möchte dich niemals verlieren", raunte er und küsste mich sanft auf meinen Haaransatz. Ich drehte mich um und fing an, seine Haare zu waschen. Er schmunzelte. Er verteilte Seife in seiner Hand, verrieb diese und massierte zaghaft meinen Körper damit. Ich schaute mir das Wasser an, welches noch immer klar war. „Eigentlich müsste es dunkelgrün sein, so wie wir gestunken haben." Aron zog mich lachend in seine Arme.

Kapitel 10

Die folgenden Tage wurden stressiger. Aron bekam einen Arbeitsvertrag von uns, wie auch eine Krankenversicherung, Konten und so weiter. Wir mussten zu unserem Buchhalter wegen der Steuererklärung und der neuen Einnahmen. Dieser schimpfte, da er zu viele Positionen zu verbuchen hatte, weil wir sehr viele Einnahmen und Ausgaben angeben mussten. Obwohl wir ihm gutes Geld zahlten, schien unsere Steuererklärung eine umfangreiche Aufgabe darzustellen. Auch bei Orlovski mussten wir antanzen. Er notierte sich Unmengen an Informationen über Aron für die Presseerklärungen. Nun konnte die Kanzlei offiziell unsere Beziehung bestätigen. Außerdem bekamen wir die Dokumente für unsere neuen Projekte. Auch um mein Gruselschloss kümmerten sie sich, da der Strom und das Wasser laufen sollten. Leider fanden wir heraus, dass dieses

Schloss keinerlei Versorgung besaß. Es schien, als sei dort die Zeit vor über hundert Jahren stehen geblieben.

Vater erklärte entschuldigend, dass er dieses Objekt der Regierung abgekauft hatte. Weil es keine Erben gab, fiel es an den Staat. Sobald sich ein Handwerker näherte, wurden sie angeblich von einem elektrischen Schlag getroffen. Deshalb traute sich keiner an dieses Objekt heran. Aus dem Grund konnte er es auch nur durch viel Überzeugungsarbeit abkaufen. Ich zuckte gelassen mit meinen Schultern. Nur Aron sah mich noch immer etwas ungläubig an.

Bei unserem Training lernte er schnell dazu. Auch neu eingekleidet musste er werden. Für jemand anderen shoppen zu gehen, machte mir mehr Spaß, als für mich selbst. Aron ließ alles mit einem Lächeln über sich ergehen. Obwohl er mir gestand, dass er lieber für mich sorgen wollte, als dass ich für ihn Geld ausgab. Aber an dieser Situation konnten wir nur gemeinsam etwas ändern. Denn er würde in Zukunft gutes Geld bei uns verdienen.

Vater weihte uns am Donnerstagabend in seinen eigenen Plan ein. Ich hatte schon die ganze Zeit über das Gefühl, dass er eigene Wege gehen wollte. Adrian plante, sich mit ihm aus dem Staub machen, weil ihm das alles zu viel wurde. Scheinbar wurde bei den Adeligen alles verworrener und undurchsichtiger. Anscheinend schienen die Zwillinge nicht einmal mehr zu wissen, was richtig oder falsch war. Sie entglitten ihm und nun wollte er mit seinem besten Freund eigene Wege beschreiten. Vater erzählte, dass sie Adrian mehrfach unter Druck setzten, damit er unsere Aufenthaltsorte verriet. Er aber hielt immer zu seinem besten Freund. Deswegen wollte Vater ihn unbedingt unterstützen und ging mit ihm nach Italien. Erst beschlossen sie, das

Haus bei Rom auszukundschaften und anschließend ein paar Tage zu faulenzen. Ich fand es schön, dass Vater seine alte Freundschaft zu Adrian wieder aufleben ließ. Ich unterlag einem Irrtum, indem ich glaubte, dass sie keinen Kontakt hielten. Die beiden verbargen jedoch ihre Freundschaft. Doch auch in diesem Punkt schien Vater mir nicht alles zu erzählen. Irgendetwas verschwieg er mir. Trotzdem vertraute ich ihm und glaubte entschlossen, dass er es mir schon irgendwann erklären würde.

Ich beschloss, Aron Prag zu zeigen und heimlich nach weiteren Objekten in den Staaten zu suchen, damit wir seine Familie besuchen konnten. Wobei es sich als wirklich schwierig herausstellte. Meine Recherchen ergaben, dass die meisten gruseligen Orte als Touristenattraktionen verkauft wurden oder einfach zu weit abgelegen standen, um irgendwie Kapital daraus schlagen zu können.

Am Freitagvormittag zog ich mich erneut ins Arbeitszimmer zurück. Vater zeigte Aron ein paar Sachen im Wächterraum. Währenddessen widmete ich mich meinen E-Mails. Ich starrte wartend auf mein Postfach, da es ewig dauerte, bis alle Mails ankamen. Mein Postfach zeigte mir über dreihundert Mails. Überwiegend kamen diese aus den Staaten. Ich klickte die ersten an. Interviewanfragen befanden sich darunter. Die anderen waren von Leuten, welche Erbsachen vermissten oder wieder Schätzungen brauchten. Sie boten richtig gute Honorare an. Aber zum einen wusste ich nicht, wie ich das hinbekommen sollte und zum anderen schienen manche wirklich gierig zu sein. Andere schrieben von irgendwelchen Schiffen, die sie auf dem Meeresboden vermuteten und ich solle nach diesen tauchen. Nein, definitiv nein. Ich bekam schon Angstzustände bei einem Schnorchel. Genervt atmete ich tief durch. Ich legte mir drei neue Ordner an. USA-Presse; USA-Interessant; USA-Müll. Erst einmal sortierte ich die Presseanfragen in den passenden Ordner. Diesen schickte ich geschlossen an Orlovski Junior. Dabei konnte ich wenigstens lachen, da ich wusste, wie sehr er fluchen und mich zum Teufel wünschen würde. Aber dafür wurde er bezahlt.

Stöhnend sortierte ich die Mails. An die hundert Anfragen klangen wirklich nett. Ich fand eine junge Dame, welche verzweifelt nach dem Schmuck ihrer Mutter suchte, weil sie sonst nichts besaß. Insbesondere wünschte sie sich auch noch ein Foto von ihren Eltern. Diese Sehnsucht kannte ich, ich erinnerte mich, wie ich zum ersten Mal ein Bild von meinen Eltern in der Hand hielt. Vorerst wollte ich ihr keine Absage schicken. Bei den schwachsinnigen Mails schickte ich einen Zweizeiler. In diesem stand, dass ich derzeit nicht in den USA sei und auch nicht in absehbarer Zeit kommen würde. Sie sollten sich an Spezialisten oder die Polizei wenden.

Bei anderen zerbrach ich mir meinen Kopf. Nacheinander überflog ich diese. Ein paar schrieben, dass sie von Geistern verfolgt werden würden und ob ich nicht auch in dem Fall helfen könne. Darunter gab es nur einen wirklich interessanten Fall. Ein Junge lag abgemagert im Krankenhaus. Er erinnerte mich an Ian, nachdem er in das Haus zog und von seiner Schwester heimgesucht wurde. Selbst Bilder schickten die besorgten Eltern mir. Ein Schatten tauchte neben dem Jungen auf. Ich überlegte, was man da machen könnte. Ich lief zum Wächterraum, suchte eine Metallschachtel und tränkte diese in Weihwasser. In der Burg hatten wir genug vorrätig. Ich suchte Goldblättchen. Mit diesem feinen Gold legte ich den Boden der kleinen Truhe aus. Deshalb liebte ich Krimskrams. Solche Dinge behielten wir immer für uns. Das was andere als wertlos betrachteten, war für uns sehr wichtig. Ich suchte noch eine kleine Flasche und füllte diese zusätzlich mit Weihwasser. Anschließend benötigte ich noch einen Pappkarton zum Verschicken. Ich verfasste, ohne zu unterschreiben, einen Brief mit der Hand und schrieb die genannte Adresse darauf. Das winzige Päckchen reichte ich Walther. In dem Brief trug ich der Familie auf, dass sie dieses Kästchen anschließend in eine Kirche bringen sollten. Auch wenn der Priester nichts damit anzufangen wüsste, sollten sie es einfach unter dem Altar liegen lassen. Denn aus einer Kirche kamen die Geister eh nicht mehr raus. Sogar die religiöse Ausrichtung des Gotteshauses war da egal.

„Was treibst du?", hörte ich Vater an der Tür. Ich saß bereits wieder im Arbeitszimmer. „Ich löse der Menschheit ihre Problemchen", seufzte ich und deutete auf den Drucker. „Ach herrje", keuchte Vater, als er den riesigen Stapel an Papieren fand. „Komm, wir schauen uns das beim Essen an." Vater blätterte jammernd durch die Papiere. Ich fuhr meinen Rechner runter und ignorierte die Mail von Orlovski Junior, der genauso fluchen konnte wie sein Vater.

Gemütlich folgte ich meinem Vater. Wir teilten untereinander den Stapel auf. Aron kam mit einem dicken Buch herein. „Was liest du da?" Er hauchte mir einen Kuss auf meinen Kopf. „Anna Karenina von Tolstoi." Ich hob meine Augenbrauen. „Zwingst du ihn auch dazu?" Vater schaute mich an. „Da kann man viel lernen." Ich schüttelte entsetzt meinen Kopf. „Streich die Namen und der Roman ist nur noch halb so lang." Erst füllte ich meinem Liebsten den Teller auf, anschließend Vaters und zum Schluss meinen. Vater griff nach meiner Hand. „Du hast dich wirklich gut gemacht. Vor allem im letzten Jahr." Ich strahlte ihn glücklich an. „Ich habe dich gefunden." „Du wirst mich auch so schnell nicht wieder los." Ich schluckte meine aufkommenden Tränen hinunter, verdrängte sie mit Arbeit und zog den Stapel an mich heran.

„Was mache ich mit all denen?", seufzte ich verzweifelt. „Warum planst du nicht einfach ein paar Monate in den Staaten. Du hast das Haus da und Freunde ebenfalls. Es könnte dir wirklich gut tun." „Was ist mit dir und insbesondere mit Noah und den Jägern?" Vater zuckte gelassen mit seinen Schultern. „Die danken es uns nicht. Sollen sie doch sehen, wie sie klarkommen." Ich atmete tief durch. Vielleicht hatte er wirklich recht. Glück kann man nur verstehen, wenn man Leid erfahren musste. Scheinbar sollten sie erst einmal lernen, was wichtig war, bevor sie unsere Hilfe verstanden. Zumal noch immer das Gefühl in mir schlummerte, dass sie uns wirklich verraten wollten, auch wenn ich den Grund nicht verstand. Noch schlimmer war die Tatsache, dass wir sie bereits zweimal retteten. Ich stieg einfach nicht dahinter. Dadurch verfestigte sich mein Entschluss, dass ich mit Aron einige Zeit in seiner Heimat verbringen wollte und immerhin liebte ich mein Bostoner Haus, was mir diese Entscheidung noch einfacher machte. „Stellst du mir einen Kontakt über den Vatikan her? Damit ich jemanden in den Staaten habe?" Vater nickte mir zufrieden zu. „Ich komme dich dann mit Adrian besuchen", freute er sich. Aron las noch immer vertieft in diesem Roman und bekam absolut nichts von unserem Gespräch mit.

„Aber wir überraschen ihn damit. Er will bestimmt zu seiner Schwester", erklärte ich Vater verschwörerisch. Glücklich nahmen wir unser Mahl zu uns.

Nach dem Essen musste ich mich hübsch machen. Für die alljährliche Gala dieser komischen Zeitschrift, die ich eh nur selten las. Wen interessierte schon, welche Adelige irgendeinen Typen datete oder ein Baby bekam. Trennungen und Hochzeiten gab es auch. Ich las nur die Seite mit den Gruselgeschichten. Einmal im Monat gab es eine Geschichte zu irgendeinem Vorfahren in Verbindung mit einer seltsamen Geschichte. So eine, wie sie Vater mir von der Gräfin erzählte oder die von der Entstehung des Namens Manteuffel.

Ich zog ein himmelblaues bodenlanges Kleid an. Der Rücken blieb offen, nur mein kleines Tattoo, welches ich mit Stolz trug, konnte man sehen. Ich fand es befreiend, meine Haut zeigen zu können, nachdem ich mich jahrelang versteckte und neben Aron fühlte ich mich sogar begehrenswert. Ich band meine Haare locker nach oben und ließ vereinzelte Strähnen hinabfallen. „Wo war es …?", überlegte ich und suchte das Diadem, welches eigentlich nicht für mich bestimmt war. Ich fand es in meiner Sockenschublade. Langsam wurde Rosi wirklich alt. Trotzdem könnten sie bis an ihr Lebensende für uns arbeiten. Ich fand noch ein paar schöne Kreolen, welche Vater mir schenkte und meine Herzkette trug ich noch immer bei mir. Auch wenn wir das Bild herausgenommen hatten, weil Noah mit drauf war. Wir ersetzten es durch ein Hochzeitsbild meiner Eltern, das wir zusammen rausgesucht hatten.

Ich drehte mich im Kreis, da ich meine Riemchensandalen suchte. „Übst du tanzen?", schmunzelte Aron und zupfte an seiner Fliege. „Da!" Sie lagen halb unter meinem Bett versteckt. Ich schaute zu Aron auf und half ihm mit seiner Fliege. „Du bist der zweite Mann, den ich kenne, der eine Fliege tragen kann." „Aha und wer ist der erste?", raunte er liebevoll über mir. „Papa natürlich." Aron hob mein Kinn an. Er schaute mir tief in meine Augen. „Du bist wunderschön." Wieder erzeugte seine Stimme dieses angenehme Kribbeln. Sanft küsste er meinen Mund. „Ich bin am Ende. Willenlos einem Mann ausgeliefert." Dabei ließ ich mich aufs Bett fallen. Aron lachte. „Ich mag das an dir. Dass du die Sachen nicht so ernst nimmst." „Ich mach mich einfach lieber schmutzig." Aron hockte sich vor mir hin und zog mir die Schuhe an. „Mmmhhh, Aschenputtel und ihr Prinz." „In unserem Fall eher Bodyguard. Der Film." Ich sah ihn fragend an. „Kennst du den Film nicht?" Ich schüttelte meinen Kopf. „Oh … Ihr habt ja nicht einmal einen Fernseher", fiel ihm ein. „Brauchte ich nie."

„Warst du schon einmal in einem Kino?" Ich schüttelte wieder meinen Kopf. „Das trifft sich aber gut. Damit habe ich mal eine Idee, womit ich dich überraschen kann." Zärtlich hauchte er mir einen Kuss auf meine Wange. „Also was ist jetzt Bodyguard?", fragte ich neugierig. Er reichte mir seine Hand und führte mich vornehm nach unten. „Da verliebt sich der Leibwächter in seine Arbeitgeberin. Sie ist Sängerin und er beschützt sie mit seinem Leben." „Klingt schön." Vater schoss schon wieder Bilder von uns, als wir die lange Treppe hinabschritten. „Ihr seid so ein schönes Paar", schwärmte er glücklich. Ich strahlte meine beiden Lieblingsmänner an und gemeinsam begaben wir uns zu unserem Wagen.

Wir erreichten den roten Teppich. Walther parkte direkt vor dem Eingang des Hotels. Vater und Aron reichten mir ihre Hände, damit ich elegant aussteigen konnte. Kaum betraten wir den Teppich, schossen sie mit ihren grellen Lichtern auf uns ein. Auch mit unglaublich vielen Fragen bombardierten sie uns. Ich lächelte unentwegt in die Kameras. Verstohlen sah ich mich um. „Christine!", erklang eine zarte Mädchenstimme. Ich suchte nach ihr und entdeckte sie am Rand der Zuschauermenge. „Entschuldigt mich." Schon lief ich zu ihr. „Hey, Süße. Wie geht es dir?" Ich zog mein Diadem ab. „Mama und ich ziehen weg. Nach Berlin, weil Mama da einen neuen Job hat", erklärte sie mir aufgeregt. „Das ist doch schön. Da findest du viele neue Freunde." Ihre Mutter strahlte mich an. Aron stellte sich schützend zu mir. „Ist das Ihr Freund?", flüsterte sie. Ich nickte ihr strahlend zu. „Der passt zu Ihnen. Ich wünsche Ihnen alles Glück der Welt", hauchte sie den Tränen nahe. Ich setzte der kleinen Jewa das Diadem auf. „Jetzt bist du eine Prinzessin." Jewa fiel mir um den Hals. „Ich will nicht nach Berlin", schluchzte sie. Ich hob sie hoch. „Denke daran. Eine Prinzessin trägt ihr Schicksal mit Stolz. Egal was kommt." Jewa nickte an meiner Schulter. Ich schaute zu Aron, der neben mir stand und mich glücklich anstrahlte.

Ich reichte Jewa ihrer Mutter. Die Kleine trocknete sich ihre Tränen ab. Aron zog ein Taschentuch und reichte es ihr. „Viel Glück", rief ich den beiden zu und ließ mich von Aron zurück auf den Teppich führen. „Du magst also auch noch Kinder?" Ich nickte verlegen. Vor den Journalisten zog er mich in seine Arme und als würde er sagen wollen, dass er mich liebt, küsste er mich. Es war einer dieser perfekten Küsse, bei denen alles unwichtig wurde und man zusammen in ein eigenes Universum verschwand. Aron hielt seine starken Hände an mein Gesicht. Sein ganzer

Körper schien mich zu beschützen und ich spürte all seine Liebe. Selbst die Blitzlichter verschwanden.

Aron legte seine Stirn an meine. „Für immer", raunte er mit belegter Stimme. Ich schaute in seine dunkelbraunen Augen. „Zusammen." Aron nickte mir verstehend zu. Ich erzählte ihm, was David alles versprochen hatte und dass ich ihm meine Liebe gestand. Auch wenn ich für Aron so viel empfand, brauchte ich noch etwas Zeit, um es aussprechen zu können. Denn mit jedem Tag, dem ich ihm mehr verfiel, fürchtete ich mich auch mehr vor einem Verlust.

Vater räusperte sich neben uns. „Ihr haltet den Verkehr auf." Aron und ich schauten uns verwirrt um. Einige der Leute seufzten und himmelten uns an. Andere sahen verträumt in unsere Richtung. Ich lächelte entschuldigend die Presse an. Aron führte mich elegant in die Räumlichkeiten der Veranstaltung. Vater strahlte mich voller Stolz an und verschwand zu den anderen Herren.

Aron reichte mir ein Glas Champagner und nahm sich selbst eines. „Mit dir empfinde ich alles als angenehmer." Mit ihm an meiner Seite wirkte alles leichter, was vielleicht auch an den vielen Glücksgefühlen lag, die er in mir auslöste. „Christine! Bekomme ich ein kleines Interview?", kam von einer Dame. Sie schien neu zu sein. „Natürlich", lächelte ich freundlich. Sie deutete auf ein etwas abgelegenes Sofa. „Woher kennen Sie Aron?" Ich lachte, da sie normalerweise etwas langsamer anfingen. „Erst einmal, es geht mir sehr gut. Christian und ich bleiben ein Team. Vor allem wollen wir unsere Projekte gemeinsam beibehalten, aber wir gedenken zu erweitern." Die Dame sah mich entschuldigend an. „Ist schon in Ordnung." Aron setzte sich zu mir. Sie himmelte uns beide an. „Aron, sie fragt, wie wir uns kennenlernten." Aron legte seinen Arm um meine Schulter. „Freunde von Christine haben eine Diskothek und da trafen wir uns. Ich sah sie und schon war es um mich geschehen." Wir klärten mit Orlovski diese Geschichte vorher ab. Wir wollten von der FBI-Sache nichts erzählen, nur dass er dort gearbeitet hatte, durfte an die Öffentlichkeit gelangen. Da sie diese Information sonst selbst herausfinden würden. „Wie sind Sie auf Christine zugegangen?" Gut, dass sie uns beide anhimmelte, sonst könnte ich wirklich eifersüchtig werden. „Gar nicht. Wir trafen uns durch Zufall wieder. Sie joggte am Morgen und rannte mir quasi in die Arme. Ich lud sie auf einen Kaffee ein. Aber sie musste zurück nach Deutschland. Ich hielt es einfach nicht aus und folgte ihr." Sie schaute uns rührselig an. „Bleiben Sie in Deutschland oder wollen Sie unsere Christine in die Staaten entführen?" Aron schüttelte seinen Kopf. „Ich werde sie bei ihren Projekten begleiten. Mal sehen, wo die Reise hingeht." „Was haben Sie beruflich gemacht?" Eifrig notierte sie etwas. „Ich war beim FBI." Die Dame riss staunend ihre Augen auf. Ich zuckte nur gelassen mit meinen Schultern und legte meinen Kopf an seine starke Schulter. „Das klingt nach einer vielversprechenden Geschichte", säuselte sie zufrieden. Ich entdeckte, wie die anderen gerade in den Saal gingen. „Ich glaube, wir sollten den Gästen folgen", gab ich entschuldigend ab. Die Dame drehte sich verwirrt um. „Oh ja." Wir folgten ihr unauffällig in den Saal.

Wieder saßen wir mit Katharinas Familie an einem Tisch. „Danke, dass ihr geholfen habt", kam ehrlich von ihrem Vater. „Das ist unsere Aufgabe", murmelte meiner. „Nein. Ihr bringt euch jedes Mal in Gefahr." Herr von Blutenburg rieb sich angespannt seine Stirn. Wir kannten ihn als loyalen, ehrlichen Menschen. Auch er war einst ein Freund von Vater. Katharina musterte mich traurig. „Wir gehen weg. Wir ziehen nach Spanien", gestand sie mir leise. „Warum?" „Weil sie hier langsam durchdrehen. Das nimmt kein gutes Ende … Wir glauben, dass sie Noah auch nur benutzen." Die Suppe wurde uns gereicht.

Ich wollte sie gerade probieren, als sich meine inneren Alarmglocken meldeten. „Christian?" Er schaute auf seinen Löffel. Ich roch an meiner Suppe und deutete Aron, nichts zu essen. Die anderen betrachteten ebenfalls ihre Suppe. Vater strich sich nachdenklich über sein Kinn. Ich zog mein Kleid unter dem Tisch nach oben. Da mir Katharinas Strumpfband so gefallen hatte, kaufte ich mir ebenfalls eins. Nur dass sich kleine Fläschchen anstatt Waffen rundherum befanden. Aron schaute mir zu. „Das ist echt heiß." Ich nahm eine Ampulle mit getrocknetem Klee. Diesen ließ ich in meine Suppe bröseln. Eine winzige Menge reichte, schon wurde sie schwarz. Ich bröselte etwas in Katharinas Suppe. Wir starrten uns an, da sich auch ihre dunkel verfärbte. Vater zog ebenfalls etwas von seinen getrockneten Blättern heraus. Nur bei Katharinas Mutter sowie den kleineren Geschwistern blieb sie in ihrem eigentlichen Zustand. Katharinas Vater sah seine Tochter bestürzt an. Er musste einen Löffel genommen haben und hielt sich plötzlich seinen Hals. Wir sprangen auf, legten ihn flach auf den Boden.

„Was ist das für ein Zeug?!", schrie Vater. Denn wenn wir nicht wussten, was sie ihm gegeben hatten, konnten selbst wir nichts ausrichten. Ich zog mein Weihwasser. Sollte es etwas mit dunkler Magie oder Dämonen zu tun haben, dann würde es auf seiner Haut verdampfen. Aron hockte sich hin. Er schraubte einen Stift auseinander. Dabei tastete er an dessen Kehle herum. „Ruft einen Notarzt!", knurrte er angespannt. Katharina zog zitternd ihr Telefon. Ich träufelte das Weihwasser auf seine Stirn. „Nein, es ist Gift." Auch ein Heilspruch würde nichts bringen, da diese nur körperliche Wunden heilten. Doch Gift ging in die Blutlaufbahn. Aron löste dessen Fliege. Er öffnete das Hemd von Herrn Blutenburg und rammte ihm den Stift in den Hals. Aron prüfte seine Vitalfunktionen. Aus der Kanüle hörte man seltsame Atemgeräusche. „Es sieht wie eine allergische Reaktion aus. Bienengift oder Wespen, schätze ich." Ich sah zu Katharina hoch. „Ja, er ist gegen Wespen allergisch." „Kehle schwillt zu", erklärte Aron angespannt. Die anderen Gäste musterten uns nur, keiner eilte zur Hilfe. Schweigend betrachteten sie unser Treiben. Vater schaute zu Adrian, der zu uns kam. „Katharina?", flüsterte ich. Sie hockte sich zu mir. Wenigstens sie konnte ich beschützen. Leise bat ich sie: „Schrei mich an und rette deinen Arsch." Ich wollte, dass sie sich so wie damals auf der Burg verhielt, dass niemand etwas von unserer zarten Freundschaft mitbekam. Katharina lief raus. In der Ferne hörte ich bereits die Sanitäter hereinstürmen.

Sie kam mit den Herren hineingelaufen. Dabei schüttelte sie ihren Kopf. „Nein, scheiß drauf. Du hast mir schon zweimal den Hintern gerettet und nun auch noch meinem Vater!" Sie drehte sich zu den anderen Gästen um, welche sich noch immer nicht rührten, nicht einmal sprechen taten sie. „Ihr seid solche Idioten!", kreischte sie. Tränen brannten in ihren Augen, sie musste ihren Vater ebenfalls sehr lieben. Tröstend zog ich sie in meine Arme. „Hey, das bringt auch nichts. Komm, wir gehen." Wir nutzten den Moment, als sie ihren Vater hinausbrachten. Eilig folgten wir den Herren, damit uns niemand nachkommen konnte. „Willst du mit zu uns kommen?", bot ich Katharina an. Sie weinte bittere Tränen und schüttelte ihren Kopf. Ich ging zur Presse. „Die Polizei soll kommen. Man hat wohl die Suppe vergiftet." Schon rannten die ersten Journalisten rein. „Da kommt jetzt keiner mehr raus oder rein." Katharina stieg mit den Sanitätern in den Krankenwagen ein. Vater, Aron und ich gingen zum Parkplatz der Semperoper, da Walther dort wartete.

„Irgendwie werden diese Partys auch immer schrecklicher", witzelte bereits Vater wieder. Ich schaute zu Aron. „War das dein Füller?" Er schüttelte seinen Kopf. „Ich hatte einen Kuli dabei." Schützend legte er seinen Arm um meine Schultern. „Jetzt wollen sie euch auch noch töten." „Uns!", verbesserte Vater Aron, da seine Suppe ebenfalls schwarz wurde. „Tja, blöd aber auch", gab ich ab. „Danke, du hattest den richtigen Riecher." Vater drückte mich. Aron nickte mir zufrieden zu.

Kapitel 11

Ich zündete den Kamin an und Vater holte uns eine gute Flasche Rotwein aus dem Keller. Aron saß fassungslos auf dem Sofa. „Warum sind die Menschen nur so gierig?" Ich verstand nicht, warum sie so an mir interessiert waren und vor allem, wieso sie bereit waren, uns zu töten. Vater goss jedem ein Glas ein. „Das würde ich auch gern wissen", seufzte er und ließ sich schnaufend neben Aron nieder. Ich rutschte über den Boden zu den beiden und blieb auf dem angenehm warmen Holz sitzen. „Ich würde auch Adrian nicht vertrauen." Vater nickte mir zu. Aber ich erkannte, wie sehr er darunter litt. „Komm doch mit", flehte ich ihn an. „Ich fliege morgen gleich nach Rom und wir treffen uns in einer Woche in Boston." Aron sah uns verwirrt an. „Warum Boston?" „Weil ich dir eine Freude machen wollte und ich dachte, dass wir erst Prag besuchen. Anschließend möchte ich deine Familie kennenlernen." Aron sprang auf und zog mich in seine Arme. „Mein Traum." Glücklich küsste er mich.

Dennoch schwirrten mir hunderte Fragen durch den Kopf. Was wollten diese Jäger und Wächter von uns? Klar verstand ich langsam, welche Macht wir besaßen, doch wieso nahmen sie unseren Tod in Kauf? Vater wirkte nachdenklich, trotzdem beschlich mich die leise Ahnung, dass er mehr wusste, als er mir preisgab. Den restlichen Abend warteten wir darauf, dass sich Katharina meldete. Erst nach Mitternacht schrieb sie eine Nachricht, dass ihr Vater über den Berg sei. Wir gestatteten ihr in der Burg zu wohnen, da sie sonst nicht wusste, wohin sie gehen könnte. Trotz allem planten wir unsere Abreise für den nächsten Tag.

Am Morgen erwachten wir leicht verkatert. „Wollen wir wirklich gehen?", murmelte Aron verschlafen. Ich kuschelte mich noch enger an ihn heran. „Wieso nicht?" „Ich mag diesen Ort hier. Ich fühle mich so sicher wie noch nie. Amerika habe ich als hektisch und oberflächlich empfunden." Sanft strich er über meine Haut. „Wir können nicht bleiben. Selbst wenn wir sie aufhalten würden ... Danach würde man uns ins Gefängnis stecken. Nein, wir sind erst dran, wenn wirklich alles zu spät ist und auch dann wird es gefährlich", nuschelte ich an seiner Brust. Er schien über meine Worte nachzudenken. „Ich glaube, du hast wirklich recht." Dabei küsste er mich auf meinen Haaransatz. „Ich dachte, du magst das Haus in Boston?" Er lächelte mich an. „Ich habe nur ein wenig Angst, dir meine Familie vorzustellen. Ich komme eben aus einfachen Verhältnissen." Liebevoll hauchte ich Küsse auf seine Brust. Ich spürte, wie er sich unter mir anspannte. „Ich mag es einfach. Du wirst schon sehen." Ich knabberte an seinen süßen Knospen. „Mmmmhhh … du solltest aufhören." Schmollend gab ich auf. Er lachte leise und schob mich behutsam von sich herunter. „Erst das Schloss." Er schien sich selbst zum Aufstehen zu zwingen. Ich schlüpfte unter die Dusche und zog mir bequeme Sachen an. Unsere Koffer waren bereits gepackt und im Wagen verstaut. Außerdem tat ich reichlich Putzzeug in meinem Kofferraum.

Beim Frühstück verabschiedete ich mich von meinem Vater, welcher noch vor uns abreiste. Wir drückten uns gefühlte hundertmal. Aron musste meinem Vater noch schwören, mich nie aus den Augen zu lassen. Anschließend setzten wir uns in meinen Wagen und ließen die Burg hinter uns. Aron drehte sich sehnsüchtig um. „Sie ist traumhaft schön." Ich griff nach seiner Hand. „Das Schloss ist ein Traum." „Ich habe die Bilder gesehen. Es ist eine Ruine", lachte er. „Ach, magst du dich nicht schmutzig machen?" „Oh doch. Du wirst es nicht glauben, aber ich kann sogar einen Hammer benutzen." Ich kicherte wegen seines Blickes.

Nach fast drei Stunden Fahrt erreichten wir das Schloss im Nordosten der Stadt Prag. Einsam und allein lag es auf einem bewaldeten Hügel. „Ein bisschen wie Dornröschen", stellte ich gelassen fest. So sah es wirklich aus. Hohe Efeuranken umringten das Schloss. Das Unkraut wuchs aus den Ritzen des Mauerwerks und der Putz bröckelte von dem alten Gemäuer ab. Aron staunte über diesen Ort. Ich reichte ihm ein kleines Geschenk. „Was ist das?" „Du hast dir etwas gewünscht." Ich hatte es selbst heimlich eingepackt. Zögernd öffnete er das Papier und strahlte wie ein kleines Kind an Weihnachten, nachdem er die Nikon entdeckte. „Sie ist schon geladen und einsatzbereit." Aron sprang aus dem Wagen, zog mich hinaus, hob mich in seine Arme und küsste mich glücklich. Schnell schaltete er sie an und prüfte aufgeregt ihre Funktionen.

Erleichtert atmete ich durch. Er freute sich wirklich über dieses einfache Geschenk, immerhin war es sein Wunsch gewesen, das Schloss zu fotografieren, bevor wir es eroberten.

Aron zeigte mir die ersten Bilder auf dem Display. „Du hast wirklich ein gutes Auge", staunte ich nicht schlecht. Er schaute mich durch das Objektiv an. „Ich habe es geliebt. Zu meinem achten Geburtstag bekam ich meine erste Kamera und zu meinem vierzehnten eine neue. Wäre das mit meiner Schwester nicht gewesen, hätte ich Fotografie und Webdesign studiert." Ich hörte, wie er mehrfach den Auslöser drückte. Dabei lächelte ich ihn an. „Davon habe ich nichts bei der Erweckung gesehen", wunderte ich mich. Aron zuckte mit seinen Schultern. „Vielleicht fiel es dir nicht auf, weil es so viele Sachen waren?", murmelte er und zog mich zum Schloss.

Wir blieben vor dem hölzernen Tor stehen. Es erinnerte ein wenig an meinen ersten Tag in meiner Burg. Nur dieses Mal bestand das Tor aus dickem, mit Moos bedeckten Holz. Rost zerfraß die Scharniere. Es musste wirklich ein Zauber daran schuld sein, dass es kein anderer Mensch zuvor betreten konnte.

„Was jetzt?", fragte er neugierig, als könne er es nun auch nicht mehr erwarten. „Ein Tropfen Blut und wir sehen den Fluch." Aron piekte sich in den Finger und ließ diesen zu Boden fallen. Schon leuchtete es vor uns auf.

Die Tür versperrt, das Schloss versiegelt,

für alle Zeiten fest verriegelt.

Allein des Wächters Blut verspricht,

dass dieser Siegelzauber bricht.

Er soll's zu neuem Glanz erwecken,

dann kann der Wächter sich verstecken.

Das Schloss, es wird gewiss ihm nützen,

ihn sicher vor dem Bösen schützen.

Doch muss, sonst kommt er nicht hinein,

der Wächter reinen Herzens sein.

Ich mühte mich ab, damit ich es sinngemäß übersetzen konnte. Was wirklich eine Herausforderung an meine Sprachbegabung war. Ich vermutete, dass es ein männlicher Wächter sein musste, der den Fluch brechen könnte. Doch weil dieses Schloss mein verspätetes Geburtstagsgeschenk war, ließ Aron mir den Vortritt. Ich piekte mir in den Finger. Aber als ich es berührte, geschah einfach nichts. „Dann eben ein Mann!", zischte ich die Pforte an. „Ach, komm schon." Er piekte sich ebenfalls und griff an das Tor. „Ich hab im Dienst einmal jemanden angeschossen. Außerdem hatte ich ein paar Frauen", gestand er mir besorgt, da es einer reinen Seele bedurfte. Plötzlich geschah das kleine Wunder. Wie durch Magie öffnete sich das Tor vor unseren Augen. Aron starrte sein Werk an. „Das ist unglaublich." Er zog seine Kamera und knipste los.

„Warte!" Ich hielt ihn an seiner Schulter fest. Wir beide sahen, wie langsam der Staub nach oben rieselte. „Was passiert hier?" „Es setzt sich wieder zusammen." Wir beobachteten, wie die herabgefallenen Ziegel, die Steine, einfach alles seinen ursprünglichen Platz wieder einnahm. Wir drehten uns. Selbst das Tor schien neu zu erblühen. Aron und ich schauten uns an. „Das ist unglaublich." Wie in Zeitlupe erhob sich alles, selbst die Dachziegel sahen aus wie neu. Die Risse im Mauerwerk schlossen sich und das Unkraut verschwand. Selbst die Steine auf dem Boden schimmerten. Die dicke Eichentür am Eingang bekam langsam wieder ein dunkles, frisches Holz.

Ich ging auf diese zu und schob sie langsam auf. Auch im Schloss erwachte alles zu neuem Leben. Die kaputten Mosaikfenster setzten sich im Schimmer der Sonne wieder zusammen. Die Kronleuchter funkelten an der Decke, die Stuckarbeiten wirkten unglaublich fein. Wie Gemälde zogen sie sich über die Decke. Selbst Kerzenhalter tauchten auf. Der Staub auf dem Boden verschwand wie durch Zauberhand. Aron schoss ein Bild nach dem anderen. Wir begaben uns in den ersten Raum im Erdgeschoss. Dort standen eine Chaiselongue vor einem Kamin sowie zwei Sessel, die wie neu aussahen. Wir schlichen hindurch. Ein altes Jagdzimmer erwachte dort gerade. Sogar die Gemälde tauchten in frischen, satten Farben auf. Nur bei den Geweihen rümpfte ich meine Nase. Ich schaute nach oben. Ein Leuchter, aus Geweihen bestehend, hing über uns. Ein altes Gewehr erhob sich über dem Kamin und Degen entdeckten wir in einer der Ecken. Ein dunkler schwerer Holztisch entstand. Auch eine Bar. Wir betraten staunend den nächsten Raum. Ein riesiger Saal tauchte auf. Ein gigantischer Tisch setzte sich noch zusammen, wie auch die passenden Stühle.

Im nächsten Zimmer fand ich ein altes Bechsteinklavier vor. „Die wurden etwa achtzehnhundertsiebzig gebaut", hauchte ich staunend. Selbst dieses erstrahlte vollkommen neu. Andächtig strich ich über die Tasten. Ich drehte mich um. Auch eine Harfe befand sich in dem Raum. Aron öffnete vorsichtig einen großen Schrank. Drei wunderschöne Geigen fanden wir dort vor. Er nahm eine, stimmte sie und spielte ein leichtes Stück. Aron schaute sich das wunderschöne Instrument an. „Sie ist perfekt. Na ja, fast so perfekt wie du." Ich schaute auf das Etikett. „Rautmann? Ich kenne mich mit Instrumenten kaum aus." „Wenn sie nichts wert ist, darf ich sie meiner Schwester schenken?" Ich runzelte meine Stirn. „Hat Vater nicht mit dir gesprochen?" „Worüber?" Ich atmete tief durch. „Das Schloss ist meins. Aber das, was wir hier finden, teilen wir auf." Aron starrte mich entsetzt an. „Das geht nicht. Es ist euer Geld, dein Schloss!" Ich zuckte mit meinen Schultern. „Hast du eine Ahnung, was allein dieses Bild im Jagdzimmer wert ist oder die Möbel?" Aron schüttelte seinen Kopf. „Hast du eine Ahnung, was es mir bedeutet, mit dir hier zu sein?" Ich lächelte ihn glücklich an. Aron strahlte zurück. Er zog mich in seine Arme. „Das Bauerngut, das ich mit Vater fand. Dieses würden wir nie verkaufen. Wie auch nicht unser erstes gemeinsames Bild. Schenke ihr die Geige, wenn es dir so viel bedeutet. Das Geld ist unwichtig." Doch bevor ich aufsehen konnte, spürte ich seine Lippen auf meinen. „Ich liebe dich." Ich sah ihn an. Tränen des Glücks traten mir in die Augen. „Ich weiß, Nadja. Du musst es noch nicht sagen." Dabei zog er mich in seine Arme. Es dauerte ein paar Minuten, bis ich wieder einen klaren Gedanken fassen konnte. Mit ihm an diesem Ort dieses Wunder zu erleben, war einfach traumhaft. Wir fanden unzählig viele Bilder. Jedes einzelne Zimmer befand sich in einem absoluten Traumzustand. Das war mehr Glück, als ein Menschenleben ertragen konnte.

„Eins fehlt aber noch", seufzte ich leise. „Was denn?" „Wenn ein Wächter das vollbracht hat, dann muss er hier gelebt haben. Es muss ein Zimmer geben." Aron zog mich hinter sich her. Neben der Küche befand sich ein Zugang zum Keller. Ich zog meine Taschenlampe und zusammen schritten wir hinab in die Dunkelheit. „Verdammt, das ist wie in der Hölle", schimpfte Aron. „Es riecht nur nicht so schlimm." Wir verliefen uns fast in den schmalen Gängen, bis wir vor einer weiteren schlichten Holztür standen. Ich drückte diese auf. „Wow!", staunte Aron. Im Schein der Taschenlampe entdeckten wir einige Gläser, es war wie in einem Labor. Aron lief herum und zündete die Fackeln an. Ich setzte mich schmollend an den Tisch. „Was ist?" „Ich hatte gehofft, das Efeublatt zu finden. Er soll vielleicht noch leben." Aron riss seine Augen erstaunt auf. Ich nickte ihm zu. „Wer weiß. Vielleicht finden wir ihn noch … Gibt es hier auch versteckte Räume?", gab er nachdenklich ab. Wir tasteten die Wände ab. „Ha! Fernsehen bildet!" Er machte eine Kerze an und schlich mit dieser an den Wänden entlang. Ich beobachtete ihn glücklich. Eigentlich hatte ich einen Mechanismus bereits gefunden, aber ich wollte ihm die Freude nicht nehmen. Er blieb am anderen Ende stehen. „Da schau!" Die Kerze flackerte, also musste es einen Luftzug geben. Aron legte die Kerze weg und machte tastend weiter. Er fand einen Stein und schon öffnete sich eine weitere Tür. „Sowas lernt man bei Indiana Jones." Aron wirkte richtig ausgelassen. Ihn zu beobachten, wie spannend er alles fand, machte mich glücklich.

Wir fanden viele alte, sehr gut erhaltene Bücher. Nicht nur welche über Wächter. Der einstige Besitzer musste diese geliebt haben, da er sie dort versteckt hatte. Ich ging auf die andere Seite und drückte den anderen Mechanismus. Es handelte sich dabei um eine alte Hebelvorrichtung.

„Ach du Schande." Noch mehr Bilder und vor allem Schmuck erschien vor unseren Augen. Selbst ganz feines Porzellan fanden wir. „Wo sind die hin? Wovor sind die weggelaufen?", fragte Aron leise. Ich sah zu ihm auf. „Es ist nur eine dumme Ahnung … Aber liebst du dieses Schloss?", erkundigte ich mich bei ihm. Aron nickte mir zu. „Wir Wächter glauben an Schicksal und an Gott." Ich drängte mich an ihm vorbei und schaute auf den Schreibtisch. Wie bei Vater stand dieser mittig in dem Gewölbe. Auf dem Tisch lag ein einzelnes Buch. Zögernd öffnete ich es. „Es ist bei deinem Blut erwacht … Aron, es ist echt nur eine Idee. Vermutlich liege ich auch falsch …" „Jetzt sag schon!", drängte er mich. Ich blätterte in dem Buch. Es handelte sich um ein uraltes Tagebuch. „Da steht es, sie sind nach Amerika gegangen." Zumindest soweit ich es entziffern konnte. Ich tat mich noch immer sehr schwer mit diesen alten Handschriften. Ich blätterte auf die erste Seite. Dort befand sich eine schlichte hellblaue Blüte. „Vergissmeinnicht." Ich reichte Aron das Buch. „Du meinst, dass hier könnte von einem Vorfahren von mir stammen?" Ich nickte, wobei ich mir nicht sicher war.

Wir stöberten noch herum. Aron fand einen Füller und ich entdeckte ein paar getrocknete Blüten, wie auch unzählige andere Sachen. Mir fiel auf, dass er nicht annähernd so gut ausgestattet war, wie wir in der Burg. Oben angekommen rief ich Vater an und informierte ihn. Er konnte es selbst kaum glauben, was ich da erzählte. Ich bekam von ihm einen sehr hilfreichen Tipp. „Aron, komm mal!" Ich setzte mich in den großen Saal. Dabei überlegte ich angestrengt, auf welchen Gegenstand ich verzichten konnte. Ich seufzte und nahm mir einen der Stühle vor.

Der wahre Herr verschwand vor Jahren,

um seine Familie vor dem Feind zu bewahren.

Zeige mir dein wahres Alter,

damit ich finde deinen Verwalter.

Denn nur des Wächters Erbe,

vermag auf dieser Erde,

dich vor Leid bewahren,

damit er erkennt seine Vorfahren.

Der Stuhl fiel fast auseinander. Nachdem ihn ein Leuchten ergriff, alterte er schnell. Aron kam rein. „Was ist denn da passiert?" „Los, piek dich!", gab ich neugierig ab. „Warum?" „Weil ich wissen will, ob meine Vermutung stimmt", erklärte ich ungeduldig. Aron stach sich in seinen Finger. Es dauerte einen Augenblick. Der Stuhl leuchtete auf und wurde wieder wie neu. „Ha! Du bist es!" Aron riss staunend seine Augen auf. „Das glaubt mir niemand." „Ich weiß. Aber wir wissen es ... Was, gnädiger Herr, darf ich mit Ihren Sachen anstellen?", kicherte ich ausgelassen und knickste vor Aron. Dieser zog mich erneut in seine Arme. „Es ist dein Schloss." Ich überschlug schnell. Doch darüber musste ich mit Vater sprechen. Vor allem war es mein Geburtstagsgeschenk. Ich atmete tief durch. „Was geht in deinem Kopf vor?" „Wie du das Schloss bekommst." „Süße, ich habe dich. Mehr will ich doch nicht." Er hob mich hoch und trug mich nach oben. „Die Betten sind etwas kürzer." „Habe ich bemerkt", raunte er und küsste mich drängender.

Ich starrte am Morgen die Decke an. Die Nacht mit ihm war einmalig schön gewesen. Er zeigte mir, wie sehr er mich liebte, indem er sich mit mir vereinigte. Es war traumhaft, ihn einfach überall spüren zu dürfen, als wären wir zu einem Organismus verschmolzen. Ich strich über meinen eigenen Körper. Irgendwie fühlte ich mich anders, reifer, erblüht. Mein Herz schlug heftig bei dem Gedanken, was wir getan hatten. Insbesondere wenn ich mich an seine schützenden Arme erinnerte. Wie er mich bei jedem leichten Beben festhielt, als hätte er Angst, dass wir uns auflösen könnten.

„Was geht in deinem Kopf vor?" Aron stand mit einem Tablett vor mir. Ich roch den Duft von Kaffee. „Wo hast du den denn her?" Er stellte das Tablett ab. „Unten im Ort ist ein kleiner Bäcker. Der spricht Zeichensprache." Er huschte lachend zu mir ins Bett. Er setzte sich hinter mich und zog mich in seine Arme. „So, mein Liebling." Dabei fütterte er mich mit einem Croissant. „Mmmhhh ...", machte ich genießend. „Geht es dir gut?" Liebevoll streichelte er meinen nackten Bauch. „So gut wie nie zuvor." Ich genoss seine Nähe, die Wärme seines Körpers. Er küsste sanft meine Schulter. „Für immer ..." „Zusammen", lächelte ich glücklich. Ich drehte mich um und küsste ihn. „Ich liebe dich." „Mmmhhh, nach der Nacht, möchte ich das doch hoffen." Er strich mir verliebt meine Strähnen aus dem Gesicht.

Aron war wirklich perfekt. Nie würde ich ihn freiwillig gehen lassen. Mein Körper reagierte schon wieder auf seine zärtlichen Berührungen. „Oh nein", murmelte er, da ich ihn mit feinen Küssen übersäte. „Aber ich bin süchtig nach dir." Seiner Kehle entwich ein leises Knurren. „Wir haben ein ganzes Leben vor uns." Er wickelte mir die Bettdecke um und stupste mir gegen die Nasenspitze. Er strahlte mich glückselig an. „Was müssen wir heute erledigen?", versuchte er mich abzulenken. Ich schmollte. „Fotos, alles katalogisieren und anschließend Museen oder Galerien raussuchen." „Gut. Dann machen wir das jetzt." „Vorher will ich mich noch waschen", jammerte ich. „Hier gibt es keine Dusche." Aron sah mich verwirrt an. Ich schlüpfte in meine Schuhe, wickelte die Decke um mich herum und ging mit ihm hinab in die uralte Küche.

Ich fand eine Wasserpumpe und drückte den Hebel ein paarmal, bis das Wasser kam. Ich staunte, da es glasklar und rein aus dem alten Brunnen floss. Anschließend holte ich einen großen Kessel, welchen ich unter den Kamin in eine Vorrichtung hängte. Aron versuchte sich daran, Feuer zu machen. Als es ihm gelang, hüpfte er herum. „Habe Feuer gemacht!", lachte er ausgelassen. Ich kicherte, da er sich wie ein kleines Kind freute.

Zusammen befüllten wir den großen Kessel mit Wasser. Ich fand Porzellanschüsseln und passende Krüge wie auch ein paar einfache Tücher. Allmählich wurde es auch in der Küche warm. „Soll ich ein paar der anderen Zimmer auch anheizen?", überlegte Aron. „Der Speisesaal wäre schön. Dann können wir dort arbeiten." Er brachte noch unsere Koffer rein, damit wir uns die Zähne putzen konnten.

Nachdem er zurückkam, war das Wasser im Kessel bereits warm. Ich schöpfte etwas ab und schüttete es in die Porzellanschüsseln. Ich nahm einen Waschlappen und wusch meinen Aron andächtig sauber. Es war unglaublich intim, das zu tun. Er tat es mir gleich. Mit jedem Streicheln liebkoste er mich. „So werden wir nie fertig", beschwerte er sich liebevoll. „Uns stresst keiner. Das mag ich an diesem Job." „Was denkst du, wie viel du hier rausholst?", erkundigte er sich neugierig. Ich kniff meine Augen zusammen. „Allein die neuen Anschlüsse für Strom, Wasser und Telefon werden teuer. Ich würde sogar auf eine Heizung verzichten, da die Kamine vollkommen intakt sind. Das kostet erst einmal ordentlich viel Geld … Frag mich noch einmal, wenn ich weiß, was wir mit dem Schloss machen." „Willst du es verkaufen?" Ich zog mich erst einmal an. Auch wenn die Sonne und das Feuer schön wärmten, fröstelte es mich ein bisschen.

„Nein, verkaufen nicht. Wir können es als Privatbesitz lassen. Wenn wir es als Hotel hergeben, bringt es viele Mieteinnahmen oder wir überreichen es an die Museumsverwaltung."

Zusammen fingen wir an, die Sachen aus den Wächterräumen zu bergen. Vorsichtig, mit weißen Handschuhen, trugen wir alles nach oben. Zumindest sparten wir uns damit das Fitnessprogramm. Oben holte ich meine kleine Digicam und fotografierte jedes Stück. Ich notierte Daten und katalogisierte die Stücke.

Aron sah mir zu und half mir mit den Fotos. Vor allem der Schmuck schien sehr kostbar zu sein.

„Schau, diese Broschen. Die bringen etwas zwischen zweihundert bis fünftausend." Immer wieder erklärte ich ihm etwas zu den einzelnen Stücken. Darunter lagen an die sechzehn Broschen, zwei Diademe, elf Colliers und einundzwanzig Ringe. Allein den Schmuck schätzte ich auf achtzigtausend Euro. Bei den Bildern wurde es interessanter. Die Möbel würden ebenfalls viel einbringen. Aron trug noch mehr Bilder nach oben. Er lief durch die Burg und fotografierte die aufgehängten ab. Am Ende zählten wir dreiundneunzig Gemälde.

Die christlichen Bilder brachten mehr Gewinn ein. Zumal der Zustand der Kunstwerke makellos erschien. Zwei schlechtere Portraits befanden sich ebenfalls darunter. Ich fand drei erstaunlich gute Landschaftsbilder. Diese stammten von einem alten Meister der Malkunst ab. „OK. Die drei sind schon mal mehr wert als das ganze Schloss." Ich holte eines meiner Bücher, welche ich oft zur Hilfe nahm, da ich nicht immer alle Maler kennen konnte. Vor allem war das mit solch unbekannten Bildern manchmal schwieriger. Man schätzte eines auf zweitausend, doch wenn man den richtigen Käufer fand, ging es für ein Vielfaches mehr weg oder auch für weniger. Bisher hatten wir aufgrund der Presse immer die richtigen Käufer gefunden. „Ich geh jetzt echt tief ran. Mit etwas Glück wird es viel mehr. Aber ich schätze die Bilder auf eine Million." Aron riss seine Augen weit auf. Ich zuckte mit meinen Schultern. „Das Gute ist, dass wir sie nicht restaurieren lassen müssen. Auch die Rahmen sind perfekt. Aber allein die Transportkosten verschlingen Unsummen." Ich überlegte, ob wir nicht einfach in den Staaten versuchen sollten, eine solche Veranstaltung zu organisieren. Eine, wie wir sie bereits in Dresden veranstalteten.

Ich schrieb das New Yorker Museum an. Ob sie Lust hätten, uns dabei zu unterstützen. Außerdem hing ich ein paar Fotos an die Mail.

Sofort riefen sie zurück. Ich schaute staunend auf mein Handy. Eine Kuratorin rief mich an und war sehr aufgeregt. Sie fragte, um wie viele Exponate es sich handeln würde. Ich nannte ihr fünfundachtzig Bilder und fünfunddreißig Schmuckstücke sowie eine Geige. Ich beschloss zwei Bilder für meine Freunde zurückzuhalten, wie auch die Portraits der Familie. Sie wollte sogar sofort in ein Flugzeug steigen, um zu uns zu kommen. Wir hatten nichts dagegen und gewährten ihr den Wunsch.

Der Tag verging wie im Flug, glücklich arbeiteten wir und wuchsen zu einem Team zusammen. „Komm, ich lade dich zum Essen ein", lächelte ich Aron am späten Nachmittag an. Wir holten unsere Jacken und ich fuhr den Wagen in die Innenstadt. Aron hielt seine Kamera fest. Er schien jeden Stein zu fotografieren. Ich zeigte ihm das Kunstmuseum der Stadt sowie das alte Rathaus mit dieser einmaligen Uhr. Dabei erklärte ich ihm, dass die astronomische Uhr bereits aus dem Jahre vierzehnhundertzehn nach Christus stammte. Vollkommen beeindruckt nahm er jede Information in sich auf. Ich zog ihn in eine der vielen kleinen Gassen und fand ein richtig hübsches Restaurant mit böhmischer Küche.

„Soll ich dir noch ein wenig von der Stadt zeigen?" Er nickte glücklich. „Es ist wie ein Traum. Ich liebe dich, diese Stadt, es ist perfekt." Obwohl er die Rechnung übernehmen wollte, bezahlte ich und gemeinsam gingen wir durch die engen Gassen Prags spazieren. Mit Vater besuchte ich einst diese bezaubernde Stadt. Damals erzählte er mir eine alte Legende. Nun berichtete ich Aron die Geschichte von dem jüdischen Mann, welcher noch immer als Geist durch die Gassen ziehen solle. Wir fanden die Karlsbrücke und liefen in den jüdischen Stadtteil, der in den Abendstunden erst richtig zu erblühen schien. Die feinen Gassen, das schale Licht, die maroden Reihenhäuser verliehen dem Viertel ein mystisches Flair. Aron fand es einfach fantastisch. Immer wieder schoss er Bilder von der Stadt oder von mir. Ich schaute mir seine Fotos an. Sie waren bemerkenswert gut. Wobei ich in seinem Fall kaum objektiv sein konnte.

„Ich muss gestehen, dass ich diese Stadt noch schöner als Dresden finde", stellte Aron ausgelassen fest. Immer wieder zog er mich in seine Arme und küsste mich. „Aber es gibt eine Stadt, die ich noch atemberaubender finde. Wobei man sie nicht miteinander vergleichen kann." „Nein, das glaube ich nicht." Ich strahlte ihn an. „Rom!", gab ich kichernd ab. „Nein, da kann auch das Kolosseum nicht mithalten." „Aber das Flair in Rom ist einmalig." „Mmhhh, am liebsten würde ich mit dir für immer hier bleiben." Aron und ich waren absolut zufrieden und ich konnte mein Glück selbst kaum fassen.

Jemand stieß uns an und rannte in eine Synagoge hinein. Er rief panisch nach dem Rabbi. Ich schaute zu Aron hoch. „Wollen wir uns das ansehen?" Er nickte mir zu.

Neugierig folgten wir dem Jungen in die Synagoge. Herren kamen uns bereits entgegen. „Die Synagoge ist für Touristen bereits geschlossen", knurrte der Rabbi auf gebrochenem Deutsch, welcher fast gegen uns stieß. Ich machte einen Schritt zurück und hielt Arons Hand fest. Heimlich, schweigend folgten wir den Männern. Wir schlichen durch die Gassen hindurch, an den alten Gebäuden vorbei. Auch an einem der alten Friedhöfe gingen wir entlang. In der Ferne schrie jemand laut. Wir erreichten ein verfallenes Wohngebäude. Menschen standen betend in den Fluren. Andere liefen herum. Wieder erklang dieser grelle Schrei. „Ist wie bei Constantine. Das ist ein Film und er treibt Dämonen aus", flüsterte Aron verschwörerisch. Ich zuckte meine Schulter. „Um die Fälle kümmert sich eigentlich die Kirche selbst. Wobei das Judentum wirklich die schlimmeren Dämonen auf Lager hat. Vermutlich liegt das am Alter ihrer Aufzeichnungen und dass sie strenger mit Gott verbunden sind."

„Gehen Sie!", schrie mich jemand an. „Amerikanische Touristen haben hier nichts verloren!", fauchte ein anderer. „Hey, ich bin Deutsche. Außerdem wollen wir helfen." Ich kramte in meiner Tasche und zog meinen Stab. „Erwache!" Dieser blitzte auf und alle schreckten zurück.

Ich suchte aus meiner Tasche einen kleinen Brief heraus. „Ah ja." In einem Seitenfach befand sich mein Freibrief. Ich klopfte an die Tür und ignorierte das Schreien des Mädchens. Nur Aron starrte sie entsetzt an.

Der Rabbi fegte mich auf Hebräisch an. Ich reichte ihm den Brief. Dieser war vom Papst persönlich auf Latein verfasst worden. In dem erklärte er, was ich war. Der Rabbi sah mich erstaunt an. „Die letzten Wächter gab es vor hundertfünfzig Jahren." Ich schüttelte meinen Kopf. „Dann lassen Sie mich mal was Gutes tun." Ich holte mein Fläschchen mit Weihwasser aus der Tasche. Das Mädchen lag festgekettet in einem Bett. Schweiß glänzte auf ihrer Stirn, ihre Adern verfärbten sich bereits schwarz.

Ihr Oberkörper wurde nur durch einen Büstenhalter bedeckt. „Wir haben es gestern schon versucht. Aber wir bekommen diesen Dämon nicht aus ihr heraus ... Wir müssen sie sonst töten!", fauchte der Rabbi. Ich warf ihm einen finsteren Blick zu. „Aron ... Wir müssen das Bett in die Mitte des Raumes schieben." Ich zog bereits dran. Aber dieses Ungetüm aus Metall war verdammt schwer. Aron packte mit an und schon bewegte es sich. „Gut, das reicht ... Der Rabbi bleibt, alle anderen raus!", gab ich den Ton an und tropfte dem Mädchen Weihwasser auf die Stirn. Sie kreischte laut auf. Die schwarzen Adern schienen sich zu bewegen, zu verändern. Aron starrte diese genauer an. „Was ist das?" „Dieser Dämon scheint sich an ihrer Lebensenergie zu bedienen. Er ernährt sich von ihr und muss flüssig sein. Denk an das Periodensystem." Ich schnupperte und bekam Kopfschmerzen. „Ach herrje, machen Sie den Weihrauch aus." Dabei verzog ich angewidert mein Gesicht. Ich blickte nachdenklich aus dem Fenster. „Vater meinte mal, dass sich in der Nähe von Friedhöfen oft Zugänge zur Hölle befänden." Da ich direkt auf einen alten Friedhof sehen konnte. Aron schaute ebenfalls hinaus. „Gruselig." Er schüttelte sich ein wenig. Der Rabbi musterte mich besorgt.

Ich vergewisserte mich, dass alle aus dem Raum verschwunden waren. „Nun gut." Ich kramte in meiner Tasche. „Was nehmen wir?", überlegte ich laut. Ich entschied mich für den einfacheren Weg, da ich nicht wusste, wie ich das Mädchen unbeschadet daraus bekam. Ich sprühte mir etwas von dem KO-Zeugs in die Hände und rieb sie damit ein. Sie schwitzte am ganzen Körper. Sie wirkte, als sei sie magersüchtig und innerhalb kürzester Zeit gealtert. Selbst ihr Haar ging ihr aus. Sanft strich ich über ihren Körper. „Das schaffen wir schon", murmelte ich ihr gutmütig zu.

Ich spürte, wie sie ruhiger wurde. „Aron. Zwielicht ... Dann nach unten. Aber pass gut auf beide Münzen auf." Aron drehte die erste, schon umhüllte uns der Nebel. Der Rabbi schien eng mit seinem Glauben verbunden zu sein, da er bei uns blieb. Ich schaute zu ihm. „Wollen Sie mit nach unten?" Er nickte und Aron griff nach dessen Hand. Ich setzte mich rittlings auf das Mädchen und zog meinen Stab. „Los!" Wieder umgab mich dieser schreckliche Gestank. Ich wunderte mich, da wir in schwarz-rotes Licht getaucht wurden. Ich stach vorsichtig mit meinem Stab zu, da ich keine zu tiefen Verletzungen verursachen wollte. Das Mädchen wurde bereits im Zwielicht ohnmächtig.

Langsam floss der Dämon mit dem Blut aus dem Mädchen. Nur dass mehr schwarze Masse austrat, als Blut. Ich freute mich, dass ich sie nicht zu sehr verletzen musste. „Nadja?", kam von Aron. Ich sah auf. Plötzlich stand ein riesiges Ungetüm vor uns. Um uns herum befanden sich schwarze Wände, welche zu leben schienen. Mein Herz setzte einen Schlag lang aus. Ich blickte auf das Mädchen hinab. „Ähm, ich brauche noch", zitterte ich. Der Rabbi schien erstarrt zu sein. Doch Arons Stab blitzte neben mir auf. Er sprang auf den Dämon zu. Das Mädchen bäumte sich unter mir schreiend auf. Ich hielt sie auf das Bett gedrückt. Der Dämon glitt aus ihr heraus. Ich sah nur noch Blut aus der Wunde sickern. „Aron! Stoß ihn weg!" Sonst würden wir den noch mit hochnehmen. „Rabbi, stoppen Sie die Münze! Wenn ich jetzt sage!", fegte ich diesen an. Nur schwer löste er sich aus der Starre. Aron kämpfte noch gegen das Ungetüm mit den Hörnern. Er schlug sich wirklich gut. Er stach mit dem Stab zu, trat mit seinem Fuß dagegen. „JETZT!", schrie ich und der Rabbi trat auf die Münze. Sofort riss es uns nach oben. OK, es lag doch nicht an der Jungfrauensache, denn mein Magen rebellierte noch immer. Keuchend hielt Aron die Zwielicht Münze auf. Ich krabbelte vom Bett und fand ein Klo im Nebenraum. Ich schaffte es immerhin, mich darin zu übergeben. Der Rabbi schaffte es nicht.

„Geht es Ihnen gut?", erkundigte ich mich bei dem Rabbi. Er sah auf und nickte mir zu. Ich lächelte ihn freundlich an. „Danke ... Wir werden Ihnen zu ewigem Dank verpflichtet sein", gab er mit gebrochener Stimme ab. „Seien Sie nett zu dem Mädchen. Es braucht viel Ruhe und muss langsam wieder zu sich kommen. Sie kann nichts dafür." Dabei klopfte ich dem alten Mann auf die Schulter.

Er sah uns wirklich dankbar an. „Schau, beim ersten Mal steht jeder unter Schock", murmelte ich Aron zu, welcher gerade nach dem Mädchen sah. „Sie ist dehydriert. Sie sollten einen Arzt rufen." Ich bat den Rabbi um medizinische Hilfe. Der Rabbi torkelte zur Tür und rief den anderen zu, dass sie einen Arzt holen sollten. Ich staunte, da sich ein Mediziner unter den Wartenden befand. Dieser kümmerte sich umgehend um das Mädchen. Die anderen hielten sich Tücher vor ihre Nasen. Ich schnupperte und verzog angewidert mein Gesicht. „Ich hasse es, dass es immer so stinkt." „Wir brauchen wirklich eine Dusche und frische Kleidung", beschwerte sich Aron. „Kommen Sie mit." Der Rabbi stand erschöpft auf. Verwirrt folgten wir ihm. Er murmelte den anderen etwas zu. Ein paar liefen los und verschwanden aus dem Gebäude.

Wir folgten dem Rabbi zu der Synagoge. Neben dieser befanden sich seine Privaträume. Er öffnete die Tür zum Badezimmer. „Danke!", wimmerte ich zufrieden. Andere kamen und brachten uns frische Kleidung sowie Geschenke.

Ich nahm die Kleidung dankbar an und duschte mich ausgiebig. Ich hätte gern mit Aron geduscht, aber das war wohl in diesem sehr kirchlichen Gebäude eher unangebracht. Aron ging nach mir unter die Dusche.

Ich kuschelte mich in die neuen Sachen ein. Eine neue Jacke bekam ich ebenfalls, da meine durch den Gestank unbrauchbar wurde. Die Geschenke nahm ich nicht an. „Das ist unsere Aufgabe", versuchte ich zu erklären. „Bleiben Sie bitte. Seit der Jahrtausendwende kommt es immer häufiger zu solchen Vorfällen. Das hier war bisher der absolut schlimmste", beklagte sich eine alte Frau auf Deutsch. Ich schaute sie neugierig an. Lag es doch nicht an den Jägern? War es einfach Zeit, dass sich die Hölle auftat? Der Rabbi musterte mich mit strengem Blick. „Wie viele gibt es derzeit von Ihnen?" Ich runzelte meine Stirn. „Ich weiß nur von dreien." Man reichte mir einen Kaffee. „Aron ist neu", fügte ich nachdenklich hinzu. Der Rabbi verschwand und kam mit einem uralten Buch zurück. „Hier steht, dass etwa zweitausend Jahre nach Jesu Geburt die Hölle aufbrechen und Luzifer mit den Menschen abrechnen wird." Ich hob meine Augenbrauen. „Dann wird es echt mies."

„Was ist mit den Jägern? Wenn es die Wächter gibt, dann existieren diese doch auch?" Ich nickte ihm bestätigend zu. „Ein weiteres Problem. Die kämpfen zwar gegen die Dämonen, aber sie glauben, dass sie die Monarchie zurück nach Europa bringen können." Aron kam lächelnd aus dem Badezimmer. Der Rabbi musterte mich entsetzt. „Diese Zeit ist nicht gut", gab er gebrochen ab. „Das ist ganz einfach. Wir warten ab und dann sehen wir, inwieweit wir helfen können. Mal abgesehen davon, dass Menschen wie Kakerlaken sind. Die wird man einfach nicht los", seufzte ich leise. „Sie klingen schon fast verbittert", stellte er fest. Ich sah traurig zu ihm auf. „Ich arbeite daran." Dabei huschte mir ein Lächeln über die Lippen. Vor allem weil Aron mir einen Kuss auf meine Stirn hauchte. Ich griff nach seiner Hand. „Danke für die Dusche. Aber wir haben zu tun." „Wir haben zu danken", lächelte der Rabbiner. Wir standen auf und verließen das alte Haus. Aron zog mich schweigend in seine Arme. Zusammen gingen wir durch die schmalen Gassen, bis wir bei dem Wagen ankamen. „Das war wirklich gut." Aron sah zufrieden aus. Ich schaute ihn besorgt an. „Die Theorie des Rabbiners ist, dass sich die Pforten der Hölle öffnen werden. Damit wäre es unnütz gewesen." Aron musterte mich. „Nein, das möchte ich nicht glauben. Ich meine, du hast ihnen gezeigt, dass es Hoffnung gibt." Ich schaute kurz zu ihm. „Wir waren das." Aron blickte mich voller Liebe an.

Kapitel 12

Die Tage in Prag wurden traumhaft schön. Aron machte mich zum glücklichsten Menschen auf diesem Planeten. Aron hatte die Telefonnummer von dem Rabbiner und fragte diesen nach einer guten Firma, welche uns das Schloss modernisierte. Am Ende machte es die jüdische Gemeinde fast kostenlos. Nur die Materialien mussten wir bezahlen, was es unglaublich günstig werden ließ. Die Dame aus New York sichtete die Stücke und hörte gar nicht mehr auf zu schwärmen, wie glücklich sie über unser Angebot sei. Sie kümmerte sich um den Transport der Waren und organisierte gleich das Event, welches noch vor den Sommerferien stattfinden sollte.

Am Donnerstagabend erschienen dann auch noch die ersten Handwerker. Staunend und nahezu ehrfürchtig betraten sie die Burg. Der Rabbiner folgte ihnen. Wir erklärten, dass einige Kellerräume nicht betretbar seien, was der Rabbiner durchaus verstand. Sie stellten uns sogar einen Boiler hin, damit wir duschen konnten. Auch für eine Heizanlage sorgten sie. Wobei die Vollendung des Umbaus Wochen dauern würde. Dem Rabbi gab ich den Hinweis, dass diese Burg im Falle einer Dämonenflut einen sicheren Zufluchtsort bieten würde. Auch wenn ich es noch immer merkwürdig fand, sicherte ich die Mauern mit einem Zauberspruch. Am Freitag besichtigten wir die Prager Burg sowie den Dom. Aron war noch immer begeistert und verliebte sich immer mehr in diese Stadt. Ich strahlte ihn an und erlebte die schönsten Tage meines Lebens mit ihm. Am Samstag machten wir uns auf den Weg nach München.

Aron fuhr gemütlich über die Autobahnen. Am Montagmorgen musste ich zur amerikanischen Botschaft, da ich nicht ohne ein spezielles Visum für eine längere Zeit einreisen dürfe. Außerdem sollte ich belegen, was ich in den Staaten alles tun wollte. Das New Yorker Museum half mir dabei und schickte irgendwelche Unterlagen. Bis dahin nutzten wir die freie Zeit, um München zu erkunden. Nachdem ich dort lange lebte, konnte ich Aron einiges zeigen. Wir besichtigten Teile des Schlosses Nymphenburg und die Innenstadt. Am Sonntagnachmittag setzten wir uns in den Englischen Garten und Aron lernte das bayrische Brauchtum kennen, indem er einen riesigen Bierkrug leerte. Leicht beschwipst gestand er mir immer wieder seine Liebe, was ich einfach süß fand.

Am Montag war ich wegen der Botschaft etwas nervös, da ich dringend ein Visum benötigte, mit dem ich auch arbeiten durfte.

Die Dame und der Herr begrüßten uns freundlich. Aron musste draußen warten und ich brauchte nur Fragen zu meinem Aufenthalt beantworten. Dadurch, dass ich bereits das Haus besaß und das Museum für mich bürgte, wurde es wesentlich einfacher. Anschließend erhielt ich meine Pässe zurück und meinem Flug für Dienstagmorgen stand nichts mehr im Weg. Glücklich checkten wir am Flughafen ein, gaben schon am Vorabend unsere Koffer ab. Nur bei unseren kleinen Fläschchen wunderten sie sich. Aber das kannte ich bereits. Wir schliefen noch eine Nacht im Hotel und aßen hervorragend zu Abend. Aron verhielt sich fürsorglich mir gegenüber. Oft sprachen wir über unsere Erlebnisse und freuten uns auf die gemeinsame Zeit in den Staaten.

Gegen Mittag, es war bereits Ende Mai, erreichten wir den Bostoner Flughafen. Ein Wagen empfing uns, da ich im Vorfeld ein Taxi buchen ließ. Wir holten unsere Koffer und fuhren sofort zu meinem Haus. Pakete lagen vor der Tür. Ich lachte freudig auf, da sich die Bilder, die Geige und ein paar Wächtersachen darunter befanden.

Ich strahlte mein Geisterhaus an. Noch immer schien sich niemand auf das Grundstück zu trauen. „Home sweet home!", freute ich mich. Aron hob mich hoch. „Ich möchte die Frau meines Herzens über die Schwelle tragen." Ich stupste die Tür auf und schon trug er mich hinein. „Wir haben hier eine richtige Küche, warmes Wasser und Strom." Aron lachte laut auf. Zusammen zogen wir die weißen Laken ab, welche ich gleich in die Waschmaschine stopfte. „Ich ruf schnell meine Schwester an." Ich suchte in der Zeit ein passendes Zimmer für die Wächtersachen heraus. Im Keller gab es keinen geeigneten Raum dafür.

Ich schlich nach oben. Dabei sah ich mir alle Zimmer noch einmal an. Das Haus bestand aus zwei großen Flügeln. Überall hingen noch die hübschen Bilder der alten Dame. Ich mochte ihre Aquarelle. Im obersten Stockwerk fiel mir eine Tür auf. Ich öffnete diese vorsichtig. Staub rieselte mir entgegen. Ich staunte, da mir einfiel, dass ich nie nach dem Dachboden gesucht hatte. Ich kämpfte gegen die Spinnenweben an und stieg die schmale Holztreppe nach oben. Noch immer liebte ich es, wenn die Stufen ein leichtes Knarzen von sich gaben.

Der Dachboden erstreckte sich über die Fläche des ganzen Gebäudes. Den müsste man einfach nur neu abdichten. Dämmwolle und Gipsplatten dürften reichen. Ich notierte mir geistig eine Einkaufsliste. Denn der Dachstuhl wirkte vollkommen in Ordnung. Vor allem wäre es ein wirklich schöner Raum für die vielen Sachen. Im hinteren Bereich standen ein paar alte Vitrinen. Ich fand Kisten und Truhen mit allem möglichen Zeugs. Porzellanpuppen, Schmuck, noch fünf Bilder, die wesentlich älter waren, als die, die im Keller lagen. Ich zog eine Kiste hervor. Altertümliche, prachtvolle Kleider tauchten auf. Der Unterrock könnte glatt als Zelt herhalten.

Aron kam nach oben und zog mich in seine Arme. Ich strahlte ihn an. Er wirkte nachdenklich. „Geht es dir nicht gut?" „Mein Bruder hat sich an die Presse gewendet." Damit hatte er doch schon gerechnet? „Und?" Aron schüttelte seinen Kopf. „Dieser Idiot. Er behauptet, dass ich nur dein Geld will und schon immer geldgierig war. Deswegen machte ich auch diese Boxkämpfe. Und dann das Gerücht, dass mich das FBI entlassen hätte …" Ihm schien die Sache wirklich zuzusetzen. Ich lächelte ihn liebevoll an und strich ihm übers Gesicht. „Ich liebe dich und ich vertraue dir aus tiefstem Herzen. Er kann uns nichts tun, solange wir zusammenhalten." Aron hielt mich fest, als hätte er Angst, dass ich davonlaufen würde. „Ich will dich niemals verlieren." „Pass auf. Wir suchen uns hier einen guten Anwalt, der unsere Interessen vertritt. Da Orlovski eh schon mit den Nerven am Ende ist. Wir belegen die Wahrheit und das geht dann an die Presse raus. Außerdem bekommen wir Geld, sobald die ein Foto von uns machen." Besänftigt schenkte er mir ein Schmunzeln. „Was machst du mit all dem Geld?" „Die Presseeinnahmen gehen an Waisenhäuser", gestand ich ihm. Aron sah mich staunend an. „Meine Liebe. Dann lassen wir ganz viele Bilder von uns machen." „Oh, bitte nicht. Ich mag es, ein Geist zu sein. Außerdem treibt es den Preis nach oben." Glücklich küsste er mich. Ich spürte, dass er an meinem Geld nicht interessiert war. Immerhin traute ich meinem Instinkt und die Tatsache, dass ich den Großteil seiner Geschichte kannte, erstickte jeglichen Zweifel im Keim.

Nachdem wir meinen neuen Fund hinuntergebracht hatten, nahm Aron noch Maß vom Dachboden. Wir errechneten, wie viel Zeug wir benötigten. Ich schrieb Vater, dass wir gut gelandet sind. Dieser freute sich für uns und versprach in zwei Wochen zu folgen. Außerdem schickte er aus der italienischen Ruine Bilder nach New York. Er ärgerte sich, da sein eigener Fund nicht ganz so groß ausfiel. Aber auch durch ihn kamen weitere siebenunddreißig Bilder sowie ein paar Schmuckstücke hinzu.

Aron begutachtete das feine Geschirr in der Küche. „Meine Mutter liebt solche Sachen." „Dann pack es ein. Ich kann es einfach nicht mehr sehen", jammerte ich belustigt. „Siehst du, schon wieder nehme ich nur", beklagte er sich.

Ich schüttelte meinen Kopf. „Wenn du so darüber denkst, haben wir bald Probleme miteinander. Ich habe keine Zeit, um auf Flohmärkten herumzutoben und den Kram zu verscherbeln. Warum kann ich dann nicht jemandem eine Freude damit machen?" Ich suchte auf meinem Computer gerade nach Autohäusern.

„Ich leiste einfach zu wenig dafür", kam leise von Aron. Ich hob meine Augenbrauen und kicherte vor mich hin. „Vater meint, dass du die Bilder aus Italien verkaufen sollst. Er schickt uns die Exposés. Die solltest du auswendig lernen." „Super!" Aron freute sich wirklich darüber.

Ich schnappte mir meine Tasche. „Jetzt komm." Er musterte mich verwirrt. „Auto kaufen. So schön wie die Corvette ist, so unpraktisch ist sie auch." Aron hielt mir die Tür auf. Zusammen fuhren wir los. Ich entschied mich für einen großen Chevrolet mit einer großen Verladevorrichtung am Heck. Ich liebte diese riesigen Fahrzeuge. Vor allem passte da einiges hinein. Ich zahlte den Wagen sofort und würde ihn am nächsten Tag bekommen, da er noch zugelassen werden musste. Ich ließ alles auf Arons Namen laufen. Da ich von amerikanischen Autoversicherungen keinen Schimmer hatte. Auch die Papiere liefen auf seinen Namen. Die Corvette reichte mir vollkommen aus.

„Hast du mir gerade ein Auto gekauft?", wunderte er sich beim Einkaufen. Wir besorgten noch Lebensmittel. „Ähm na ja, nur aus reiner Eigennützigkeit. Weil wir die Baumaterialien kaufen müssen." Aron schüttelte entsetzt seinen Kopf. „Vater beteiligt dich an seinen Bildern." Aron hob seine Augenbrauen. „OK. Dann muss ich noch fleißiger lernen." „Machen wir doch einen Wettbewerb. Du gegen mich. Mal sehen wer mehr einbringt?" Ich wackelte herausfordernd mit meinen Augenbrauen. „Deal!" Zusammen kochten wir uns etwas und genossen den Abend. Ich konnte einfach nicht genug von diesem Mann bekommen.

Gemeinsam kämpften wir gegen die Zeitumstellung an. Die raubte einem wirklich den letzten Nerv. Am nächsten Morgen stand pünktlich der Chevrolet vor unserer Tür. Wir fuhren zum Baumarkt und holten die Sachen, die wir brauchten. Auch Regale kauften wir gleich ein. Anschließend rief ich die Museumsdame an und schickte ihr Bilder von dem kleineren Fund. Sie wollte einen Galeristen beauftragen, aber ich war dagegen, da ich die Vorträge mit Aron übernahm. Am Ende empfahl sie mir noch einen Anwalt, da ich mich bei ihr erkundigt hatte. Auch ihn rief ich an und vereinbarte einen Termin. Dieser wollte sich sogar auf den Weg zu uns machen, was es noch einfacher machte. Da dann doch zwischen Boston und New York ein paar Stunden Fahrzeit lagen.

Wir räumten gerade das Dachgeschoss aus und ich fing an den Boden zu wischen, als es unten klopfte. „Ich gehe." Aron rannte nach unten. Ich putzte weiter, da ich diesen Teil auch lieber bei Vater übernahm, weil man es mir eh nicht ordentlich genug machen konnte. „Christine!" Aron rief laut. Ich runzelte meine Stirn. Das Gute an der Namenssache war, dass ich sofort wusste, wenn jemand Offizielles kam. Ich lief nach unten. „Ja, Liebling?" Da stand ein Priester in der Tür und traute sich nicht rein.

„Der Vatikan schickt mich." Er hielt eine große Flasche mit Wasser in seiner Hand. Ich zeigte Aron wie man testete, ob es sich um geweihtes Wasser handelte, was mit den getrockneten Pflanzen funktionierte. Dankbar nahm ich diese entgegen. „Wollen Sie reinkommen?" Der Priester sah sich besorgt um. „Ähm, lieber nicht." Ich atmete tief durch. „Ich bräuchte Ihre Telefonnummer und die Adresse Ihrer Kirche" Er reichte mir einen Zettel und verschwand wieder. Aron prustete lachend neben mir los. „Das kann ja lustig werden", schmunzelte ich und machte mich wieder an, das Dachgeschoss zu putzen. „Süße, wir müssen in zwei Stunden los!", informierte mich Aron. Ich schaute ihn fragend an, doch er zuckte grinsend mit seinen Schultern. Der Fußboden musste trotzdem fertig werden, deshalb rannte ich wieder nach oben.

Anschließend benötigte ich eine Dusche. „Aron, was soll ich anziehen?" Er tauchte neben mir auf. Ich musterte ihn, da er eine lässige Jeans und ein schlichtes Hemd trug. Ich zog mir ebenfalls eine Jeans und ein hübsches Shirt an. Mit einem modernen, bunten Aufdruck. Liebevoll küsste er meinen Halsansatz. „Darf ich meinen neuen Wagen nehmen?", erkundigte er sich lieb. Ich strahlte ihn an und nickte. „Hast du den Rasen gemäht?", stellte ich beim Rausgehen staunend fest. „Ja, mit dem kleinen Traktor ging das schnell." „Super! Danke!" Das freute mich riesig. „Ich kann dir mit gemähtem Rasen mehr Freude machen als mit Diamanten?", gab er kopfschüttelnd ab. „Ich bin eben auch nur ein einfaches Mädchen." Er hielt mir die Wagentür auf. „Nein, du bist mein Mädchen." Ich bekam noch einen Kuss und seufzte glücklich.

Aron fuhr mit mir an Boston vorbei. Ich vermutete, dass wir Richtung Westen fuhren, da es immer ländlicher wurde. Ich schaute mir die schöne Natur an. Entdeckte weite Felder, welche in ein saftiges Grün getaucht waren. Bei den winzigen Holzkirchen juchzte ich auf. Aron strahlte mich an und bog zu einem hübschen Dörfchen ab, welches ebenfalls diese einfachen Holzhäuser besaß. Einige erinnerten mehr an Scheunen als an Häuser. Andere bestanden aus Stein, aber nicht aus diesem typischen Ziegel, sondern eher aus Beton. „Ich mag das hier." „Du magst keine großen Städte?" Konzentriert steuerte er den Wagen. „Doch auch. Aber leben tue ich lieber an einem ruhigen Ort. Ich war zu lange in München, da ist man so anonym, dass man irgendwie vereinsamt." Aron fuhr über einen langen Feldweg. Am Rande entdeckte ich eine Pferdekoppel. Ich schaute in die Ferne. An einem Waldrand stand ein einfaches süßes Holzhaus. „Das ist perfekt." Dabei zeigte ich auf das Haus. „Aha ... Denn darin bin ich aufgewachsen." Ich wurde blass. „Wie? Ich … ich … also … deine Familie?" Mein Herz klopfte schnell. In meinem Kopf drehte sich alles. Schon kamen meine Berührungsängste zurück und vor allem … wenn sie mich umarmen wollten oder ihn zu sehr liebten … oder noch schlimmer, mich hassten. „Genau davor warnte mich dein Vater. Jetzt atme tief durch. Sie sind nett und sie werden dich mögen, alleine aus dem Grund, weil ich dich so liebe", raunte er tröstend. Panisch schaute ich zu ihm auf. „Geschenke?" Aron lächelte mich gefühlvoll an. Er parkte den Wagen vor der Tür und nahm mein Gesicht zwischen seine Hände. „Süße, ich liebe dich über alles." Ich nickte und schluckte den dicken Kloß hinunter.

An der Eingangstür warteten bereits seine Eltern. Kaum stieg er aus, lief eine junge Schönheit auf ihn zu. Zitternd öffnete ich die Beifahrertür. Ich starrte verzweifelt diese perfekte Familie an. Auch wenn ich wusste, dass sie eigentlich nicht ganz perfekt war. Für mich war eine solche Familie trotzdem utopisch. Ich sah mich allein in diesem Kinderheim sitzen, wie ich mich vor der ganzen Welt verschloss und niemanden mehr an mich heranließ. Meine Vergangenheit holte mich blitzschnell ein. Ich lehnte mich gegen den Wagen, um nicht umzukippen. „Hey, Liebling, alles klar?", hörte ich Aron aus der Ferne. Ich schüttelte meinen Kopf. „Zwei, drei, fünf …" Ich blickte auf, in seine schönen Augen. Bisher hatten wir kaum über meine Geschichten gesprochen. Doch er zählte meine Primzahlen. „Sieben, elf, dreizehn, siebzehn …", hauchte ich kaum hörbar. „OK, du machst das gut. Atme tief durch." Er sprach erstaunlich sanft zu mir. Ich zog langsam Luft ein und blies sie wieder aus. Die Umrisse wurden wieder schärfer. Aron zog mich in seine Arme. „Alles wird gut, meine Liebe. Das vergeht, du wirst sie mögen." „Ich liebe dich", stammelte ich an seiner Brust. „Ich dich auch." Dabei lächelte er mich ermutigend an. Ich schaute an ihm vorbei und sah neugierig zu seinen Eltern. „Die halten mich bestimmt für komplett bescheuert." „Nein, dein Vater warnte mich vor und ich habe mit ihnen gesprochen. Aber dass es dich so sehr erwischt, hätte ich auch nicht gedacht." Zögernd löste ich mich von ihm. Er griff nach meiner Hand, gab mir aber noch einen Moment Zeit und zusammen gingen wir langsam auf sie zu.

„Entschuldigen Sie meinen Auftritt", gab ich schüchtern ab. Seine Mutter sah mich lächelnd an. „Ich habe gehört, dass Sie es nicht immer einfach hatten." Ich zuckte mit meinen Schultern und reichte Arons Vater die Hand. „Wenn Sie das Essen meiner Frau probieren, wird alles gut." Seine Lachfältchen ließen ihn wirklich freundlich wirken. Ich schenkte ihnen ein leichtes Schmunzeln. Seine Schwester Simone kam ebenfalls auf mich zu. „Sie sind noch hübscher als im Fernsehen." „Fernsehen?", wunderte ich mich. „Ja, da sieht man dich auch manchmal. Sie besitzt nicht mal einen", erklärte Aron ihnen gelassen. Die drei schauten mich verwirrt an. „Wann hätte ich Zeit dazu? Außerdem ist ein Fernseher in einem Schloss oder einer Burg doch ein seltsamer Gedanke …" Dabei schaute ich nachdenklich zu Simone. Wobei ich meine Ideen erst einmal für mich behielt.

„Jetzt kommt erst einmal rein", kam fürsorglich von seiner Mutter. „Wartet!" Aron lief zum Wagen und holte einen großen Karton heraus. Gott sei Dank, ich war dieses Geschirr endlich los. Was mich halbwegs wieder zurück in die Realität holte. Aron trug den großen Karton in das kleine Haus. Simone lief neben mir her, als wir das Häuschen betraten. Es war wirklich hübsch. Durch einen winzigen Flur trennte sich der Eingangsbereich. Dahinter folgte ein gemütliches Wohnzimmer, welches mit einer Essecke kombiniert war. Alles wirkte sehr einladend, mit hellen Farben eingerichtet und vor allem schön sauber. Das mochte ich, auch wenn einiges schon abgenutzt erschien, fand ich es trotzdem heimelig.

„Setzt euch!" Arons Mama deutete auf das Sofa. Sie ging in die Küche. „Darf ich Ihnen helfen?", fragte ich leise. „Nein, du bist Gast in meinem Haus." Ich schaute auf. Sie war hübsch. Etwas rundlich, Aron hatte ihre Gesichtszüge geerbt. Aber diese dunkle Haut kam von seinem Vater. Seine Schwester kam da eher nach seiner Mutter. Sie strahlte mich an. Eigentlich musste sie etwa so alt sein wie ich. Dreiundzwanzig, fiel mir dabei wieder ein. Zögernd setzte ich mich auf das Sofa, bevor ich dämlich in der Gegend herumstand.

Simone nahm neben mir Platz. Ich fühlte mich ein wenig unbehaglich. „Ich habe gesehen, wie er dich in Dresden geküsst hat. Die Bilder gingen um die ganze Welt. Ihr seid füreinander bestimmt." Ich sah sie erstaunt an. „Ja, deswegen fragt mich auch jeder nach einem Autogramm", beklagte sich seine Mutter. Sie stellte gerade eine große Schüssel auf den Tisch. „Wollen Sie Karten?" Ich griff nach meiner Tasche und kramte darin herum. Ich zog die kleine Mappe mit den Autogrammkarten raus. „Sie hat Autogrammkarten!", quiekte Simone. „Bei meinem Namen? Ehrlich, ich würde sonst nie fertig werden." „Wie ist denn dein voller Name? Denn sie nennen dich nur Chrissi", erkundigte sich ihre Mutter gelassen. „Nadja Christine Annabelle Schmied von Hoym", zählte ich langsam auf. Arons Mutter lachte laut auf. „Das ist grausam!" „Ja, das sehe ich auch so. Bevor ich von meiner … Herkunft erfuhr, hieß ich nur Nadja Schmied."

„Ich habe gehört, dass du in einem Heim aufgewachsen bist." Ich nickte ihr schüchtern zu. „Warum glaubt jeder, dass du was mit diesem Christian hast?", knurrte Arons Vater und musterte mich prüfend. „Er ist wie ein Vater. Ich nenne ihn sogar manchmal Papa, wenn ich nicht darüber nachdenke." Ich hasste es zu lügen. Aber in dem Fall blieb mir nichts anderes übrig. Ich gab Simone an die zehn Karten. Sie räumte diese ordentlich auf.

Aron umarmte mich glücklich von hinten. „Können wir?" Ich schaute fragend hoch. „Geschenke?" Ich nickte. „Mach du." Er hauchte mir einen Kuss auf die Stirn. Aron fing an zu erzählen, wie fantastisch er Europa fand. Er berichtete von Dresden, der Burg, von Prag, dem Schloss und natürlich durfte München auch nicht fehlen. Simone sah ihn verträumt an. Ich schmunzelte, da ich es mittlerweile gewohnt war, dass Frauen ihn so ansahen. Auch wenn es sich um seine Schwester handelte. Ich vermutete, dass sie ihn eher wegen der Reisen so glücklich betrachtete.

Dabei bemerkte ich, wie sehr ich mich wirklich an meine Welt gewöhnt hatte. Auch wenn ich den Reichtum nicht wie andere auslebte, wusste ich ihn doch zu nutzen. „Liegt er Ihnen auf der Tasche?", riss mich sein Vater aus meiner Gedankenwelt. „Nein. Er arbeitet viel und unterstützt mich." Alle sahen mich erstaunt an. „Wir haben zusammen das Schloss erobert, alles gemeinsam organisiert und er lernt schnell. Ich verschenke kein Geld. Ich habe mein Erbe ordentlich ausgebaut und das hätte vor einem Jahr keiner geglaubt. Damals meinten alle, ich würde es verschwenden", erklärte ich ernst. Aron sah mich voller Stolz an. Sein Vater atmete erleichtert durch. Seine Mutter schien sich ebenfalls zu entspannen. „Sie dürfen ihn in drei Wochen gerne in New York bewundern", fügte ich eifrig hinzu. „Ja, Christian möchte, dass ich seine Bilder verkaufe. Ich habe nur keine Ahnung, wie das gehen soll."

„Du wirst viele Exposés auswendig lernen und jedem einfach nur immer wieder das Gleiche erklären." Ich vertraute auf Aron und wusste, dass er es schaffen würde. „Darf ich fragen, was er dafür bekommt?", erkundigte sich sein Vater neugierig. Ich zuckte mit meinen Schultern. „Ich glaube fünfundzwanzig Prozent am Erlös. Wir teilen es durch drei und die restlichen fünfundzwanzig sind Kosten." Aron keuchte laut auf. „Nein, das ist zu viel!" „Wenn du mies bist, dann wird es nicht viel", grinste ich. Das Reden über den Job half mir wenigstens, mich zu entspannen. Seine Eltern sahen sich an. „Darf ich fragen, um welche Summen es sich handelt? Ich will mich aber nicht aufdrängen", kam verlegen von seiner Mutter. Ich spürte, dass sie es wirklich nur aus Neugierde heraus wissen wollten und nicht aus Gier. „Ich weiß es nicht genau. Im schlimmsten Fall fünf Millionen." Die vier husteten laut los.

Aron schaffte es endlich, Simone die Geige zu überreichen. Ihr blieb fast das Herz stehen, als sie dieses Schmuckstück sah. Seine Mutter bekam das alte Porzellan. Wobei ich noch immer froh war, dass ich es loswurde. „Das ist zu viel!" „Darf ich ehrlich sein?", fing ich entschuldigend an. Sie musterte mich. „Ich habe Tonnen davon und kann es einfach nicht mehr sehen. Sie machen mich sehr glücklich, wenn Sie sich einfach darüber freuen." Sie sah mich verwirrt an. „Es ist traumhaft schön." „Ist es auch", gab ich bestätigend ab, nur leider konnte ich dem nichts abgewinnen. „Danke", lächelte sie und ich atmete tief durch. Aron zog die alten Portraits hinaus. Die anderen drei starrten diese Bilder an. „Oh mein Gott. Ich kenne diese Bilder!", keuchte seine Mutter. Ich runzelte meine Stirn und schaute fragend in ihre Richtung. „Meine Großmutter hatte ganz ähnliche." Aron und ich sahen uns verschwörerisch an. „Sie war lange sehr krank und dabei ging ihr ganzes Vermögen drauf", seufzte Arons Mutter traurig. Ich stand auf und ging zu der Kiste. Ich zog zwei Schatullen raus. „Ich weiß, dass Sie gleich einen Anfall bekommen. Aber ich bin der Ansicht, dass Geld vergänglich ist. Schmuck und Kunst sind beständig." Ich öffnete die erste Schatulle und reichte sie ihr. Es war eine wunderschöne Perlenkette und in der Mitte befand sich eine Brosche mit einer Porzellanfigur. „Ich sah sie und dachte, sie wäre perfekt für die Mutter, die mir den Mann schenkte, der mein Herz eroberte." Sie weinte los. Zitternd nahm sie mir diese Schachtel ab. Ich drehte mich zu Simone. „Ich möchte dir einen Job anbieten. Aron meinte, dass du öfters krank sein könntest. Aber ich vertraue nur wenigen Menschen. Du kannst das Haus am Meer einrichten. Wenn du danach noch Lust hast, benötige ich eine Assistentin." Ich reichte ihr die zweite Schatulle. Es war ein Collier mit grünen Steinen. Passend zu ihren Augen.

„Aber … was ist, wenn ich nicht arbeiten kann?", hauchte Simone den Tränen nahe. „Du kannst dir alles frei einteilen. Wenn es dir gut geht, arbeitest du und wenn nicht, dann übernehme ich es. Es geht nur um organisatorische Dinge wie E-Mails. Ich zeige es dir und du entscheidest dann selbst." Sie fiel mir schluchzend um den Hals, hilflos sah ich zu Aron. Der unternahm irgendwie nichts. „Krankenversicherung ist inbegriffen", gab ich erstickt ab. Sie drückte noch fester zu und schniefte an meiner Seite. Ich schaute erneut hilflos zu Aron auf. Dieser aber strahlte glücklich in meine Richtung.

Irgendwann schafften wir es zu essen. Es gab Hackbraten und dieser schmeckte wirklich gut. Aron strahlte vergnügt über beide Ohren. „Hast du ihr von Max erzählt?", murmelte sein Vater. Ich schaute neugierig in Arons Richtung. Wer war Max schon wieder? „Mein Bruder", knurrte er mit zusammengebissenen Zähnen, als hätte er meine Gedanken gelesen. „Ach ja, ich weiß Bescheid", lächelte ich besänftigend. Ich schaute neugierig zu Simone. Sie saß grübelnd am Tisch und stocherte nur in dem Essen herum.

Leise seufzte sie vor sich her. „Simone, du kannst ablehnen." Auch wenn ich es schade fände. Aber sie durfte natürlich nein sagen. „Doch, ich möchte es. Ich bräuchte nur eine Wohnung in Boston, die ich mir nicht leisten kann und ich will nicht schon wieder um Geld bitten müssen." Ich sah sie verwirrt an. „Ähm, du kannst bei uns wohnen. Das Haus hat zwanzig Zimmer. Außerdem wollte ich, dass du die anderen Sachen auch von hier aus machen kannst." Sie sah zu mir auf. „Ach du meinst, dass wir alles per Mail und Telefon hinbekommen?" Ich nickte ihr zu. Sie juchzte erneut glücklich auf. Wieder fiel sie mir um den Hals. Ich versuchte erst gar nicht Aron anzusehen. Da er es zu genießen schien, dass sie mich mochte. „Ich ..." Ach, ich hielt dann doch besser meinen Mund. Sein Vater schmunzelte zufrieden. Ich schluckte meine Scham hinunter und insbesondere das aufkeimende Gefühl der Angst.

Nachdem sie mich endlich losließ, konnte ich wieder freier atmen. „Wann kannst du anfangen?", traute ich mich zu fragen. Wieder drückte sie mich. Ich riss meine Augen weit auf. „Ähm ..." „Lass Nadja mal los", lachte Aron. „Wen?", wunderte sich Simone. Aron sah mich fragend an. Ich schnaubte, trotzdem nickte ich ihm zu. „Nadja dürfen sie nur die engsten Freunde nennen", erklärte Aron seiner Familie. Alle runzelten ihre Stirn. „Wenn die ganze Welt auf einen schaut, dann ist es einfacher, wenn man Privates und Öffentliches trennen kann." Ich nahm einen Schluck von dem Wein, welchen wir mitgebracht hatten.

Aron rutschte zu mir und nahm mich in seinen Arm. Sofort entspannte ich mich wieder. „Wie sehen Sie das mit Arons Gabe?", fing nun sein Vater an. Fragend schaute ich in seine Richtung. „Aron sieht Tote. Vor allem hat er ein gutes Gespür für Menschen", kam beschämt von seiner Mutter. „Kann das noch jemand in seiner Familie?", erkundigte ich mich gelassen. „Seine Großmutter konnte es", seufzte sie. Ich sah ihn an und küsste sein Kinn. Aron schaute mich an. Aber ich konnte seinen Blick nicht deuten. „Er ist eben etwas Besonderes", erneut küsste ich sein Kinn und lächelte zufrieden. „Liebe macht blind." In Arons Augen entstand ein glückliches Leuchten. „Mmmhhh, nein."

„Ich kann morgen kommen oder ich komme gleich mit", säuselte seine Schwester und unterbrach uns. „Dann pack deine Sachen." Aron funkelte mich prüfend an. „Wie groß ist das Haus?", rief sie, während sie rauslief. „Groß!" Wir lachten laut auf, da wir gleichzeitig sprachen. „Ist das Ihr Ernst mit dem Angebot?", flüsterte sein Vater. Ich schaute zu ihm. „Ich neige nur selten zum Scherzen." Aron nickte lachend neben mir. Sanft strich er über meinen Rücken. „Deine Freundin passt perfekt zu dir", murmelte sein Vater. Ich stand auf und half beim Aufräumen. Seine Mutter beobachtete mich besorgt. Ich war schon froh, dass ich mich überhaupt nützlich machen konnte. Außerdem lenkte es mich ein wenig von meinen Unsicherheiten ab.

Ich musterte die Küche. Sie war schlicht eingerichtet. Da die Spülmaschine offen stand, fiel es mir leicht, mich zurechtzufinden. Ich spülte die Teller ab, sortierte diese hinein. „Sie sind wie er", erklang seine Mutter hinter mir. Ich drehte mich zu ihr um. „Meine Mutter wurde daran verrückt, dass er die Geister sieht." „Das werden wir nicht. Wir helfen und tun Gutes." „Wie? Bitte sagen Sie mir, dass diese Geister real sind." Sie klang wirklich besorgt. Ich erkannte, dass sie ihren Sohn zwar liebte, aber an seinen Fähigkeiten zweifelte. Was ich durchaus nachvollziehen konnte. Am Anfang glaubte ich selbst, dass ich nur eine überschwängliche Fantasie besäße. „Wollen Sie es wirklich wissen?" Sie nickte eifrig. „Seit Jahren sorge ich mich um meinen Sohn. Ich weiß, dass es Dinge gibt, die keiner beschreiben kann. Aber ist es wirklich real?" Ich griff nach ihrer Hand und zog sie aus dem Haus. Aron musterte mich, als wir an ihm vorbeigingen, aber ich zwinkerte ihm zu. Er unterhielt sich weiter mit seinem Vater.

Draußen zog ich meine Münze. „Mir wird immer leicht schummerig", seufzte ich und drehte sie. Dabei hielt ich Arons Mutter fest. Schon umhüllte uns dieser Nebel. „Was ist das?" „Die Ebene zwischen unserer Welt und die der Toten. Wir sind Wächter und schützen beide Welten vor einem Ungleichgewicht. Ich habe den Verdacht, dass die Geister von unserer Lebensenergie zehren und davor müssen wir die Menschen schützen ... Aber auch unter uns gibt es böse Wächter, die über diese Fähigkeiten mehr Macht ergreifen wollen. Wir helfen nur und folgen unserer Aufgabe. Erst letzte Woche haben wir ein Mädchen gerettet." Es fühlte sich an, als würde ich sie um ihren Segen bitten. Sie betrachtete mich traurig. „Danke, dass Sie es mir zeigen. Danke, dass Sie ihn lieben." Tränen traten in ihre Augen. „Danke, dass ich ihn lieben darf. Ich bin echt verkorkst", schniefte ich mit ihr. Sie legte ihre Hand auf meine Schulter. „Du hast viel durchgemacht." Ich nickte zögernd. „Die Menschen sind schlecht. Nur wenige sind gut und die sollte man sich bewahren." Die Münze kippte um und schon verschwand der Nebel. „Das Schloss, es war Zufall. Aber es gehörte ihrer Familie. Ich will es Aron geben, auch wenn es ein Geschenk an mich war ..." Sie zog mich in ihre Arme. „Jetzt verstehe ich auch die Geschenke, danke. Aber Sie brauchen es nicht zurückzugeben. Wir sind wirklich glücklich." Arons Mutter weinte an meiner Seite. Trotzdem spürte ich, dass sie glücklich war. Ich hob die Münze auf. „Ich zeige Ihnen noch etwas." Ich ließ sie noch einmal drehen, zog meinen Stift aus meinem Haar und schrieb auf das Holz der Veranda.

Die Liebe vereint,

was lange verneint.

Das Glück vermag,

was lange verbarg.

Das Leben erlitt,

was keiner bestritt.

Gesundheit, Liebe und ein langes Leben,

soll es in diesem Hause geben.

Ich überlegte, doch mit etwas Blut besiegelte ich meinen Wunsch. Das ganze Haus leuchtete auf und Arons Mutter staunte darüber. Ich griff nach der Münze und schon hörte man nur noch das Zirpen der Grillen. Im Haus erklang ein Poltern. Seine Mutter und ich sahen uns entsetzt an und rannten hinein. Da stand Simone vor uns, welche einen riesigen Koffer hinter sich herzog. Ich atmete erleichtert durch. Selbst Aron sowie sein Vater schienen einen Schreck bekommen zu haben. Aron betrachtete streng den Koffer. „Willst du bei uns einziehen?" Er hob diesen hoch und trug ihn zum Wagen. „Ich komme hier sonst nie weg", flötete seine Schwester. Ich atmete tief durch. Seine Mutter sah mich besorgt an. „Willst du dir das wirklich antun?" Ich zuckte mit meinen Schultern. „Wozu gibt es Probezeiten?" Sein Vater lachte zufrieden auf. Sie drückte mich zum Abschied und sein Vater reichte mir seine Hand.

Aron und seine Schwester verabschiedeten sich liebevoll von ihren Eltern. Auf der Rückfahrt kuschelte ich mich an meinen Liebsten und schlief erschöpft ein.

Kapitel 13

Am Morgen lief ich meine Runde. Aron joggte neben mir her. Seine Schwester hatten wir schlafen lassen. Ich liebte meine leichte Musik und das Rauschen des Meeres, wenn ich joggen ging. Es war einfach traumhaft schön, auch wenn das Wetter nicht perfekt mitspielte, da ein starker Wind blies und der Regen etwas nervte.

Wir kamen am Haus an. „Da kann man sich fast die Dusche sparen", witzelte Aron neben mir. Ich schmunzelte. Trotzdem huschte ich schnell unter die warme Dusche. „Schläft sie noch immer?" „Nein, sie macht schon Frühstück." Ich atmete erleichtert durch. Ein wenig Bedenken hatte ich schon noch, ob wir auch wirklich klarkämen. Aber ich wollte ihr diese Chance geben.

„Guten Morgen!", zwitscherte Simone glücklich, als ich nach unten kam. „Guten Morgen." Ich grübelte gerade über die vielen Dinge nach, die wir zu erledigen hatten. Ich musste dringend meine Termine sortieren. Sonst würde ich in den nächsten Tagen untergehen. Vor allem wollte ich das Dachgeschoss fertigstellen, damit ich mit den anderen Sachen anfangen konnte, nachdem die E-Mail-Anfragen über merkwürdige Dinge nicht weniger wurden. Ich schob mir schnell eine Semmel ein. „Was kann ich für dich tun?", unterbrach mich Simone. Ich schaute mich um. „Ich würde mich freuen, wenn du ein Konzept für das Haus erarbeitest. Ich hätte gern etwas Modernes, aber es soll passen. Nur die Bilder in den Fluren möchte ich behalten. Alles andere kann weg ... Ach die Küche soll auch bleiben." „Ich brauche einen Laptop." Sie stand schüchtern vor mir, als würde sie sich schämen, mich um etwas zu bitten. „Dann bestell bitte gleich zwei." Damit ließ ich die arme zurück. Ich war mir auch nicht sicher, warum ich ihr die kalte Schulter zeigte. Vermutlich war ich eben wirklich kein Menschenfreund.

Ich fing oben an, die Dämmwolle zwischen die Balken zu stopfen. Anschließend schraubte ich die erste Platte an. „Alles in Ordnung bei dir?" Aron tauchte auf, um zu helfen. Er machte an der anderen Seite weiter. Nur dass er schneller war als ich. „Ja, ich brauche nur Zeit." „Warum sprichst du nie über deine Zeit im Heim?" Er nuschelte, da er eine Schraube zwischen seinen Zähnen hielt. Ich seufzte leise. „Die Heime waren nicht schlimm, eher die Pflegefamilien." Leise erzählte ich von der Familie, bei der ich mich wohlgefühlt hatte. Wie dann aber die Lügen der Nachbarn dafür sorgten, dass ich weg musste. Anschließend kam die mit dem Kind, welches mich anzündete und die letzte Familie gab mir den Rest. Aron musterte mich traurig. „Kein Wunder, dass du gestern so reagiert hast." Zärtlich küsste er meine Wange. „Ich will nicht mehr daran denken." „Reden hilft und das macht es mir einfacher zu verstehen, warum du dich vor den Menschen versteckst." Aron betrachtete prüfend sein Werk. Wir kamen wirklich schnell voran, was mich tröstete. „Ich hole noch Schrauben und Lebensmittel. Kommst du klar?", bot Aron an. „Ja, das ist gut." Er küsste mich erneut und lief nach unten.

Ich bastelte weiter und fand es schön, wenn man sah, was man tat. Außerdem genoss ich es mal wieder, ein paar Momente für mich alleine zu haben. Ich betrachtete mein Werk. Dabei stellte ich fest, dass ich schon die halbe Seite geschafft hatte. Ich stopfte gerade die nächste Wolle hinein, als jemand laut schrie. Panisch folgte ich dem grellen Schrei. Ich stolperte und fiel fast die Treppe hinunter. „Was machst du hier? Das ist Einbruch!", kreischte Ian. Ian?

Ich entdeckte ihn mit hochrotem Kopf am Eingang. Simone stand vollkommen verzweifelt vor ihm. Sie bekam kein Wort heraus. „Ian!", freute ich mich trotzdem. Dieser sah verwirrt auf. „Was machst du hier?" Ich lief ihm freudig in seine Arme. „Wir sind viel früher gekommen. Europa wurde mir zu langweilig. Simone hier, richtet das Haus neu ein." Ich freute mich einen Freund zu haben und darüber, dass er wirklich nach dem Haus sah und mich trotz Aron nicht vergessen hatte. „Oh, dann muss ich mich entschuldigen." Ian reichte Simone seine Hand. Die schien noch immer unter Schock zu stehen. „Simone, setz dich. Ian ist ein Freund", flüsterte ich ihr sanft zu. Simone ging zitternd zu dem Esstisch und setzte sich. Ich staunte, da sie bereits viele Zeichnungen angefertigt hatte. Vor allem waren diese maßstabsgetreu und absolut nachvollziehbar.

„Das ist hübsch." Ich deutete auf das Wohnzimmer, das offener wirkte, da sie die großen Fenster miteinbezog. Das Esszimmer und das Wohnzimmer wurden miteinander verbunden. Auch diese Idee gefiel mir. „Die Bibliothek kannst du so lassen. Nur einen neuen Anstrich braucht sie", murmelte ich nachdenklich. Ian brachte uns Kaffee. „Ich wollte nach deinem Haus sehen." Dabei jonglierte er mit den Tassen. „Ian, ich bin in zwei Wochen in New York. Leider habe ich im Augenblick anderes zu tun", seufzte ich entschuldigend. Ich lief schnell zu der Abstellkammer. „Willst du dein Geschenk gleich oder erst in zwei Wochen?", rief ich durchs Haus. „Du sollst mir nicht immer etwas schenken!" Ich zog eines der Bilder raus und brachte es ihm. „Wobei ich deine Geschenke liebe." Seine Augen leuchteten begeistert auf, als er den alten Akt entdeckte. „Wir machen in einem der Kunstmuseen noch so eine Aktion wie in Dresden." Dabei trank ich hastig meinen Kaffee. „Großartig. Wie viele Bilder werden es sein?" Ich überschlug schnell. „Hundertzwanzig." Ian riss staunend seine Augen auf. Er tippte eifrig etwas in sein Telefon. „Wie komme ich an eine Karte?" „Ich bekomme ein paar Freikarten, dann gebe ich euch welche." „Markus war letzte Woche da. Wir eröffnen gerade einen Klub hier in Boston. Er wollte dich nach den Möbeln fragen, weil sein Vater einen Antiquitätenhandel hat." „Das kommt mir gelegen. Kläre mit Simone, was raus kann und dann sollen sie das Zeug holen. Sei lieb zu ihr! ... Einen großen Tisch und vier Stühle brauche ich noch!", grinste ich und lief wieder nach oben. Den Tisch brauchte ich für meinen Wächterraum. Außerdem freute es mich, dass ich jemanden hatte, der mir die Möbel abnahm. Sie befanden sich in einem sehr guten Zustand, nur leider fand ich die Zeit nicht, Käufer dafür zu finden. Zumal sich keiner auf das Grundstück traute. Damit konnte ich einen Direktverkauf vergessen.

Am späten Nachmittag strahlte ich den fast fertigen Dachboden an. Es war einfach toll, etwas mit seinen eigenen Händen erschaffen zu können. Nun mussten wir ihn nur noch streichen, was wir auch bis in die Abendstunden hin taten. Dafür war Simone so nett und zauberte uns ein Abendessen. Während des Essens stellte ich ihr den Kontakt zu Orlovski her, damit sie ihre Papiere fertig machen konnte. Orlovski Junior war sauer, weil ich einen Anwalt in den Staaten beauftragen wollte. Damit nahm er sich selber der Sache mit dem Bruder von Aron an. Vermutlich fürchtete er sich vor der Konkurrenz. Mir sollte es recht sein, weil ich mich um keinen weiteren Juristen bemühen musste.

Die Tage vergingen wie im Flug. Zusammen bauten wir das Wächterzimmer aus und ich fand, dass es richtig gut wurde. Vater ließ über Sonderlieferungen einige Pakete schicken, damit alles vorhanden war, was wir brauchten. Aron und ich pflanzten Efeu und Klee an. Wobei der Klee eher wie Unkraut wucherte und schnell den Rasen auf meinem Grundstück eroberte.

Vater schickte uns auch noch ein paar alte Bücher sowie andere merkwürdige Substanzen. Ein wenig wunderte ich mich über diese weißen kleinen Streifen, mit denen man pH-Werte messen konnte. Auch ein paar andere Dinge kamen hinzu, welche in kleinen Röhrchen oder Fläschchen geschickt wurden. Dafür bekam ich in Boston eine Wächterkammer, die fast genauso umfangreich ausgestattet war, wie die in Dresden. Klar fehlten noch ein paar Utensilien, aber es befand sich auch etwas Jungfrauenblut von mir unter den Lieferungen.

Eine Woche später besuchte Vater uns und erklärte mir, wie ich mit einfachen Mitteln den Dämon analysieren konnte. Ich bekam fünf Ringe, welche an einem großen Ring befestigt waren. Diese sollten mir zeigen, mit was für Dämonen ich es zu tun hatte. Dabei lernte ich, dass sich die bösen Seelen unter der Erde an Stoffen festhielten und sie damit zu ihren Namen kämen. Vaters Ausführungen zu lauschen, war einfach großartig und auch Aron genoss es von ihm unterrichtet zu werden. Doch er verabschiedete sich noch vor dem Bilderverkauf wieder. Der Vatikan hatte ihn gebeten, in Europa zu bleiben, da es dort sehr oft zu Übergriffen aus der Unterwelt sowie Geisterwelt kam. Wir sprachen auch über die Begegnung mit dem Rabbi in Prag. Der Vatikan schien ebenfalls zu befürchten, dass die Welt durch Luzifer ein Ende nehmen wird.

Simone machte sich wirklich gut. Sie beauftragte die Maler sowie andere Handwerker, welche während unserer Zeit in New York das Haus umbauten. Die beiden Geschwister setzten sich durch und schon bekam ich meinen ersten Fernseher. Wobei wir erst nach unseren fünf Tagen in New York sehen würden, wie das Ergebnis letztendlich aussah.

Während der Mahlzeiten versuchte ich mir die ganzen Bilder einzuprägen. Über Aron musste ich lachen, weil er mit den Namen der Vorbesitzer wirklich Probleme hatte. Vor allem machten ihm die deutschen und italienischen Namen bei der Aussprache zu schaffen. Wie auch diese ewig langen Titel der adeligen Vorbesitzer. Ich zeigte ihm, wie ich mir kurze Listen anfertigte, die wenigstens die Eckdaten beinhalteten.

Beide bekamen von mir neue Laptops, welche Simone bestellen durfte. Sie freuten sich sehr darüber. Aron konnte mit seinem neuen Rechner schneller recherchieren. Simone wollte sich auch noch um meinen Blog kümmern. Was ich gerne annahm, da ich immer mehr Anfragen wegen angeblicher Erben oder Geister bekam. Auch wenn sich noch nicht herumgesprochen hatte, dass wir wieder in den Staaten waren, brachen diese Mails einfach nicht ab. Über die Dankesmail der Eltern mit dem kranken Jungen freute ich mich. Ich schickte ihnen von Dresden aus anonym die Metallschachtel. Sie schrieben, dass sie sich nicht sicher seien, ob ich der Absender des merkwürdigen Päckchens war, doch habe diese kleine Kiste Wunder bewirkt und ihr Sohn befände sich auf einem sehr schnellen Weg der Genesung.

„Aron, wir müssen noch in eines der Krankenhäuser." Unsere Koffer waren bereits gepackt, da wir nach New York fuhren. Aron trank noch seinen Kaffee und Simone lief aufgeregt herum. „Warum?" Er hing noch immer über seinen Exposés und schien vollkommen in seinen Gedanken versunken zu sein. „Ich habe hier einen Herrn, der an einer unbekannten Krankheit leidet. Zweifacher Familienvater." Nebenbei prüfte ich noch schnell meine Mails. Aron atmete tief durch, kramte seine Sachen zusammen. Ich füllte mir noch etwas Kaffee in einen Thermobecher und schon machten wir uns auf den Weg. Das Gute an der Sache war, dass sich dieses Krankenhaus eh auf unserer Strecke befand. Nach einer Stunde Fahrt standen wir davor. Wir starrten das moderne Glasgebäude an. Ich schaute auf mein Handy, da ich mir die Mail runterladen konnte. Nur die Zimmernummer hatten sie vergessen zu schicken.

Aron griff nach meiner Hand. Er lächelte mich liebenswert an. „Dann mal los!" „Lass uns erst einmal sehen, was da los ist." Wir liefen in das Gebäude hinein. Überall irrten Menschen herum, andere saßen verzweifelt in einem offenen Wartebereich, der eher an eine sterile Bahnstation erinnerte. An der Information fragten wir nach der Zimmernummer. „Wer sind Sie?" „Wir sind Freunde der Familie." Die Dame runzelte streng ihre Stirn. „Nein, da kann ja jeder kommen." „Schauen Sie. Wir wollen ihm nur einen Besuch abstatten. Seine Tochter bat uns darum." Ich faltete flehend meine Hände und sah sie so lieb wie ich nur konnte an. Sie musterte mich erneut. „Irgendwoher kenne ich Sie." Ich verdrehte meine Augen und zeigte ihr die Mail der

Tochter. Sie riss ihre Augen weit auf. „Das ist doch Schwachsinn!" „Ich mache Ihnen einen Vorschlag. Sie bekommen ein Autogramm von mir und lassen uns zu dem Herrn. Wir richten keinen Schaden an. Oder Sie geben uns jemanden mit." Die Dame schien darüber nachzudenken. „Elli. Ich mache mal fünf Minuten Pause!" Aus dem Hinterzimmer murmelte eine weitere Dame. Sie stand auf und führte uns durch die Gänge. „Beim nächsten Mal schleichen wir uns unsichtbar rein", raunte Aron an meiner Seite. „Mmmmhhh, ist wohl doch besser." Aron lernte schnell deutsch zu sprechen. Was wir gerne untereinander taten, damit uns nicht gleich jeder verstand. Die Dame hielt vor der Tür ihre Hand auf. Ich reichte ihr eine Autogrammkarte. Anschließend öffnete sie uns die Zimmertür.

Ein schockierend geschwächter Mann lag in einem Bett. Er schaffte es nur mühevoll, seine Augen zu öffnen. Ausgezerrt, abgemagert, kraftlos schlummerte er. Neben ihm stand ein weiterer Mann. Dieser sah verzweifelt auf den Herrn im Bett hinab. Nur leider war dieser etwas durchsichtig. „Möchten Sie mit ihm reden?", sprach ich den Geist an. Dieser schaute mich verwundert in meine Richtung. „Sehen Sie mich?" Ich nickte ihm zu. „Mit wem spricht sie?", flüsterte die Dame vom Empfang und sah mich an, als sei ich nicht ganz richtig im Kopf. „Ja, ich muss ihm etwas sagen", jammerte der Geist. Ich setzte mich ans Bett des Sterbenden. „Schaffen Sie es, einen Moment lang wach zu bleiben?" Der Kranke stöhnte kraftlos, schien aber zu nicken. Ich fuhr seine Lehne hoch, damit er aufrechter saß. „Aron, sei so lieb." Ich hielt die Hand des Kranken fest. „Sie bekommen fünf Minuten. Danach sperre ich Sie in die Kugel ein und dann gehen Sie auf eine lange Reise", erklärte ich leise und zeigte dem Geist die Kugel. „Aber ich will bleiben." „Nein, Sie töten ihn. Auch wenn Sie es nicht wollen." Noch sprach ich freundlich, doch wenn er sich weigerte, müsste ich ihn zwingen. Das fände ich nicht schön. Aber das war eben unsere Aufgabe. Aron drehte die Münze und schon tauchten wir in den Nebel ein.

„Jo?", keuchte der Kranke, als er den anderen sah. „Jace ... Danke, dass du dich um mein Mädchen kümmerst. Ich war verzweifelt und wollte mich eigentlich nicht umbringen." „Ist schon OK." „Nein, ich habe zu spät meinen Fehler bemerkt. Ich hätte das nie tun dürfen." Der Geist weinte, auch wenn man keine Tränen sah, spürte man seinen tiefen Schmerz. Jace streckte seine Hand nach ihm aus. „Alles wird gut. Ich sage ihr, dass du sie liebst." Jace hustete kraftlos. Hoffentlich waren wir nicht zu spät. Er schien in einem schlechteren Zustand zu sein als das Mädchen in Prag. „Du warst der beste Bruder, den man sich wünschen kann", seufzte dieser Jo Geist. Ich verdrehte meine Augen. Klar verstand ich, dass diese Momente einfach emotional für die Betroffenen sein mussten. Aber wenn man es zu oft miterlebte, war es dann doch immer wieder das Gleiche.

Die beiden umarmten sich. Ich öffnete meine Kugel. „Gehen Sie freiwillig?" Der Geist schnaubte. „Danke, dass Sie uns die Möglichkeit gaben." In diesem Augenblick leuchtete es über ihm auf. Ich hob meine Augenbrauen. „Sehen Sie, der Himmel holt Sie direkt ab. Das ist doch mal was", lächelte ich. Gott sparte mir damit immerhin den Weg zur Kirche. Die beiden Männer schauten nach oben. „Das ist so wunderschön", hauchte Jo und löste sich langsam auf. Jace weinte leise, als die Münze umkippte. Nur noch das leise, klirrende Geräusch der Münze erklang im Krankenzimmer.

„Sie schlafen jetzt erst einmal schön aus. Essen brav und trinken viel. Dann wird es Ihnen bald wieder besser gehen", sprach Aron freundlich zu dem Herrn. Dieser sah uns dankbar an. „Aber erzählen Sie es keinem." Ich zwinkerte ihm noch frech zu. Die Empfangsdame stand mit offenem Mund immer noch im Zimmer. „Sie ... Sie ... waren verschwunden ..." Ich klopfte ihr dankbar auf die Schulter. Aron griff erneut nach meiner Hand und gemeinsam verließen wir das Krankenhaus.

Irgendwie musste an diesem Tag noch etwas schieflaufen, sonst wäre unser Leben einfach zu perfekt gewesen. Nachdem wir den Wagen in der Tiefgarage des Hotels in New York parkten, erwartete uns in der Lobby die Museumsdame. Sie wirkte vollkommen fertig. „Was können wir für Sie tun?", versuchte ich freundlich. „Es sind zu viele, die kommen wollen." „Dürfen wir noch einchecken?", erkundigte sich Aron gelassen. Die Dame nickte unbeholfen. Schnell bekamen wir unser Zimmer, welches in der Nähe des Kunstmuseums lag. Wir stellten nur die Koffer hinein, reichten dem Pagen sein Trinkgeld und begaben uns zurück in die Lobby.

„Jetzt erzählen Sie uns erst einmal, was los ist", fing ich freundlich an. Sie erklärte hastig, dass ursprünglich hundertfünfzig Gäste geladen seien. Doch viel zu schnell sprach es sich herum und nun wollten fünfhundert kommen. Ich hob meine Augenbrauen. „Dann sehen wir uns mal die Location an." Zusammen liefen wir zu dem Museum. Mein innerer Kapitalist schlug kleine Saltos. Aron runzelte seine Stirn. „Wie willst du das hinbekommen?" Wieder sprach er mit mir auf Deutsch. „Na, mir ist es egal, ob es hundertfünfzig oder fünfhundert sind. Das Lampenfieber ist das Gleiche." Aron lachte neben mir auf. „Da hast du recht. Ich mache mir schon seit gestern fast in die Hosen." Ich kicherte über sein Geständnis. „Bei mir kommt es kurz vorher. Du wirst es schon merken."

Wir erreichten das Museum. Der Eingangsbereich war zugestellt mit Andenken, Touristenzeugs und anderem Schnickschnack. Sie führte uns durch die Ausstellungen. Die Wände schienen teilweise trennbar zu sein. Man hatte bereits einen größeren Raum für uns hergerichtet. Einige unserer Bilder konnte man öffentlich bewundern. Andere wurden noch verschlossen gehalten. Aber auch weitere Werke, welche uns nicht betrafen, hingen in den Räumen des Erdgeschosses. Wir gingen durch das schlichte Labyrinth, an hellen Wänden vorbei. Ich fand es nett. Die Wände waren alle weiß, sie leuchteten von sich aus und damit bekamen die Kunstwerke die richtige Wirkung.

Die Dame erklärte, dass wir alle Bilder in dem größeren Raum vorstellen sollten und man sie nacheinander auswechselte. Zumindest war es ihr Plan gewesen. Leider reichte die Größe des Raumes nicht mehr aus. Geduldig hörten wir uns ihre Ausführungen an, bis sie vor lauter Aufregung keine Luft mehr bekam. „Können Sie uns noch einmal von Anfang bis Ende durch dieses Labyrinth führen?", überlegte ich. Verwirrt musterte mich die Dame. Doch sie erfüllte mir meinen Wunsch. Zwei Herren kamen angelaufen und begrüßten uns freundlich. Selbst die wirkten furchtbar gestresst.

Noch einmal gingen wir an den Kunstwerken vorbei. An vier Stellen wurde es etwas zu eng. „OK. Kann man die Wände entfernen?" Die Dame runzelte ihre Stirn. Aber zu meiner Erleichterung nickte sie. Ich kramte in meiner Tasche und fand meinen Plan, in welcher Reihenfolge wir die Bilder vorstellen wollten. „Aron, du musst mir beim Schmuck helfen." „Was haben Sie vor?", wunderte sich einer der Herren. Ich atmete tief durch und lief zum Anfang zurück. „Wir lockern das Ganze auf. Die Kellnerinnen laufen durch die Massen hindurch und verteilen ihre Häppchen. Aron und ich führen die Meute durch die Gänge. Wir referieren über jedes Bild. Sie oder ihre Leute nehmen die Angebote entgegen. Wir werten am Ende aus." Ich ahnte, dass dieser Abend unglaublich anstrengend werden würde. Die drei vom Museum sahen mich nachdenklich an. „Das wird für Sie sehr stressig", seufzte die Dame. „Weiß ich. Aber wir wollen Geld verdienen. Das bekommt man nicht geschenkt." Dabei betrachtete ich die hellen Wände. „Ich mag das." Ich deutete auf die Gänge. „Mikros wären nicht schlecht … Wir schaffen das schon. Sie müssen nur etwas mehr Getränke und Essen ordern", erklärte ich gelassen. Mein Handy piepte.

Ian: Wo steckt ihr?

Nadja: Im Museum. Krisensitzung.

Ian: Kann ich helfen?

Nadja: Markus wäre nicht schlecht.

Ian: Sind unterwegs.

Ich lachte laut auf. „Super! Aron, ich werde Ian und Markus verdonnern, uns zu helfen." Die anderen sahen mich verwirrt an. „Die mit der Disko?", kam vollkommen verzweifelt und auch ein bisschen empört von der Dame. „Die haben wenigstens Ahnung." Ich war anscheinend die Einzige, die den Gedanken lustig fand. Ich zuckte gelassen mit meinen Schultern und wartete auf meine Unterstützung. Nach einer halben Stunde erreichten mich die beiden. „Wie können wir dir helfen?" Ich wunderte mich, da sie vollkommen außer Atem waren. „Seid ihr gerannt?" Die beiden nickten und erzählten etwas von einem Stau. Dass sie ausgestiegen seien und anschließend zwei Kilometer joggen mussten. Was ich in dieser Stadt durchaus nachvollziehen konnte.

„Ich brauche eure Hilfe … Besser gesagt, Markus seine … Kannst du mir den Schmuck präsentieren?" Alle hielten schockiert die Luft an. Selbst Markus stand der Mund offen. Nur ich blieb gelassen, denn ich wusste, dass er es wirklich konnte. Ian stand neben seinem Freund. „Dich bräuchte ich beim Catering, weil die es nicht hinbekommen." Dabei sah ich ihn flehend an. Ian stand nun auch unter Schock. „Meine … meine … Eltern …", stammelte Markus unverständlich. „Ja, die kommen auch", murmelte ich nachdenklich. Ich drehte mich zu den Museumsleuten um. „Sollten Sie nicht schon die Bilder und alles in dieser Reihenfolge aufhängen?" Dies kam strenger als beabsichtigt aus meinem Mund. „Ich kenne den Schmuck nicht", presste Markus hervor. Ich reichte ihm eine von meinen Listen. Er schaute drüber. Schnell überflog er diese. „Kann ich die Stücke sehen?" Ich nickte ihm zu. Aron unterhielt sich leise mit Ian, welcher sich ebenfalls wieder fing.

Ich zeigte Markus die Stücke. Es kamen über dreißig zusammen. „Das ist der absolute Wahnsinn", säuselte er und drückte mich. Dass er sich so darüber freuen würde, konnte ich selbst kaum glauben. „Wir müssen über deine Gage reden", überlegte ich angespannt. „Nein, du hast uns so viele

Geschenke gemacht und dann die Sache mit Ian. Das mache ich gern für dich." Nun war ich diejenige, die mit offenem Mund dastand. Markus drückte mich. „Das tun Freunde füreinander", lächelnd küsste er mich auf meine Wange. „Hey! Meine Freundin!", rief Aron aus. „Ich will auch!", witzelte Ian. Dafür erntete er einen bösen Blick von Aron.

Bis in die Abendstunden arrangierten wir die Kunststücke. Damit wir auch alles genauso hatten, wie wir es präsentieren wollten. Erschöpft, trotzdem gut gelaunt, schlenderten wir zurück zum Hotel. Ich renkte mir bei den Hochhäusern fast den Hals aus. Man konnte von unten nicht einmal das Ende von ihnen sehen und man kam sich wirklich winzig vor.

„Vermisst du eigentlich das FBI?", erkundigte ich mich in Arons Armen. „Nein ... Ich dachte erst, dass es mir fehlen müsste. Aber es fehlt mir wirklich nicht." Ich lächelte ihn liebevoll an. Langsam streckte ich mich und küsste ihn auf sein Kinn. „Mmmhhh." Seine Augen funkelten mich glücklich an. „Wenn ich dich fragen würde, ob du mich heiraten willst. Was würdest du antworten?" Er schien über etwas nachzudenken. Ich schaute in den Himmel hinauf. Man sah keine Sterne über der Stadt. Deswegen lebte ich einfach lieber auf dem Land. „Da brauche ich nicht zu überlegen. Ich würde ja sagen." Aron hob mich hoch und küsste mich sanft. „Dann werde ich dich bald richtig fragen." Lachend trug er mich ins Hotel. Für mich würde es keinen perfekteren Mann als Aron geben. Wir teilten das gleiche Schicksal, die gleiche Aufgabe und er war einfach toll. Immer stand er an meiner Seite, akzeptierte meine Fehler und wenn ich manchmal keine Worte fand oder nicht weiter wusste, war er da und schenkte mir Kraft.

Kapitel 14

Am nächsten Morgen musterte uns eine Dame streng, während wir frühstückten. Sie rümpfte ihre Nase, da wir nur in sportlichen Sachen dort saßen und es sich um ein sehr teures Hotel handelte. Die Dame selbst war sehr elegant gekleidet. Ihre Sachen schienen maßgeschneidert. Lange Tücher schmückten ihren Oberkörper. Der Schmuck war mir etwas zu aufdringlich, aber dennoch wirkte er gut abgestimmt. Ein junger Mann begrüßte sie mit einem Handkuss. Die beiden tuschelten leise. „Dass so etwas hier rein darf", beschwerte sich die Dame. Der Herr sah mich an. Dabei musterte er mich abschätzig. „Diese Kinder von Neureichen haben eben keinen Anstand." Ich musste zugeben, dass es ein klein wenig schmerzte, wie sie einen ansahen. Aber das Wissen darüber, was ich im letzten Jahr erreichte, reichte mir vollkommen aus und verschaffte mir mein nötiges Selbstvertrauen.

Aron kam mit seinen Pancakes zurück. Er bekam nichts davon mit. „Was grübelt mein Engel?" Sanft küsste er mich auf meine Stirn. „Ach nichts Besonderes." Ich trank einen kräftigen Schluck Kaffee. Ich dachte an die erste Woche mit meinem Vater in dem Bauerngut in Polen. In solchen Momenten vermisste ich diese Ruhe, diese Zweisamkeit, die wir damals erlebten. Klar war es erst ein Jahr her. Aber in dieser Zeit fand ich meinen Vater und es war einfach unglaublich. Jetzt hatte ich auch noch einen Freund. Vielleicht würde er noch mein Verlobter werden oder Ehemann. Doch schon schlichen sich die Worte des Rabbiners in meine Gedanken. Wenn sie recht behielten, dann gäbe es keine Möglichkeit für mich, Kinder zu bekommen. Denn davor würde die Welt untergehen. Im Gegenteil, ich könnte mich dann glücklich schätzen, ein Plätzchen im Himmel zu bekommen.

Ich hatte mit Vater darüber gesprochen. Wir beide fanden nichts, womit man die Hölle wieder versiegeln könnte. Sollte dieser Fall wirklich eintreten, dann bekämen wir richtige Probleme. Ein einzelner Dämon stellte kein unüberwindbares Problem dar. Aber eine offene Hölle, das konnten selbst wir nicht einfach lösen.

Der Vormittag verging viel zu schnell. Markus kam und wir probten den Durchlauf. Es passte perfekt. Markus und Aron verstanden sich sehr gut. Bis auf ein paar kleinere Fehler, funktionierte es reibungslos.

Wir mussten am Nachmittag zurück ins Hotel, da ein Beautyteam auf uns wartete. Sie schnitten mir meine Haare, legten mir das Make-up auf und kleideten mich ein. Wobei ich mich für ein klassisches Kostüm entschieden hatte, weil ich verkaufen wollte und nicht auf eine Abendveranstaltung ging. Aron strahlte mich an. Er sah einfach fantastisch aus. Auch ihm hatten sie die Haare geschnitten. Die Seiten ausgekürzt und das Haupthaar etwas länger gelassen. Er küsste mich liebevoll.

Nachdem ich mein Haar zum ersten Mal offen trug, musste ich meinen Stift an meinem Kostüm feststecken. Ich dankte innerlich dem Designer, dass er an eine Innentasche dachte. Noch einmal prüften wir unsere Aufzeichnungen. Mein Magen würde vorerst nichts aufnehmen können und selbst Aron schien Nervensausen zu haben. Nur dass man es ihm kaum anmerkte. „Das ist echt fies." „Was?", wunderte er sich. Markus stand bereits wartend mit der Limousine vor der Tür. „Man sieht dir deine Aufregung nicht an." „Ich empfinde es anders." Aron lächelte ein wenig angespannt. „Meine Knie fühlen sich wie Pudding an." „Mein Magen scheint sich gerade zu verknoten." Aron griff nach meiner Hand. Wir verschränkten unsere Finger ineinander. „Das schaffen wir schon. Vor Dämonen haben wir weniger Angst", witzelte er leise. Ich nickte ihm zu. Zusammen gingen wir durch die Lobby. Ich sah einen arabischen Herrn auf einem der Sofas sitzen, der vertieft in einen Katalog blickte. „Schau mal!" Ich deutete mit meinem Kinn auf den Herrn. „Das ist unser Katalog." Ich nickte Aron zu. Er musterte mich voller Stolz. Gemeinsam schritten wir zu der Limousine.

Markus saß darin und war kreidebleich. „Hey, was ist mit dir los?" „Ich bin aufgeregt." Wir setzten uns rein. Schon fuhr der Wagen los. Behutsam legte ich meine Hand auf das Knie von Markus. „Die fressen uns nicht", lächelte ich. Aber auch mein Herz stellte seltsame Dinge an. Ich hörte es förmlich schlagen. „Wusstest du, dass es der Traum meiner Eltern war, dass ich Kunsthändler werden würde? Doch auf dem Markt ist es unglaublich schwierig, Fuß zu fassen. Deshalb tat ich mich mit Ian zusammen." Ich wusste, dass Markus einst Kunstgeschichte studierte. Nur dass es ihm so wichtig war, war mir nicht bewusst gewesen. Nun verstand ich, warum er so viel wusste und wo sein Interesse herkam. „Dann lebe heute einmal den Traum deiner Eltern." Aron sprach beruhigend auf Markus ein. Seine Augen leuchteten auf. „Sie kommen auch und werden vor Stolz platzen."

Weil es wirklich nicht weit war, hielt der Wagen bereits nach wenigen Minuten an. Ich keuchte auf, als ich die vielen Fotografen entdeckte. „Ach du Schande!" Selbst meine beiden Begleiter starrten aus dem Fenster. „Augen zu und durch", kam entschlossen von Aron. Ich zog tief Luft ein. Jemand öffnete die Tür. Aron und Markus stiegen zuerst aus. Sie reichten mir ihre Hände.

Ich hatte noch nicht einmal einen Fuß aus dem Auto gesetzt, als die Blitzlichter auf uns niederprasselten. Es war einfach berauschend. Man fühlte sich wie ein richtiger Hollywoodstar. Wir strahlten in die vielen Kameras. Leider konnten wir die Fragen nicht beantworten, da es einfach zu viele Leute waren, die uns etwas zuriefen. Aron, Markus und ich staunten. Mit so viel Interesse hatten wir nicht gerechnet.

Wir blieben ein paar Minuten stehen. Eine Dame kam mit einem Mikro auf uns zu. „Darf ich Ihnen ein paar Fragen stellen?" Wir nickten ihr freundlich zu. „Wie fühlen Sie sich heute?" Meine beiden Begleiter überließen mir das Wort. „Es ist einmalig. Wir hätten mit so viel Interesse nicht gerechnet." „Wo ist Christian?" „Der ist in Europa unterwegs. Er überließ Aron seinen Teil, damit er sich etwas erholen kann", versuchte ich diplomatisch und freundlich. „Man behauptet, Sie seien ein Paar gewesen." Ich lächelte und schüttelte meinen Kopf. „Christian ist etwas, was einem Vater sehr nahe kommt. Wir haben ein besonders gutes Verhältnis, aber nur auf platonischer Ebene." Aron hauchte mir einen Kuss auf meine Wange. Die Dame widmete sich Markus. „Wie kommen Sie als Nachtklubbesitzer zu der Ehre?" Markus blieb ebenfalls freundlich und erzählte von seinem Studium. Auch dass wir uns vor einem Jahr kennenlernten und seit dem Freunde waren.

Anschließend durften wir in das Museum gehen. Wir drei atmeten tief durch. Doch da lief schon Ian auf uns zu. „Die sind alle verrückt. Die spinnen!" Wir sahen ihn fragend an. „Was ist denn?", kam gelassen von Aron. „Die Angestellten sind Trampeltiere!" Wir folgten ihm zu den Bedienungen. Ein paar liefen bereits herum. Am Eingang hatte man eine Bar aufgebaut. Andere reichten Getränke. Ich musterte die Mädchen. „Aushilfskellnerinnen?" „Ja, manche sind sogar obdachlos." Ich sah mich um. „Wie viele sind es?" „Dreißig. Warum?" Ich atmete tief durch und lief raus. „Was machst du schon wieder!" Aron rannte neben mir her. „Kümmere du dich um die anderen. Bitte!" Ich hauchte ihm einen Kuss auf sein Kinn. Aron musterte mich besorgt, ich lächelte ihn an und rannte hinaus.

Ich entdeckte gegenüber ein italienisches Restaurant. Drei Journalisten folgten mir. „Was machen Sie?", keuchte einer, da ich wirklich rannte. Ich schob die Tür zu dem Restaurant auf. „Kann man mit Karte zahlen?", rief ich dem Kellner zu. Dieser nickte verwirrt. Das Restaurant schien etwas teurer zu sein, da viele gut gekleidete Leute darin saßen und mich anstarrten. „Dreißig Pizzen. Kein Fisch, keine Zwiebeln und kein Knoblauch. Alles andere ist mir egal … Das Ganze bitte sofort!", fauchte ich den Koch an. Vor der Theke baute ich mich auf. „Das zahlen Sie aber im Voraus", schnaubte ein Mann hinter der Theke. Er schien der Eigentümer zu sein. „Klar!" Ich reichte ihm meine Karte. „Aber superschnell bitte!" Der Mann tippte eine Summe ein. „Legen Sie zwanzig Prozent drauf." Dieser sah mich entgeistert an. Aber nachdem er meinen Namen auf der Karte prüfte, rannte er in die Küche. „Was machen Sie?", kam erneut von einem der Fotografen. „Die Leute vom Catering scheinen Hunger zu haben. Da ich sie kaum mit Häppchen versorgen kann, werden sie eine Pizza bekommen. Der Abend wird lang und die Leute brauchen wenigstens etwas im Magen." Ich trat nervös von einem Fuß auf den anderen. Aus der Küche kam ein lautes Scheppern, dicht gefolgt von einem Fluchen. Ich rannte rein. Der Koch hatte sich die Hand verbrannt. Ich schüttelte meinen Kopf.

Die Küche war sehr ordentlich eingerichtet, die Teige lagen schon in Pfannen, waren nur noch nicht belegt. Ich schnappte mir die Tomatensauce und verteilte diese. „Woher können Sie das?", fragte einer der Journalisten. „Sie können mir gerne zur Hand gehen. Ich habe mir während meiner Schulzeit was dazu verdienen müssen." Ich fand Champignons, Schinken, Salami, Paprika. Nacheinander verteilte ich dies auf die Pizzen. Zum Schluss kam der Käse und ich schob sie in den Ofen. Der Koch starrte mich an, als sei ich ein Geist oder Dämon.

Der Chef kam und griff mir schweigend unter die Arme. Er musterte mich. „Sie sind anders." „Si Signore." Ich zwinkerte ihm zu und schob weitere fünf in den Ofen. Die anderen drehte ich schnell. Ich schaute nach oben. Ein christliches Kreuz hing in der Küche. An der Wand zum Restaurant hing eine Marienfigur. „Haben Sie eine Visitenkarte?" Der Mann nickte mir zu und holte die Pizzen heraus. Ich musterte ihn. Für einen Restaurantbesitzer wirkte er erstaunlich durchtrainiert. Vor allem strahlte er eine angenehme Ruhe aus. Was irgendwie nicht zu dem Restaurant passte. Seltsam, aber an merkwürdige Menschen hatte ich mich bereits gewöhnt.

Einer der Fotografen packte die Pizzen ein. Die anderen schossen hin und wieder ein Bild von mir, anstatt zu helfen. „Ich bin Luka", stellte sich der Restaurantbesitzer leise vor. „Nadja", lächelte ich. Dass ich ihm diesen Namen nannte, musste wohl am Stress liegen. Dafür war meine Aufregung wie weggeblasen. Der eine Journalist half mir mit den Pizzakartons. „Sie dürfen mich heute Abend begleiten, weil Sie geholfen haben", flüsterte ich ihm leise zu. Dieser riss staunend seine Augen auf. Luka und er nickten sich zu, was ich merkwürdig fand. Kannten die beiden sich etwa? Ich schüttelte meine Gedanken ab und lief über die Straße. „Stopp, warten Sie!" Luka schob mir meine Karte, eine Rechnung und seine Visitenkarte zu. „Danke!", schmunzelte ich und rannte wieder los.

Wir hatten bis zur eigentlichen Eröffnung nur noch zwanzig Minuten Zeit. Nacheinander trommelten wir die Bedienungen zusammen. „Das ist für euch. Schön satt essen. Ich brauche jeden vollkommen fit." Diese starrten mir erstaunt und ebenso dankbar an. Einige fielen sofort über das Essen her. Andere musterten es, als hätten sie so etwas schon lange nicht mehr gesehen. „Himmlisch!", stöhnte einer glücklich. „Hat ja auch Christine gemacht", freute sich der Journalist, welcher nun ein paar Bilder schoss. Die anderen sahen mich erstaunt an. „Was?" „Ich kann eben Pizzen machen. Was ist schon dabei?" Ian drückte mich flüchtig. „Du bist eben einzigartig." „Ich muss jetzt da raus, aber eigentlich würde ich lieber hier bleiben." Ian küsste mich auf meine Wange. „Du gehst jetzt brav ein paar Millionen verdienen." Damit schob er mich raus.

Ich nahm mir ein Glas Wasser mit und stellte mich der Masse. Markus kam mit seinen Eltern auf mich zu. Er runzelte seine Stirn. „Wo warst du? Warum riechst du nach Gebackenem?" Er schnupperte an mir. „Berufsgeheimnis." Ich reichte seinen Eltern freundlich die Hände. Sie dankten mir für die Einladung. Sein Vater übergab mir einen Scheck für die Möbel. Ich starrte darauf. Dreihunderttausend hatte er gemacht. „OK, dann sollte ich noch ein paar Häuser kaufen." „Gerne. Ich kann nicht genug bekommen", lachte er väterlich. Ich schob mir den Scheck ein. Bei Arons Familie konnte ich nur noch winken, da sie zu weit weg standen. Trotzdem strahlten die drei übers ganze Gesicht. Sie wirkten genauso stolz wie die Eltern von Markus. Aufgeregt sahen sie ihren Söhnen nach und ich grinste die Familien glücklich an.

Aron kam auf mich zu. „Wir müssen loslegen. Sind die Leute satt?" Ich drehte mich zur Küche um. Nacheinander kamen sie heraus. „Sieht so aus." Aron zog mich noch einmal in seine Arme. Er küsste mich zärtlich auf den Mund. „Auf ins Gefecht. Mmmhhh, ich mag es, wenn du nach Küche riechst", schmunzelte er frech. Ich seufzte verliebt auf. „Ah ja, ich erinnere dich, was du mit mir auf der Anrichte gemacht hast." Da er es sexy fand, dass ich für ihn gekocht hatte. Was darin endete, dass er mich in der Küche leidenschaftlich verwöhnte. Leider musste ich mich auf den Abend konzentrieren. Ich straffte meine Schultern, erinnerte mich an das Konzept und zwang mich zu arbeiten.

Zu dritt eröffneten wir den Abend. Ich fing mit dem ersten Bild an. Es handelte sich um ein christliches Bildnis aus dem sechzehnten Jahrhundert. Wir fanden es unter den Bildern in dem Prager Schloss. Ich erzählte, dass es sich bisher nur in der Hand des Barons befunden hatte und in einem hervorragenden Zustand war. Das Museum ließ zu allen Bildern Zertifikate erstellen, die die Echtheit bestätigten. Die Angestellten des Museums notierten eifrig Angebote. Neben dem Bild stand eine Vitrine mit einem Collier aus dem achtzehnten Jahrhundert mitten im Gang. Damit war Markus dran und er schlug sich wirklich gut. Anschließend folgte Aron mit einem Portrait aus Italien, welches aus dem vierzehnten Jahrhundert stammte. Natürlich mussten wir diese erst aufarbeiten lassen. Aber das veranlasste bereits Vater im Vorfeld. Allein der vergoldete Rahmen funkelte einzigartig. Aron stand Markus und mir in nichts nach. Ich konnte unbeschreiblich stolz auf ihn sein.

Anschließend folgten zwei Bilder, welche ich vorstellte. Markus war erneut mit einem Diadem dran. Er stockte beim Alter des Stückes. Ich deutete auf mein erstes Bild und schon fiel ihm die Zahl wieder ein. Nach anderthalb Stunden machten wir eine Pause. Unter den Besuchern befand sich auch die ältere Dame vom Frühstück. Sie schaute beschämt in meine Richtung. Ich fand es Gerechtigkeit genug, dass sie sich schämte. Deshalb verkniff ich mir jeglichen Kommentar. Auch der Scheich aus der Lobby befand sich unter den vielen Gästen. In der Pause begrüßten mich Arons Eltern herzlichst. Der Journalist hatte sich irgendwo ein Sakko besorgt und wich nicht von meiner Seite. Schauspieler und Musiker befanden sich ebenfalls unter den Gästen, aber diese konnte ich nicht zuordnen.

Bis zwei Uhr morgens ging die Veranstaltung. Mein Mund fühlte sich staubtrocken an, meine Füße schmerzten, die Angestellten und wir fühlten uns vollkommen ausgelaugt. Doch wir mussten noch die Angebote auswerten. Neue Listen wurden angefertigt. Nacheinander prüften wir die Angebote der Herrschaften. Wir ordneten die Stücke den Leuten zu und am Ende kamen wir auf unglaubliche fünfzehn Millionen, welche wir an dem Abend eingenommen hatten. Dies verlieh uns neue Energie und wir sprangen jubelnd herum. Auch das Museum konnte den Geldsegen dringend gebrauchen, da ein Teil bei diesem verblieb. Aron wurde nun Millionär, weil er immerhin fünfundzwanzig Prozent bekam. Er konnte es selbst kaum glauben. Zufrieden machten wir uns auf den Rückweg. Gegen drei Uhr verließen wir glücklich das Gebäude. Ich sah noch, wie Luka seinen Laden abschloss. Diesem winkte ich zu. „Wer ist das?", wunderte sich Aron an meiner Seite. „Luka, dem gehört der Laden und er ließ mich die Pizzen backen." Ich war total erschöpft. Ich zog meine Schuhe aus und schlenderte barfuß den Rest des Weges. Auch wenn meine Füße danach schwarz aussehen würden.

Kapitel 15

„Warte mal!", knurrte Aron. Wir blickten zum Hotel. Davor parkten drei schwarze Fahrzeuge. Ein Kardinal stand wartend an einem Auto. Wir sahen uns an. Ich atmete tief durch und gähnte genüsslich. „Mal sehen, ob die überhaupt zu uns wollen." „Bestimmt", schnaubte Aron ebenfalls erschöpft. Nachdem er uns entdeckte, kam er schon auf uns zu. „Wir brauchen Sie dringend!" „Guten Morgen und ich brauche dringend Schlaf." Aron lachte leise über meine Worte. „Wir haben fünf Menschen, die von Dämonen befallen sind." „Ich gehe schnell hoch." Da ich meine Tasche brauchte und etwas anderes zum Anziehen. Aron folgte mir. Eilig schlüpften wir in bequemere Sachen. Ich zwirbelte mein Haar nach oben und stopfte meinen Füller in den Knoten. Mit einem Griff hatte ich meine Tasche und war einsatzbereit.

„Ich mache das in keiner Kirche", erklärte ich dem Pfarrer, welcher nervös in der Lobby wartete. „Warum nicht?", wunderte sich einer der Priester. Vier Geistliche waren anwesend. Darunter befand sich auch ein Rabbi. „Weil Friedhöfe in der Nähe sind und wir dann mitten in der Hölle landen." Die Anspannung und die Müdigkeit schienen auch Arons Laune zu dämpfen. „OK ... Es sind noch zwei dazugekommen. Wir bringen alle in ein Krankenhaus", informierte uns einer und fing erneut an zu telefonieren. Wir stiegen in einen der Wagen ein.

Nach einer Dreiviertelstunde erreichten wir ein älteres Krankenhaus. Dort schien die Hölle ausgebrochen zu sein. Man räumte eine komplette Station leer und brachte die Infizierten hinein. Nur die Ärzte sahen uns skeptisch an. „Sie!", rief ich einem zu, ich deutete mit meinem Finger auf ihn. Er kam zu mir. „Was kann ich tun?" „Glauben Sie an Gott?" Er nickte. „Folgen Sie mir!" Da der junge Arzt wirklich fit wirkte und vielleicht helfen konnte. „Ich brauche alle verfügbaren Plastikeimer", fuhr ich genervt fort. Eigentlich würde ich viel lieber schlafen wollen. Meine Geduld war am Ende. Der Arzt rannte los. Ich suchte mir diese medizinischen Handschuhe. In einem Schrank fand ich welche. „Immer zwei in ein Zimmer." Aron scheuchte die anderen herum. Ich nickte ihm zustimmend zu. „Kommen Sie!", kam von einem der Priester. Ich folgte ihm. „Wir brauchen eine Menge Weihwasser", knurrte Aron.

Ein anderer Priester verschwand. Der Arzt kam mit den Ei-mern. „Danke." Ich nahm ihm diese ab. Wir erreichten das erste Zimmer. Ein kleiner Junge und ein älterer Mann lagen an Betten gefesselt darin. Ich ging zu dem Jungen und schob das Bett von der Wand weg. Aus meiner Tasche nahm ich das Fläschchen mit Weihwasser. Sofort bäumte er sich auf, als ich ihm etwas auf die Stirn träufelte. „Ganz ruhig bleiben. Wir sind schon da", flüsterte ich sanft dem Jungen zu. Neben mir schrie der Mann auf, als Aron in be-träufelte. Wir sahen uns an. Ich atmete tief durch. „Schie-ben wir die Betten aneinander." Aron schob den Mann an das Bett des Jungen heran. Nur ihre schweren Atemzüge waren zu hören. Das Metall der Betten krachte scheppernd aneinander. Der Junge gab ein Kreischen ab, das einem bis in die Knochen fuhr.

Die Geistlichen kamen angelaufen. Ich zog meine Ringe. „Platin", murmelte ich bei dem Jungen. Ich schob sein Hemd hoch. Eine Hand drückte sich gegen seine Bauchde-cke. Es sah wirklich gruselig aus, wie sich die Bauchdecke hob. Der Arzt starrte den Bauch des Jungen an. „Wonach sieht es Ihrer Ansicht nach aus?", erkundigte ich mich bei ihm. Dieser schaute mich entsetzt an. Ich rutschte zu dem alten Mann. Aron kramte eine Mappe aus seiner Tasche. „Quecksilber. Den lassen wir ausbluten und hoffen das Beste." Der Arzt gab ein entsetztes Keuchen ab. „Reiben Sie ihn damit ein. Arme und Oberkörper reichen." Ich gab ihm etwas von dem KO-Zeugs. Mittlerweile hatte ich eine hübsche Menge davon zusammengestellt. Auch Aron trug einiges davon bei sich, damit es uns nie ausging. „Sparsam sein!", fauchte ich, nachdem der Arzt kleckerte. Dieser rieb den Mann ein. Ich suchte aus meinem Sammelsurium eine Platinspitze heraus. Mit der Zeit wurde ich immer besser.

„Komm schon, drück nochmal dagegen!" Ich wartete, doch der Dämon schien zu schlafen. Was ich auch lieber tun würde. Aron piekte sich in den Finger und tropfte etwas von seinem Blut auf den Bauch des Jungen. Schon tobte der Dämon los und ich stach mit der Platinspitze zu. „Tut mir leid", entschuldigte ich mich bei dem Jungen. Doch der war bereits ohnmächtig. „Alle außer dem Arzt, raus hier!" Aron zog bereits die Münzen. „Erster Halt, Zwielicht!" Auch er wirkte müde. Er zog seinen Stab und ließ diesen aufblitzen. „Zweiter Halt, Hölle!"

Wir sackten nach unten. Eingehüllt in tiefster Dunkelheit. Der Arzt keuchte auf. „Schhht", machte ich. Aron leuchtete dem Arzt mit einer Taschenlampe. Ich schaute über ihn hinweg. Der Dämon floss aus dem alten Mann heraus. Aron leuchtete auch mir. Ich atmete erleichtert durch, mit einem Skalpell schnitt der Arzt den Bauch des Jungen auf, ein dicker schwarzer Klumpen quoll aus ihm heraus. Ich griff nach der glitschigen Masse und warf diese zu Boden. Mein Magen rebellierte erneut. Selbst der Arzt schien mit sich zu ringen.

Aron gab mir ein Zeichen. Er schnappte sich die erste Münze. Wir rauschten nach oben. Es fühlte sich wirklich an wie in einem Fahrstuhl, welcher zu schnell nach oben schoss. Auch die zweite Münze hob er auf. Ich schüttelte mich, krabbelte von dem Bett und zog mir einen Eimer zwischen die Beine. Ich hielt dem Arzt einen hin. Er übergab sich sofort. Da ich den ganzen Abend nichts gegessen hatte, würgte ich nur.

„Ich gehe ab sofort wieder sonntags in die Kirche", presste der Arzt hervor. „Glauben reicht." Aron streichelte mir liebevoll über meinen Rücken. „Da warten noch fünf auf uns." Er küsste mich gefühlvoll auf meine Stirn. Sanft strich er meine Haare weg. „Ich liebe dich. Wir schlafen ganz lange aus und machen einen richtig faulen Tag", schlug er gelassen vor. Aber auch an ihm sah ich die Zeichen von Müdigkeit. Augenringe bildeten sich in seinem Gesicht, was seiner Schönheit aber nichts abtat. Langsam stand ich auf. „Schaffen Sie noch einen?", erkundigte ich mich bei dem Arzt. „Mmmhhh." Er rieb sich seinen Bauch. Die Eimer stellten wir in das Bad und nahmen zwei weitere mit zum nächsten Zimmer.

„Kümmert euch um die Patienten", befahl der Arzt, welcher in Richtung seiner Kollegen sah. Immer mehr Geistliche versammelten sich im Gang. Selbst ein Imam befand sich unter ihnen. „Was stinkt hier so?", wunderten sich ein paar, die sich Tücher vor die Nase hielten. „Die Hölle." „Das glaube ich nicht", sprachen ein Priester und der Imam. Ich zuckte mit meinen Schultern. „Besorgen Sie sich zwei Eimer und folgen uns." Wir gingen in das nächste Zimmer. Das Mädchen trug schwarzen Dämonenschlamm am Arm. Die Frau daneben schien einen schwarzen Fuß zu besitzen, der ebenfalls von dieser Masse befallen war. „Das ist einfach." Die beiden Dämonen sahen sich ähnlich und da die eine Masse versuchte, zu der anderen zu gelangen, konnte es nur ein Ferrum sein. Ich sprühte etwas von unserem Narkosezeug auf die beiden Dämonen. „Warten Sie draußen. Hierbei brauchen wir keine Hilfe." Damit konnte der Arzt eine Runde aussetzen. Denn die Reisen in die Hölle waren dauerhaft kräftezehrend. „Mein Name ist Nathaniel. Wenn Sie was brauchen, rufen Sie mich." Er war noch immer ganz grün um seine Nase. Die beiden Skeptiker kamen mit den Eimern. Ich griff nach ihnen, da ich mir wegen ihrer Glaubensstärke nicht sicher sein konnte. Aron drehte erneut die Münzen. Schon ging es abwärts. Im Zwielicht schimmerte ein Geist. Doch den ignorierte ich vorerst lieber. Sollte ich ihm noch einmal begegnen, müsste ich mich auch darum kümmern. Im nächsten Moment befanden wir uns schon wieder in tiefster Dunkelheit. Ich zog meine Taschenlampe. Die beiden Herren keuchten laut auf. „Seien Sie still!" Da in der Ferne Geräusche erklangen. Die dunklen Massen lösten sich bereits und tropften zu Boden. Ein lautes Kreischen durchbrach die Finsternis. Ich spürte das Schlagen von Flügeln. „Aron!" Mein Magen knotete sich erneut zusammen, als wir die Hölle und das Zwielicht verließen. Ich schüttelte mich, da mein Kreislauf gerade nicht mitspielte. Ich kroch zu meinem Eimer. „Süße, das ist zu viel für dich." „Nur noch drei", presste ich hervor. Warum nur konnte er das so gut ab? Aron hockte sich zu mir. Er rieb sich die Schläfen. Ich schaute zu ihm. „Glaube mir, mich strengt es genauso an. Nur dass mein Magen robuster ist", stöhnte er erschöpft. „Wir schaffen es nicht ins Hotel", stellte ich fest.

Nathaniel kam zu uns. „Oh mein Gott. Ihr schafft keine weitere Runde mehr." Er prüfte meinen Puls, wie auch den von Aron. Ich schaute zu dem jungen Mann auf, welcher sich so um uns bemühte. „Wir machen die drei auf einmal. Können wir hier schlafen?" Nur langsam erhob ich mich, Aron half mir beim Aufstehen. Nathaniel nickte uns zu und lief raus. Aron hielt mich fest. Ich hätte doch etwas essen sollen. Wir torkelten zu dem nächsten Zimmer. Im Flur entdeckten wir Herren in dunklen Outfits. Irgendwie erinnerte mich einer an Luka. Sie musterten uns, schienen uns zu beobachten und irgendetwas passte mir an ihnen nicht. Suchend sah ich mich um, ein eisiger Schauer lief mir über den Rücken. Unweigerlich musste ich an die dunkle Person denken, die ich nur zweimal zuvor in Dresden gesehen hatte. Doch da war niemand, der in dunklen Rauch gehüllt vor mir erschien. Aber mein erschöpfter Zustand konnte mir auch einen Streich spielen. Da ich eh nicht mehr richtig scharf sehen konnte.

Ich rieb mir mit meiner freien Hand über mein Gesicht. Nathaniel diskutierte mit den Geistlichen. Ich gähnte laut. „Wenn Sie sich nicht einig werden, dann hören wir jetzt auf", knurrte Aron eisig und riss mich aus meinen düsteren Gedanken. Wir schlichen in das letzte Zimmer. Ein dunkler Herr und eine alte Frau lagen dort. Sie schien ein dickes Geschwür am Hals zu haben, was ein Eigenleben entwickelte. Ich musterte es neugierig. „Skalpell", nuschelte ich vor Müdigkeit. Aron zog eines aus seiner Tasche und setzte einen feinen Schnitt an. Ich kreischte auf, als ein kleiner Fuß zum Vorschein kam. Wobei dieser eher wie ein Entenfuß aussah. „Igitt." Schnell sprühte ich etwas von dem KO-Zeugs drauf. Der Fuß baumelte leblos am Hals der Dame. Ich schüttelte mich angewidert. Selbst Aron konnte kaum hinsehen.

Verwirrt untersuchte ich den Mann. Man schob uns gerade eine junge Frau rein. „Wo soll da das Monster sein?" Ich träufelte etwas Weihwasser auf dessen Stirn. „Scheiße!" Der Dämon hatte sich im Hirn festgesetzt. „Nathaniel!", rief ich panisch. Da ich nicht wusste, wie wir das hinbekommen sollten. Dieser untersuchte den Mann. „Ich setze einen Zugang über die Nebenhöhlen." Er lief raus und kam mit Schläuchen zurück. Aron machte sich an der Dame zu schaffen. Ihre Adern waren schwarz. Das kannten wir bereits. Er rieb sie ein und setzte einen Schnitt auf der Innenseite ihres Oberarms. Nathaniel schob einen Schlauch in die Nase des Mannes. Ich hielt mir die Hand vor meinen Mund. Eine Ärztin wäre nie aus mir geworden. Erschöpft setzte ich mich auf die Dame in der Mitte.

„Ich bin so weit", murmelte unser Arzt. Ein Priester wollte bei uns bleiben. Wir verschlossen die Tür. Ich blieb auf der Dame sitzen. Nathaniel nickte Aron zu, welcher die Münzen drehte.

Der Priester gab einen erstickten Laut ab. Ich leuchtete auf das Wesen in der alten Dame. Ich griff nach dem Fuß und zog es langsam hinaus. Ein schlangenförmiger Körper folgte. Das war sowas von ekelhaft. Am Ende tauchte ein schlafender Menschenkopf auf. Ich unterdrückte einen Schrei, da der Kopf wie der eines Babys aussah. Schnell ließ ich es zu Boden fallen. Ich leuchtete in Nathaniels Richtung, welcher die Frau anstarrte. Ihn musste es ähnlich wie mir ergehen.

Aron knurrte leise. Erneut erklang das Schlagen von Flügeln. Wir zuckten zusammen, da etwas laut über uns kreischte. Ich leuchtete nach oben. Ein Dämon stürzte sich auf mich. Doch Aron war unglaublich schnell. Er stach mit seinem Stab zu und schleuderte dieses Vieh weg. „Wir brauchen noch", kam von Nathaniel. Nur langsam floss die schwarze Masse aus dem Schlauch hinaus. Der Boden vibrierte leicht. Ich kletterte zu der Dame. Dort löste sich gerade das letzte bisschen Masse aus ihr heraus. Ich rief nach meinem Stab. Nathaniel sah mich staunend an. Schützend baute ich mich vor den drei Betten auf. Der Priester starrte entsetzt in die Dunkelheit.

Stampfen, gefolgt von einem bösartigem, tiefen Knurren erklang in der Finsternis. Es kam extrem schnell auf uns zu. Aron sah mich an. „Mach die Lampe aus." „Ich liebe dich." „Ich dich auch." Ich schob meine Lampe ein. Etwas schlug neben mir auf. Ich hörte, wie Aron davon geschleudert wurde. Ich zog meinen Stab durch und traf gegen einen

Widerstand. Etwas kreischte laut. Ich stemmte mich gegen die Masse. Zog meinen Stab aus ihr und stieß erneut kraftvoll zu. Ich spürte, wie eine Flüssigkeit über meine Arme lief. Ich griff nach dem Dämon und zog diesen weg. Kaum hatte ich meinen Stab gelöst, zog es mich schon hinauf ins Zwielicht. Aron lag im hintersten Eck auf dem Boden. Ich klebte voller Dämonenmatsch. Nathaniel sah mich mit weit aufgerissenen Augen an. „Was seid ihr?", keuchte der Priester.

Ich rutschte mit letzter Kraft zu Aron. Er schaute mich an. „Geht mir gut." Ich kuschelte mich in seinen Arm und sackte schlafend zusammen.

Am nächsten Tag erwachten wir vollkommen erschöpft, stinkend und dreckig in einem Krankenhausbett. Selbst die Ärzte sahen hin und wieder nach uns, da sie sich sorgten. Als Erstes rief ich Vater an, welcher meinte, dass diese vielen Sprünge und Dämonen auch an unseren Kräften zerrten.

Als wir uns endlich auf den Beinen halten konnten, verließen wir das Krankenhaus. Ein paar der Priester warteten auf uns. Doch wir baten sie, dass wir ein paar Tage zum Ausruhen brauchten. Sie verstanden es und brachten uns sogar zum Hotel zurück. Eine ausgiebige Dusche half, damit wir nach Hause fahren konnten. Simones Projekt mit unserem Haus war beendet und sie nahm sich ein paar freie Tage bei ihren Eltern. Das war gut, denn damit hatten wir das Haus für uns.

Nachdem wir unser Bostoner Haus erreichten, aßen wir etwas und legten uns wieder ins Bett. Aron und ich fühlten uns noch immer vollkommen erledigt von den vielen Sprüngen in die Hölle.

Kapitel 16

Nach zwei Tagen Pause fingen wir wieder mit unserem Fitnessprogramm an. Aron übte gerade mit dem Stab und ich schwamm ein paar Bahnen im Pool. Wir genossen unsere Ruhe und kuschelten wo es nur ging. Ich hörte, wie ein Wagen auf das Grundstück rollte. Ich drückte mich am Rand des Pools ab und wickelte mir ein Handtuch um. „Ich gehe nachsehen." Aron verkleinerte seinen Stab. Gemütlich joggte er um das Haus herum.

Mit drei Herren und zwei Damen kam er zurück. „Sie brauchen unsere Hilfe." „Nein, wer hätte das gedacht." Aron schüttelte genervt seinen Kopf. Er wechselte ins Deutsche. „Gut, dass du dich mit Kunst auskennst. Sonst würden wir in Armut sterben." „Als wohltätige Magier." Aron lachte bei meinen Worten. Ich lief ohne die anderen zu begrüßen ins Haus, um mir etwas anzuziehen.

„Worum geht es?", erkundigte ich mich freundlicher, nachdem ich abmarschbereit war. Selbst meine Tasche hing bereits um meine Schultern. „Sie sollten sich etwas ansehen", fing einer der Herren an. Neugierig musterte ich diesen. Aron verschwand im Haus. Auch er holte seine Utensilien. „Wir haben einen Friedhof mit merkwürdigen Aktivitäten ausfindig gemacht." „Aha, was für Aktivitäten?" Die Agenten sahen sich nervös an. „So richtig kann das keiner erklären. Wir hoffen, dass man eine Verbindung zu den vielen Besessenen finden kann." Aron tauchte an meiner Seite auf. „Dann sehen wir uns den doch einmal an." Liebevoll hauchte er mir einen Kuss auf die Schläfe. „Hast du ihre Marken gesehen?" „Ja, alle vom FBI. Ehemalige Kollegen von mir." Sanft schob er mich zum Wagen. „Warum schließen Sie nicht ab?", wunderte sich eine Dame. „Hier traut sich keiner her", lachend stieg ich in meine Corvette. Aron nahm hinter dem Steuer Platz und fuhr den anderen nach.

„Glaubst du, dass wir dort etwas finden?", fragte Aron während der Fahrt. „Nein. Selbst wenn da etwas wie ein Riss wäre, dann könnten wir es nicht ändern. Aber ich denke, dass da nur ein paar Geister sind." „Na dann, die mag ich lieber als Dämonen." Ich schaute aus dem Fenster. Wir fuhren direkt in die Bostoner Innenstadt. Zwischen den Häusern lag ein sehr alter Friedhof. Überwiegend bestand dieser nur aus beschrifteten Steintafeln. „Das ist der Granary Buring Ground, der drittälteste Friedhof in der Stadt … Ich glaube, dass er sechzehnhundertsechzig gegründet wurde", erklärte mir Aron, während er den Wagen parkte. „Vielleicht treffen wir ja auf den Geist eines Präsidenten." „Nein, aber ein paar, die die Unabhängigkeitserklärung unterschrieben haben, liegen hier … Ach und ein Richter aus den Hexenprozessen." Ich sah Aron belustigt an. „Wenn wir sagen, dass der böse Richter hier herumspukt, dann haben wir wirklich Spaß." „Das ist gemein!" Trotzdem musste Aron darüber lachen.

Wir entdeckten, dass die Polizei alles abgesperrt hatte. Ich blickte durch ein verschnörkeltes Gitter hindurch und sah ein paar Geister umherwandeln. Aron bemerkte diese ebenfalls. „Wie geht das?" „Keine Ahnung, wir finden es heraus." Einer der Agenten kam auf uns zu. „Wir haben hier ein Team, das merkwürdige Messungen aufgenommen hat. Mehrere Fotografen meinten, dass ihre Bilder verschwammen und andere behaupteten, dass sie seltsame Luftveränderungen spürten." Dabei zeigte er uns die Bilder von den Fotografen. Schemenhafte Gestalten konnte man erahnen. Aron sprach mit einem Herrn und bat darum, dass wir hinein dürften. Dieser verschwand und kam mit ein paar anderen zu uns. In der Ferne hörte ich einen Hubschrauber landen. Doch auf dem Friedhof vernahm man nur das Rauschen der alten Ulmen, welche den Gräbern Schatten spendeten.

„Kommst du?", unterbrach Aron meine Gedanken. Ich zog meinen Stab. Vorsicht war eben besser als Nachsicht. Die Agenten musterten mich wegen dem winzigen, funkelnden Objekt in meiner Hand. „Erwache", gab ich gelangweilt ab und schon blitzte der Stab auf. „Was sind Sie?" „Könnten wir das später klären?" Ich kletterte über die Absperrung. Aron machte einen langen Schritt darüber, was mich an unser Ereignis auf der Burg Stolpen erinnerte. Er grinste mich frech an. „Hättest du mehr Gemüse gegessen, wärst du größer." „Ich zieh dir gleich meinen Stab über den Kopf." Aron zog mich an sich heran und gemeinsam gingen wir den Schotterweg entlang. Zwischen den hohen Bäumen stand ein Denkmal. *Franklin,* las ich und um dieses Denkmal versammelten sich eine Menge Geister. Sie sahen uns. Ein paar machten sich auf den Weg, da bemerkte ich, dass sie etwas aufhielt. Sie prallten gegen eine durchsichtige Wand. „Mhhh, das ist wie mit den Kristallen und Dämonen." Ich suchte den Boden ab. Dabei lief ich einmal an der nicht sichtbaren Wand entlang. Ich fand eine Grasnarbe. Diese hob ich hoch. Ein grüner funkelnder Stein lag darunter. Aron schaute mir über die Schulter. „Wer war das?" „Keine Ahnung. Entweder besitzt jemand Wächterwissen oder es war einer von uns." Wir sahen zu den Menschen. Da tauchten wieder diese Männer in schwarzen Anzügen auf. Einer saß in einem Rollstuhl. „Das sind keine FBI-Agenten", flüsterte ich Aron zu. „Nein." Er sah mich besorgt an. „Nadja, was schlägst du vor?" In der Ferne blitzte etwas auf. Einer machte Bilder von uns. „Nicht gut. Gar nicht gut." Aron bemerkte es ebenfalls. Er zog seine Zwielicht-Münze. „Hast du deinen Mantel dabei?" „Ich lerne doch bei der Besten." Wir legten unsere Taschen auf den Boden, griffen nach unseren Mänteln, welche uns unsichtbar machten. Aron drehte die Münze und schon verschwanden wir vor der Menschheit. Wir zogen uns die Mäntel über und Aron stoppte die Münze.

Wir schritten durch die Wand hindurch. Wenigstens konnten uns die anderen nicht mehr sehen. Die Menschen tobten, als wir verschwanden. Sie riefen uns. Doch wir wollten lieber unsichtbar bleiben. Die meisten Geister wirkten hilflos. Nur eine Handvoll schäumte vor Wut. „Wer hat euch das angetan?", fragte ich sie sanft. Selbst die Geister konnten uns nicht sehen. „Wer bist du?" „Eine gute Fee, die euch helfen möchte. Wer war das?" „Ich weiß es nicht", sprachen sie durcheinander. „Da waren Männer und Frauen. Ihre Augen schimmerten grau, sie sperrten uns ein und dann waren wir hier!", fauchte einer wütend. „Ruhig bleiben", raunte Aron besänftigend. Auch ich sah ihn nicht. Erneut blickten die Geister umher. „Was wünscht ihr euch?" „Frieden! Ruhe! Weg von hier! Wir konnten uns nicht einmal verabschieden!", flehten sie durcheinander. „Von wo holte man euch?" Die meisten wurden von ihrer Beerdigung oder direkt im Krankenhaus mitgenommen. „Folgt ihr uns?" Bis auf zwei, wollten alle mit. Ich schritt zu einem der bösartigeren. Ich zog meine Kugel, stach ihm von hinten mit dem Stab in den Rücken und sperrte ihn ein. Aron machte das Gleiche bei einem anderen. „Wir lösen jetzt die Wand, anschließend folgt ihr uns." Nachdem wir die zwei erledigt hatten, wirkten sie verunsichert. Trotzdem erklärten sie sich dazu bereit.

Ich griff nach dem grünen Kristall. Kaum hatte ich ihn in meiner Tasche verstaut, leuchtete es hell über uns auf. Die Geister blickten glücklich nach oben und schwebten sanft in den Himmel. Viel zu schnell endete dieser wundervolle Zauber.

Ich suchte nach den anderen Steinen und sah einen weiteren schweben. „Aron?" „Hier." Er wackelte mit dem Stein, bis er ihn wieder verschwinden ließ. Ich grub den letzten aus und spürte die tastende Hand meines Freundes. Wir verschränkten unsere Finger ineinander. „Eigentlich ist es gruselig, als würde Gott unseren Job übernehmen", seufzte ich leise. Aron zog mich in Richtung einer alten Kirche. „Wenn das mit der Hölle stimmt, dann muss er sie vielleicht entlasten oder er rettet vorher die Guten." „Vielleicht … Oder es belegt, dass wir die letzten sind." „Nein, daran möchte ich nicht glauben." Ich schob die schwere Holztür auf. Die Stille der Kirche fühlte sich angenehm an. Ich nutzte den Schutz der heiligen Gemäuer und zog meine Kapuze ab. Aron tat es mir gleich.

Ein Priester saß betend vor dem Altar. „Heute ist geschlossen." „Wir müssen nur etwas entsorgen", gab ich ehrfürchtig ab. Die alten Gemäuer verstärkten meine Stimme. Ich legte meinen Umhang ab und hing ihn über meine Tasche. Der Priester drehte sich um, blickte fragend in unsere Richtung. „Was wollt ihr?" Seine Stimme hallte gespenstisch. Ich hielt meine Kugel hoch und schritt mit Aron zum Altar. „Darf ich?", erkundigte sich Aron neugierig. „Klar." Er piekte sich in den Finger. Schon rutschte der Altar über den alten Stein und zeigte uns einen schmalen Gang nach unten. „Wächter oder Jäger?" Der Priester betrachtete uns staunend. „Wächter", gaben wir gleichzeitig ab. Aron folgte mir die alten Steinstufen hinab. Die Gänge waren nicht lang. Ich deutete auf einen losen Stein in der Wand. Er entfernte diesen und öffnete die Kugel. Der tobende Geist wurde unmittelbar aufgesogen. Auch ich öffnete meine Kugel. Wir sahen zu, wie er verschwand, verschlossen diese kleine Öffnung und gingen wieder nach oben. „Das ist cool", freute sich Aron. Hinter uns rutschte der Altar knarzend zurück in seine ursprüngliche Position. Der Priester musterte uns beeindruckt. „Wissen Sie, wer sich nachts auf Ihrem Friedhof herumtreibt?" Ich setzte mich mit Aron auf die vorderste Holzbank. „Nein, die Kameras nahmen nur dunkle Schatten auf." Aron sah mich fragend an. „Gibt es Vampire? Die sagten etwas von seltsamen Augen?" Ich überlegte einen Augenblick lang. „Es gab ein paar merkwürdige Begegnungen mit dunklen Wesen, die sich von Blut ernährten. Aber das waren nur Einzelfälle." Der Priester nickte bestätigend. „Nein, das sind keine Vampire. Diese Wesen hier wandeln im Verborgenen. Sie entstammen den alten Geschichten, das sind keine blutsaugenden, süßen Kreaturen … Wiedergänger sind bereits tot, doch man störte ihren Schlaf und somit rächen sie sich an den Lebenden. Eigentlich glaubten wir, dass sie verschwunden waren, aber nun scheinen sie wieder aufzuwachen." Aron und ich seufzten ein wenig genervt. „Wissen Sie das mit der Prophezeiung, dass die Hölle aufbricht?" „Ja, das wissen wir bereits. Dagegen haben wir auch kein Mittel." Das war einfach zum Verrücktwerden. In Europa wüteten böse Wächter und in Amerika tauchten Wiedergänger auf. Ich schüttelte genervt meinen Kopf und kuschelte mich an Aron. „Wir beide können doch nicht allein die Welt retten." Aron klang angespannt. „Nein, ich befürchte fast, dass wir sterben und keiner wird es mitbekommen ... Blödes Schicksal." „Nadja, das lasse ich nicht zu!" Aron legte seinen Arm beschützend um mich. „Ich opfere mich schon nicht. Aber die Zeiten werden echt mies." Der Priester beobachtete uns. Auch er wusste sich keinen weiteren Rat. „Solltet ihr jemals auf einen der Untoten treffen, dann lasst sie niemals von euch trinken. Sie sehen eure Geheimnisse und dieses alte Wissen darf nicht in ihre Hände geraten." Ein wenig mystisch klangen die Worte des Priesters. „Danke für die Information." „Sie können euer Blut nur mit eurer Einwilligung trinken, ansonsten nähren sie sich von der Lebensenergie der Lebenden", fügte der Priester hinzu. Mal abgesehen davon, dass ich Vampire oder wie er es nannte, Wiedergänger, noch immer für unmöglich hielt, nickte ich ihm freundlich zu. Aron schenkte mir ein belustigtes Lächeln.

Wir zogen unsere Mäntel wieder an, hielten uns an den Händen fest und machten uns auf den Weg zum Wagen. Der Priester segnete uns noch an der Pforte, dankte für die Hilfe und setzte sich wieder betend hin.

Auf dem Rückweg sahen wir, dass die Leute noch immer angeregt diskutierten. Vor allem sprachen sie permanent von unserem Verschwinden. Manche behaupteten, wir seien tot, andere wiederum erklärten, dass wir die Geister seien. Aron fand einen der Agenten, welcher uns abgeholt hatte. Diesem tippte er auf die Schulter. Verwirrt drehte er sich um. „Wir haben die Sache erledigt. Die Geister sind weg." „Clint? Jetzt sagen Sie schon, wie Sie das machen!", zischte der Agent. „Das geht nicht. Bitte vertrauen Sie uns." Damit schob mich Aron zum Wagen. Ich sah diese

seltsamen Gestalten in ihren dunklen Outfits. „X-Men?"
„Keine Ahnung. Los! Steig in den Wagen!" Ich krabbelte
auf den Beifahrersitz der Corvette. Aron drehte den Zünd-
schlüssel um und schoss mit quietschenden Reifen los. Ich
drehte mich um und entdeckte viele blasse Gesichter. Nur
die schwarzen Typen starrten uns finster hinterher. Was
mich wunderte war die Tatsache, dass ich keine Gänsehaut
bei denen bekam. Irgendwie fand ich es höchst eigenartig.

Kaum waren wir zu Hause angekommen, hing ein Brief an
der Tür. Ich zog diesen ab. Ich musterte das alte Siegel, es
war ein schlichter Davidstern. „Von wem ist der?" „Irgend-
einer jüdischen Gemeinde", erklärte ich Aron und zeigte
ihm das Siegel. Ich brach es auf und zog den handgeschrie-
benen Brief hinaus. „Sie laden uns zu einer Kirche …
Trinity Church … ein. Sie treffen sich dort heute Nacht mit
Geistlichen aus allen Religionszugehörigkeiten." Man,
hatte der Typ eine miese Handschrift. In dem Brief ging es
darum, dass sie sich vor dem Untergang der Welt fürchteten und uns zu ihrem auserlesenen Treffen einluden. „Dann
haben wir noch Zeit etwas zu essen." Aron machte sich auf
den Weg in die Küche. Gemeinsam kochten wir und genossen den Nachmittag. Obwohl wir beide recht angespannt waren, hofften wir doch insgeheim, dass uns wenigstens die Geistlichen helfen könnten. Immerhin versuchten sie eine Lösung zu finden.

Am Abend erreichten wir die wunderschöne alte Steinkir-
che. Wir zogen unsere schwarzen Wächtermäntel über und
schritten gemeinsam zu der großen Pforte. Bereits als wir
diese öffneten, verstummte das Murmeln der Herren. Wir
staunten, da sich viele Geistliche versammelt hatten und

miteinander sprachen. Selbst buddhistische Mönche befanden sich unter ihnen. Am Altar standen drei sehr hohe Priester. Aus dem Judentum, der katholischen Kirche und wieder ein Imam. Wir schritten den langen Gang entlang. Verneigten uns vor dem Altar und lösten unsere Kapuzen.

„Schön, dass ihr gekommen seid." Der Rabbi reichte uns freundlich seine Hand. Selbst ich hauchte einen Kuss auf diese. Aron machte es mir einfach nach. Sie deuteten uns, dass wir uns setzen durften. Einer rollte eine weiße Tafel hinein. Diese zeigte schrecklich viele besessene Opfer. Ewig lange Listen hingen dort. Eine zweite Tafel wurde hineingeschoben. Darauf fanden sich die Bilder der derzeit Besessenen. Ich verdrehte meine Augen. Das waren so viele, dass selbst wir nicht mehr alle schaffen könnten. Sie drehten die Tafeln um. Auf der anderen Seite hingen Karten von den Gebieten der USA. Sie hatten die Befallenen mit Punkten gekennzeichnet. Man konnte kein Schema ausfindig machen. Nicht einmal Orte konnte man mehr einkreisen, da es einfach zu viele, weit verstreute Opfer waren. Auch Aron starrte verzweifelt auf die Tafeln.

„Was können wir tun?", bat uns der Priester. Die anderen sahen uns besorgt an. Ich rieb mir geschockt über meine Stirn. „Wir können nur Zufluchtsorte schaffen", seufzte ich nachdenklich. Denn mehr blieb uns einfach nicht. „Wie?", erklang die Stimme des Rabbi. Ich erhob mich und drehte mich zu den vielen Leuten um. „Sie sollten die Kirchen segnen, Lebensmittel bunkern und in der schlimmsten Stunde den Menschen Zuflucht gewähren. Wir wissen nicht, wie wir die Pforten schließen könnten. Wir können die Dämonen nur zurückbringen." Ein Raunen ging durch die vielen Geistlichen. „Wer seid ihr?", rief mir ein Schamane zu. „Das sind Wächter. Sie sorgen für das Gleichgewicht zwischen der Welt der Toten und die der Lebenden."

Der Rabbi legte schützend seine Hand auf meine Schulter. „Die Menschen folgen uns nicht mehr. Was sollen wir tun?", hörte ich einen anderen. Aron erhob sich. „In der Stunde der Not findet jeder seinen Weg zu Gott und diejenigen, die es nicht tun, werden sterben." Der Priester legte nun auch Aron seine Hand auf die Schulter. „Wie viele seid ihr?" Ich lächelte müde. „Wir beide und mein Vater." Verzweifelte Rufe durchdrangen die große Kirche. Aron und ich hielten uns an den Händen. „Komme was wolle, wir gehen diesen Weg", schworen wir uns gemeinsam.

In den folgenden Tagen wurden wir zu weiterer Austreibungen gerufen. Auch ein paar Geister fingen wir ein, welche an ihren Familienmitgliedern hingen.

Der Kontakt zu Vater wurde weniger, da er ebenfalls sehr viel zu tun hatte und man ihn in Rom stark einspannte. Selbst er wusste sich keinen Rat. Das Einzige, was uns traurig machte, war die weite Entfernung, die zwischen uns lag. Ich vermisste meinen Vater schrecklich und ihm ging es genauso. Immer mehr Menschen wurden von Dämonen besetzt und keiner wusste, woher die so plötzlich kamen. Ein weiteres Problem bestand darin, dass wir sie nur zurück in die Hölle verfrachten konnten. Wir kannten keinen Weg, sie endgültig zu vernichten. Wobei das auch nur zu logisch schien. Die letzte Station war eben nun einmal der Himmel oder die Hölle. Mehr Möglichkeiten gab es da wohl einfach nicht.

Kapitel 17

Einige Wochen später gönnten wir uns eine winzige Auszeit. Es war bereits Anfang August und die vier Monate mit Aron machten alles erträglicher. Seine Liebe gab mir so viel Kraft und Stärke, dass ich dies alles überstehen konnte. Wir liebten uns wirklich. Selbst wenn die Sehnsucht zu meinem Vater zu groß wurde, half er mir darüber hinweg. Vor ein paar Tagen schafften wir einen kurzen Besuch bei seinen Eltern, welche groß für uns aufkochten. Simone kümmerte sich hervorragend um meine Korrespondenz und arbeitete sogar mit Orlovski Junior zusammen. Arons Bruder wurden wir mit einer einstweiligen Verfügung los. Nicht einmal zu Gesicht bekamen wir ihn. Doch für so etwas hatten wir gar keine Zeit. Markus und Ian trafen wir bei einem Auftrag in New York. Auch diese dunklen Männer sahen wir nicht mehr. Aron und ich zerbrachen uns lange den Kopf darüber, aber am Ende brachte es uns nicht weiter. Vor allem schlauchten die vielen Rettungen, auch wenn Aron es liebte, Gutes zu tun. Ich musste feststellen, dass ich durch ihn zu einem besseren Menschen wurde.

Aron stand lächelnd am Grill. Liebevoll musterte er mich. Er war alles, was ich neben meinem Vater brauchte. Allein der Anblick, diesen wunderschönen Mann so glücklich zu sehen, würde mir bis ans Ende meines Lebens reichen. Wenn wir Zeit zum Verschnaufen hatten, träumten wir von einer hübschen kleinen Hochzeit und süßen Kindern. Das war, was wir eigentlich wollten. Wir brauchten keine Dämonen oder Geister. Wir brauchten nur uns beide.

Simone arbeitete von ihrem Elternhaus aus, damit wir unser Reich wieder für uns hatten.

Sie wunderte sich immer wieder, was wir auf dem Dachboden trieben, da wir literweise von diesem KO-Zeugs herstellen mussten. Auch wenn wir nur selten Zaubersprüche schrieben, brauchten wir die Tinte. Hauptsächlich sammelten wir alle Stoffe aus dem Periodensystem zusammen. Bis auf gasförmige und radioaktive Elemente, besorgten wir alles. Selbst Stickstoff bekamen wir hin. Nur dass es beschissen zum Transportieren war.

Zumindest dachte Simone, wenn sie da war, dass wir auf dem Dachboden irgendwelchen sexuellen Spielen nachgingen. Was eher ihrer Fantasie entsprang.

Nachdenklich tauchte ich unter und ließ mich auf dem Wasser meines Pools treiben. Eigentlich wiederholten sich die Dämonen immer wieder. Nur dieser eine mit dem Entenfuß blieb eine Ausnahme. Was uns ein wenig wunderte war, dass wir kaum noch Geister sahen. Vielleicht lag es aber auch einfach nur an den vielen Austreibungen der letzten Wochen. Der schlimmste Fall war ein junger Asiate. Der wäre fast gestorben. Nur knapp entging er dem Tod, da er seit Tagen besessen war und seine Religion es irgendwie mit Räucherstäbchen und anderen Sachen versuchte. Erst als es fast zu spät war, rief man uns.

„Essen ist fertig!", rief Aron gelassen. Er zauberte uns gerade Steaks, welche köstlich dufteten. Ich glitt aus dem Wasser, wickelte mich in ein Handtuch ein und sah in die strahlenden Augen meines Liebsten. Dieser umarmte mich glücklich, hob mich hoch und setzte mich behutsam auf den dunklen Rattansessel, welcher auf der Terrasse stand.

„Du verwöhnst mich zu sehr", seufzte ich, als er mir noch ein Glas Wein einschenkte. „Jedes Lachen von dir, jedes Mal, wenn du uns Frühstück machst ... das muss ich einfach ausgleichen." Liebevoll hauchte er mir einen Kuss auf meine Stirn. „Das sind die schönsten vier Monate meines Lebens", freute er sich und brachte mir meinen Teller. Eine große Kartoffel, die mit Kräuterquark versehen war sowie ein gut riechendes Stück Fleisch befanden sich darauf. „Mmmmhhh." Tief sog ich den köstlichen Duft in mir auf. „Das riecht köstlich", lobte ich ihn. Aron und ich stießen mit dem Wein an. Der fruchtige Geschmack des Weins breitete sich angenehm auf meiner Zunge aus.

Das Steak roch himmlisch. Saftiges Fleisch, gemischt mit frischem Quark. Aron rutschte an mich heran. Zärtlich küsste er mich und streichelte über meinen Rücken. Er schnitt ein Stück von dem Fleisch ab und fütterte mich. Erst da bemerkte ich, dass er nur einen Teller gebracht hatte. Er teilte das Mahl zwischen uns beiden auf. Glücklich strahlte ich ihn an, das mit uns beiden war einfach für immer. Nachdem der Teller leer war, hob er mich hoch und trug mich in unser Schlafzimmer.

Leidenschaftlich verwöhnte er mich. Wir liebten uns und es fühlte sich berauschend an. Kein anderer Mann würde diese Gefühle je in mir hervorrufen können. Immer wieder gestanden wir uns unsere Liebe. „Heirate mich", flüsterte er küssend an meiner Seite. „Ja." Er holte aus dem Nachtschränkchen eine kleine Schachtel heraus. Liebevoll streifte er mir einen schlichten goldenen Ring über den Finger. Drei kleine funkelnde Steine befanden sich darin. „Der ist schön", seufzte ich in seinen Armen und küsste ihn drängender. Wir kuschelten uns aneinander. Ich musterte meinen Ring. „Bin ich wirklich verlobt?" Aron strich sanft über meinen Bauch. „Ursprünglich wollte ich im Beisein deines Vaters fragen, aber der schafft es irgendwie nicht. Trotzdem gab er mir sein OK." Ich kuschelte mich fest an ihn. Ich beschloss meinem Vater am nächsten Morgen zu schreiben, dass ich die glücklichste Nadja der Welt war. Eng umschlungen kuschelten wir miteinander, bis wir ins Land der Träume entschwanden.

Tosender Lärm riss uns aus dem Schlaf. Mitten in der Nacht landete ein Helikopter auf meinem Rasen. Aron sprang aus dem Bett und zog sich eine Jeans an. „Bleib liegen. Ich sehe nach." „Wenn die mit einem Heli kommen, muss der Präsident besessen sein", schnaubte ich und suchte mir Sachen heraus.

Aron rannte bereits nach unten. Ich schaute aus dem Fenster. Ein paar dunkle Gestalten liefen über meinen schönen Rasen. Sie hämmerten laut an die Tür. Ich schüttelte meinen Kopf. „Der Heli war laut genug!", schrie ich nach unten. Aron lachte laut auf.

Das Gemurmel der Herren war bis nach oben zu hören. Aron kam zu mir. „Nicht gut, gar nicht gut." Er suchte bereits nach seiner Tasche. „Die liegt in der Küche. Was ist nicht gut?" Ich rannte nach unten. „Angeblich bricht gerade die Hölle im Central Park auf. In Europa gibt es auch einen Krater. Hat dir dein Vater nicht geschrieben?" Ich suchte nach meinem Handy, welches ich auf lautlos gestellt hatte und an der Ladestation hing.

Vater: Es geht los. In Rom geht gerade die Welt unter. Die Netze brechen zusammen. Ich liebe dich und viel Glück.

Ich prüfte meinen Empfang. Ich konnte noch schreiben.

Nadja: Ich hoffe dir geht es gut. Liebe dich auch und mache mir Sorgen um dich.

Aber die Nachricht konnte bereits nicht mehr zugestellt werden. Aron schaute mir über die Schulter. „Dem geht es gut. Komm, Süße, wir schaffen das hier und dann sehen wir, wie wir nach Europa kommen." Ich sah flehend zu Aron auf. Er zog mich schützend in seine Arme. „Ich liebe dich und wir stehen alles gemeinsam durch." Ich atmete tief durch und schluckte meine Sorgen hinunter. Auch wenn es mir unglaublich schwerfiel, nicht loszuweinen. Aron reichte mir meine Tasche. „Wo sind die Kristalle?" „Ich hole sie." Noch einmal küsste er mich und lief nach oben.

Ich musterte die Herren in ihren dunklen Outfits. Sie wirkten eher wie Motorradfahrer in ihren Ledersachen. Aron kam mit den Kristallen wieder. „Ihr seid weder Agenten noch Priester", stellte Aron fest. Ich lächelte ihn an, da er meine Gedanken aussprach. „Wir sind eine Spezialeinheit. Los!", knurrte einer der Herren. „Warum sollten wir das tun?" Es handelte sich um die gleichen Typen, die uns bereits zweimal über den Weg gelaufen sind. Einer der Herren hockte sich zu uns. „Wir sind eine Einheit, die aus ganz besonderen Personen besteht. Wir lösen die ganz heftigen Sachen. Wir beobachten euch seit einiger Zeit und wenn uns jetzt jemand helfen kann, dann seid ihr es." Er wirkte nett. Meine inneren Alarmglocken gingen nicht los. Aron legte seine Hand auf meine Schulter. „Wir wussten, dass dies geschehen wird." Ich sah zu meinem Liebsten auf.

„Na gut." Zwar wären mir ein paar Priester lieber gewesen, trotzdem folgten wir den Männern. „Sie waren auch in dem Krankenhaus", erinnerte ich mich. Einer der Herren nickte mir bestätigend zu. „Bei den Superhelden ist die Frauenquote echt mies", stellte ich genervt fest, obwohl ich damit versuchte, meine innere Anspannung loszuwerden. „Stimmt", kam belustigt von Aron. Er half mir in den Helikopter hinein, gurtete mich an und überprüfte sie mehrfach.

Ein weiterer Herr startete die Maschine und schon hoben wir ab. Man reichte mir Kopfhörer. Der Lärm war kaum auszuhalten, ohne Widerworte setzte ich sie auf.

Erst sahen wir die kleineren Ortschaften zwischen Boston und New York. Kleine Lichtermeere tauchten unter uns auf. Das fand ich wirklich hübsch. Bis ich entsetzt die Stadt erblickte.

Eine lilafarbene Masse verteilte sich über New York. „Wissen Sie, wie man das zumacht?", erklang eine Stimme durch das Mikro. Aron und ich schüttelten unsere Köpfe. Ich griff nach seiner Hand. Unnatürliche Blitze verteilten sich am Himmel. Dunkle Schatten huschten in der Ferne. „Doch ich weiß es, aber dann komme ich nicht zurück." Aron sah mich wütend an. „An so etwas wirst du nicht einmal denken!" Ich zuckte mit meinen Schultern. Aron musterte mich streng. „Das wird keine einfache Nummer wie Dämonen austreiben." Dabei sah ich ihn entschlossen an. „Ich weiß, Liebling. Aber ich möchte dich heiraten können." Die anderen beobachteten uns. Ich schaute traurig zu

Aron. „Weißt du, die Menschen glauben nicht mehr. Vielleicht sind wir deshalb die letzten beiden." Nun kamen mir doch die Tränen, weil gerade das eintraf, wovor wir uns am meisten fürchteten. Aron zog meine Hand an sich heran. Sanft hauchte er Küsse auf diese. „Ich habe mich nicht von meiner Familie verabschiedet." „Brauchst du auch nicht. Sollte mir etwas zustoßen, dann versuche trotzdem glücklich zu sein. Das wünsche ich mir aus tiefstem Herzen." Ich wusste, dass er leiden würde. Aber ich hatte in all meinen Jahren gelernt, dass die Zeit irgendwie alle Wunden heilte. Auch wenn es dauerte, irgendwann lernte man wieder nach vorn zu sehen. Das hatte Vater mir vor einiger Zeit gesagt. Ich hörte auf meine innere Stimme und wusste, dass mein Vater am Leben sein musste. Davon blieb ich fest überzeugt. „Nadja, versuche zu lieben und zu vertrauen, sollte mir etwas zustoßen. Ich weiß, wie schwer es dir fällt. Aber auch du hast Glück verdient", hörte ich Aron ganz leise durch meine Kopfhörer. Ich schaute hinaus und entdeckte einen gigantischen Wirbel, welcher aus der Erde emporstieg. Innerhalb des Wirbels blitzte es. Furchtbar viele schwarze Schatten schwirrten in den Lüften herum.

Ich schaute zu den Männern. „Die Kiste mit den Kristallen. Ihr müsst sie um den Wirbel platzieren! Wir gehen rein!" „Nein, das geht nicht! Wir brauchen Sie!", kam entsetzt von einem. Ich lächelte diesen erschöpft an. „Wir schließen es. Wie auch immer. Aber Sie sperren uns darin ein." Ein anderer nickte mir verstehend zu.

Der Hubschrauber setzte zur Landung an. Wir alle keuchten laut auf, als der Heli von etwas ergriffen wurde und ziemlich wackelte. Ich zog meinen Stab. „Nicht! Er bekommt ihn runter!", schrie einer. Ich funkelte ihn an. Doch erneut schleuderte ich herum, obwohl mich der Gurt hielt. „Super! So retten wir nie jemanden!", kam stockend von Aron. Mit einem lauten Knall landeten wir mitten auf einer Kreuzung zwischen den Hochhäusern. Etwas schien auf der Maschine zu sitzen, da die Blätter nur merkwürdige Geräusche abgaben. „RAUS!", kreischte einer. Ich gurtete mich ab. „Erwache!" Schon blitzte mein Stab auf. Ich sprang aus der Maschine. „Ist sie aus?", schrie Aron. Ich warf meinen Stab auf den drachenartigen Dämon. Gut, dass ich drei von den Stäben bei mir trug. Denn der Dämon hob kreischend ab, knallte jedoch zu Boden. Ich lief ihm nach, zog meinen Stab heraus und sah mich um. Die Straßen waren voller Dämonen und Menschen, die sie … Ich rieb über meine Augen. Sie beteten die Dämonen an? Entsetzt starrte ich diese dummen Wesen an. Angewidert stand ich da und beobachtete dieses schreckliche Schauspiel. Doch ein riesiger Dämon ging auf die Teufelsanbeter zu und zerquetschte sie unter sich. Ich hob meine Augenbrauen. „Kommen Sie!" Jemand riss mich aus meiner Trance. Zu meinem Glück sah ich ein paar, welche um ihr Leben rannten. Andere liefen in eine Kirche hinein, um dort Zuflucht zu finden. Hoffentlich hielten die Priester ihre Versprechen und hatten genau für diesen Fall vorgesorgt.

„Ihr kommt da nie rein!", fegte uns einer an. Ich drehte mich zu ihm um. „Verteilen Sie die Steine und retten Sie ihren Arsch!" Ich zog meinen nicht sichtbaren Mantel aus der Tasche. Aron zog mich noch einmal in seine Arme. Ich spürte seine Lippen auf meinen und floss förmlich dahin. All seine Liebe fand ich in diesem Kuss wieder. Ich entspannte mich umgehend. Zögernd öffnete ich meinen Mund. Seine Zunge strich sanft über meine. Zeitgleich seufzten wir beide auf. Unsere Münder verschmolzen miteinander. Die Zeit um uns schien stillzustehen. „Ich liebe dich", hauchten wir gleichzeitig. Er lächelte mich liebevoll an. „Wir schaffen das zusammen." Er drückte mich noch einmal fest an sich. Er zog seinen Mantel über, reichte mir seine Hand und ich verschwand ebenfalls unter meinem.

Wir rannten an den schreienden Menschen und kreischenden Dämonen vorbei. Aron führte mich um einen Häuserblock herum und schon entdeckten wir das gesamte Ausmaß des Grauens. Ein gigantisches Loch breitete sich vor unseren Augen aus. Uns beiden stockte der Atem. Wir betrachteten diesen riesigen Krater, aus dem immer mehr Kreaturen hinauskamen. „Nicht!", keifte jemand in meiner Nähe. Ich drehte mich zu der Stimme um. Ein kleiner Junge lief panisch vor einem Dämon weg. Dessen Vater versuchte hinterherzukommen. Doch der Dämon griff nach dem Jungen. „NEIIIIIIIN!", erklang die Stimme des Vaters. „Aron. Ich übernehme den." Schnell rannte ich auf den Dämon zu. Ich lüftete meine Kapuze. Da er mich nicht kommen sah, stach ich von hinten fest zu. „Greifen Sie ihren Jungen und dann laufen Sie!" Der Mann sah nur meinen Kopf. Trotzdem reagierte er schnell. Der Dämon bäumte sich auf, schlug um sich und ließ den Jungen fallen. Ich drückte meinen Stab weiter in das Ungetüm hinein, bis es kreischend zu Boden ging. Ich zog den Stab raus und meine Kapuze wieder auf. „Los!", rief Aron. Wir rannten auf das Loch zu. „Schaffen die das mit den Kristallen?" „Weiß nicht."

Wir erreichten den Rand der Katastrophe. Den bestialischen Gestank nahmen wir nicht einmal mehr wahr, da wir ihn in den letzten Wochen zu oft durchleben mussten. Wir blickten in dieses unglaubliche, nicht endende Elend hinunter. Immer weitere Kreaturen versuchten hinauszukriechen. Andere flogen über unsere Köpfe hinweg. Ich entdeckte drachenähnliche Monster, welche, die wie Fledermäuse aussahen, weitere, die an zerfetzte Vögel erinnerten und das, was aus der Erde kam, bestand nur noch aus Knochen, Blut und Hautfetzen. Teilweise fehlten Gliedmaßen, Stücke ihres Schädels. Einer baute sich vor uns auf, ein riesiges Loch schien sein Bauch zu sein. Nur seine Wirbelsäule hielt ihn aufrecht. Aron holte aus und stieß diesen zurück. Seinen Schrei hörten wir nicht, da das Gekreische der anderen Monster so laut war, dass man es nur noch als ein lautes Tosen wahrnahm. Aron zog seine Kapuze hinunter. Er griff nach einem Messer und schnitt sich in seine Hand. Er tropfte Blut in den Krater. Wir schauten hinab. „Nichts", seufzte er angespannt. Ich zog meinen Mantel aus, da er nur störte. Aron machte es mir gleich. Ich zog eine Flasche mit Weihwasser. Ich schüttete sie hinein. Das Kreischen wurde einen Augenblick lang lauter, das Loch schien zu pulsieren. „Da bräuchten wir eine Badewanne voll von." Ich nickte Aron genervt zu. „Ah, einen hab ich noch." „Ich gebe dir Deckung", krächzte Aron, da wir angegriffen wurden. Er sprang vor mich und schob einen Dämon zurück in das Loch. Ich nahm noch etwas von meinem Jungfrauenblut und tropfte es in den Schlund. Wieder pulsierte es, sogar etwas stärker als vorher. Die Dämonen fielen von den Wänden. „Dafür müssten wir eine Jungfrau ausbluten lassen. Das geht auch nicht", jammerte ich verzweifelt. Aron strich mir liebevoll über mein Gesicht.

Zu spät spürte ich das Flattern der Flügel und schon wurde ich weggerissen. Unsanft krachte ich auf den Boden. „Autsch." Die Landung fiel wirklich schmerzhaft aus. Etwas um uns herum leuchtete auf. Die Dämonen krachten gegen die Kuppel aus hellem Licht. Sie hatten es wirklich geschafft, die Kristalle in Position zu bringen. Zufrieden juchzte ich auf.

Leider fanden das die umherschwirrenden Dämonen wohl nicht so lustig. Sie stürzten sich auf uns. Ich zog mein KO-Spray und erwischte den ersten. Aron kämpfte gegen sie an. Ich schob den Dämon von mir weg, wobei sich die nächsten auf mich stürzten. Ich erwischte einen mit meinem Stab in letzter Sekunde. Der andere traf mich und warf mich in hohem Bogen durch die Luft. Erneut landete ich ziemlich unsanft, rappelte mich aber gleich wieder auf. Aron wehrte einen ab und schaute zu mir. Ich hob meine Hand. Blöder Fehler, denn so ein beschissener Vogel krallte sich fest und zerrte mich nach oben. Ich schaute auf den Schlund hinab und flehte Gott an, dass er nicht gleich losließ. Aber die Hölle wollte mich wohl nicht und der Dämon stieß gegen die magische Wand. Ich fiel erneut zu Boden, doch ein anderer fliegender Dämon fing mich und wirbelte mich herum. Ich schaffte es mich loszureißen. Dabei knallte ich erneut auf den harten Asphalt. Ich vermisste mein Bett. „NADJA!", schrie Aron. „Alles OK", presste ich hervor. Ich zog mich an meinem Stab hoch. Vielleicht sollten wir mal in dieses Loch hineinpinkeln, überlegte ich genervt. Schmerzen durchzogen meinen Körper. Ich spürte jeden einzelnen Muskel. Leider warteten da zu viele von diesen beschissenen Kreaturen. Eine stürzte sich bereits wieder auf mich. Ich streckte ihm den Stab entgegen und schob ihn direkt in das Loch hinein. Kreischend fiel er in eine endlose, tiefe Schwärze.

Ich entdeckte, wie am anderen Ende des Kraters Männer ebenfalls kämpften. Weitere Dämonen verschwanden in dem Schlund. Hoffnung keimte in mir auf. Könnte ich mit meinem eigenen Blut den Krater schließen? Ich zog mein Messer. Doch bevor ich ansetzen konnte, zerrte etwas an mir und schleifte mich über den Boden. Es warf mich weg. Ich rutschte über den Boden, krachte gegen einen Stein. Ein anderer kam auf mich zu. Mein Stab war weg! „Scheiße!" Ich wollte mich wegrollen. Doch dieses Monster war einfach zu schnell. Ich sprühte es an und schon landete es auf mir. Ich schrie laut auf, da in diesem Augenblick mein Bein brach. Aron sah in meine Richtung.

Er bäumte sich auf, rammte seinen Stab in die Erde. „NEI-IIIIIIIN!", schrie ich. Um ihn schloss sich eine unglaubliche Energie. „Ich liebe dich …", hörte ich ihn. Ich schüttelte meinen Kopf, da mir schwindelig wurde. Er rief diese böse Macht hervor, welche ich selbst auf der Festung Königsstein einmal beschworen hatte. Ich schob mit meinem gesunden Bein den Dämon weg. Ich kämpfte gegen die Ohnmacht an und kroch auf Aron zu. Er war so weit weg. „Aron!" Tränen liefen mir übers Gesicht. Ich musste ihm den Stab nehmen. „Gott, hilf mir!", flehte ich und kroch weiter. Ich sah zu Aron, wie er all seine Lebensenergie abgab. „ARON!", kreischte ich panisch und kroch weiter. Ein helles Leuchten umgab ihn. Diese Energie nahm den gesamten Boden ein, umschloss den Krater und schien diesen vollkommen abzudecken. Aron verlor all seine Lebensenergie damit. Sein Gesicht wurde blasser, sein Körper schmaler. Ich versuchte weiterzukriechen, ihm den Stab zu entreißen. Doch er sackte bereits auf seine Knie.

Entsetzt riss ich meine Augen auf. Etwas kroch an ihm hinauf, schien ihn zu umarmen. „NEHMT IHM DEN STAB!", schrie ich aus Leibeskräften. Dieses dunkle Wesen war kein einfacher Dämon. Das war etwas noch viel Böseres. Aron sah mich an. Ich schaute kurz zu dem Schlund. Während er ihn mit seiner Lebensenergie schloss, schien er von etwas sehr Bösartigem eingenommen zu werden. Es umarmte ihn, verschmolz mit meinem Liebsten. Aron brach zusammen.

Plötzlich wurde es ungewöhnlich still. Aron kniete am Boden, nur der Stab schien ihn aufrecht zu halten. Mit leerem Blick sah er zu mir. Seine Augen verloren ihren Glanz. Sein Mund öffnete sich und seine Stimme erklang so schrecklich schwach. „Töte mich, es will dich", presste er hervor. Die anderen kamen und ich starrte Aron an. Seine Augen wurden so schwarz wie die von Noah. Ich kreischte laut auf, kroch weiter, versuchte zu Aron zu kommen. Doch seine Seele löste sich bereits von seinem Leib. Tränen schossen mir in die Augen. Das Licht des Himmels erschien über seinem Körper. „Ich liebe dich", erklang die Stimme seiner Seele. Aber sein Körper hockte noch vor mir. „Nein … Aron … Kämpfe!" „Oh mein Gott!", hörte ich jemanden aus der Ferne entsetzt rufen.

Ich musste zu ihm. Wie viel Schmerz konnte ein Mensch ertragen? Wie viel sollte ich durchleiden? Warum strafte mich Gott so sehr? Ein grelles Leuchten tauchte über mir auf. Ich sah kurz nach oben, robbte jedoch weiter. Eine funkelnde Gestalt erschien über mir. *„Das übernehme ich."* Die Stimme erklang in meinem Kopf. Sanft strich er über mein Gesicht. Es fühlte sich warm an, auch wenn mein

Herz zu erfrieren schien. Mit letzter Kraft zog ich mich weiter zu Aron. Der Engel zog ein riesiges Schwert. „Das lässt Vater nicht zu!" „VATER? Pah! Der interessiert sich einen Dreck. Sie gehört mir!" Das klang nicht mehr nach Aron, die Stimme, die aus seinem Mund erklang, kreischte wie die Dämonen. Viel zu hoch und auch seine Miene verzerrte sich zu einem finsteren Abbild meines Liebsten. Während er sprach, zeigte er auf mich. Ich erinnerte mich an Noahs Worte, da er mich ebenfalls wollte. Hatte Gott seine Hände mit ihm Spiel? Dann hätte er doch Aron beschützen können. Der Engel hob sein Schwert und stach in Arons Brust. „Nein, Nein, NEIIIIIIIIN!" Meine Stimme versagte. Arons Blut tropfte von dem leuchtenden Schwert hinab. Der Engel kam auf mich zu, hockte sich vor mir nieder. Ich versuchte vor dem Engel zu fliehen. Aber ich besaß keine Kraft mehr. „Nadja, es muss so sein. Du wirst dein Glück finden." Tränen liefen über mein Gesicht. Es tat so unglaublich weh, meinen Aron zu verlieren. Der Engel beugte sich über mich. „Schlaf, mein Kind. Du musst heilen." Er strich mit seiner leuchtenden Hand über meine Stirn. Ich versuchte mich zu wehren, aber schon sackte ich in einen tiefen Schlaf.

Ich sank hinab in meine eigene finstere Welt, meine Welt aus Gedanken, Schmerz und Leid. Niemand hörte mich schreien. Niemand konnte mich retten und niemand würde mir an diesen düsteren Ort folgen können.

ENDE

Anmerkung:

Ich möchte hiermit erklären, dass alle Namen, Personen sowie die Immobilien der Protagonisten absolut frei erfunden sind. Auch bei den Gemälden habe ich meiner Fantasie freien Lauf gelassen. Ähnlichkeiten oder Zusammenhänge entspringen ebenfalls meinen persönlichen Gedanken.

www.facebook.com/SteffiKrumbiegel/

www.götterkinder.de

FSC
www.fsc.org
MIX
Papier | Fördert
gute Waldnutzung
FSC® C083411

Zeitfracht Medien GmbH
Ferdinand-Jühlke-Straße 7
99095 Erfurt, Deutschland
produktsicherheit@kolibri360.de